민소희

정채만

우동기

어현경

TCI 교통범죄수사팀

크래시
대본집
2

일러두기 »»

- 이 책은 오수진 작가의 드라마 대본 집필 형식을 최대한 따라 편집하였습니다.
- 대사는 입말임을 감안하여 한글맞춤법과 다른 부분이라 해도 그 표현을 살렸습니다. 지문의 경우 한글맞춤법을 최대한 따르되, 어감을 살리기 위해 고치지 않고 작가의 표현을 살린 부분이 있습니다.
- 쉼표, 느낌표, 마침표 등 구두점과 문장부호는 작가의 의도를 따랐으며 마침표가 없는 것 역시 작가의 의도입니다.
- 이 책은 작가의 최종 대본으로, 방송과 다른 부분도 있습니다.

크래시 대본집 2

오수진 지음

차례

용어정리 »»

S# (Scene)   극에서 장면을 의미하는 단어. 작품의 구성단위로서 사건이 전개되는 하나의 시간과 공간으로 이루어진다.

인서트   특정 동작이나 상황을 강조하기 위해 다른 화면을 삽입하는 것.

E (Effect)   대사나 배경음악을 제외한 효과음. 주로 화면 밖에서의 소리에 의한 효과를 말한다.

플래시백   과거에 있었던 일을 나타내는 장면에 사용하는 기법. 추억이나 회상 등을 효과적으로 묘사하는 경우에 사용한다.

플래시컷   화면과 화면 사이에 삽입한 순간적인 장면. 빠르고 시각적인 효과를 창출하기 위해 사용한다.

OL (Over lap)   앞 화면과 뒤의 화면이 겹쳐지는 기법. 주로 장면 전환에 사용한다.

Dissolve   앞 화면과 뒤의 화면이 겹쳐지는 기법. 주로 회상 장면에 사용한다.

F.O (Fade out)   화면이 점점 어두워지는 기법.

Cut to.   같은 공간 내에서 시간이나 분위기가 바뀔 때 쓰는 장면 전환 효과.

몽타주   서로 다른 화면을 붙여 하나의 새로운 장면을 만드는 화면 기법.

OFF   화면 밖에서 등장인물의 대사가 들릴 때 사용한다.

필터 (F)   전화기 너머의 목소리나 마음속으로 하는 이야기 등을 표현할 때 사용한다.

7부

S#1. 장례식장 분향소 (밤)

금융, 투자, 건설업체 대표 이름이 새겨진 근조화환들이 복도에 길게 도열해 있다. 검은 양복 차림의 건장한 조직원 대여섯 명이 복도 양쪽으로 서 있고 사내들, 명학과 정욱이 복도를 지나면 정중히 인사한다.
상복 차림에 굳은 표정으로 서 있던 재영부(양석찬 회장, 50대 후반).

양회장　(정욱 알아보고 손잡는) 정욱아… (흐느끼는)
정욱　아버님…
명학　(양회장에게 다가서며) 어쩌다 이런 일이…
양회장　(침통한, 허망한 표정으로 영정사진 보는)

환하게 웃고 있는 재영의 영정사진.

S#2. 장례식장, 접객실 (밤)

나란히 앉은 명학과 정욱 앞에 식사가 놓인다.
명학 앞에 양회장, 앉아 있다.

양회장　(쓸쓸한 표정으로 잔에 소주 따르며) 살아생전에 술로 그렇게 속 썩이더니, 결국 이렇게 부모보다 먼저 떠날 줄은…

명학	음주 문제는 일단 외부에 알려지지 않게 손 써놨어.
양회장	이렇게 또 신세를 지고, 감사합니다.
명학	재영이는 내 아들이나 마찬가지 아닌가. (은밀히) 그런데, 재영이가 몰던 차 브레이크 오일선이 빠져 있었다더군. 확인해보니 렌터카를 타고 다녔던 것 같은데.
정욱	(솔깃)
양회장	그러면 차에 무슨 문제가 있었다는?
명학	아무래도, 단순한 사고가 아닌 거 같아. CCTV 확인했더니, 사고 전에 검은 차 한 대가 따라붙었어.
정욱	!! (곁눈으로 보는)
양회장	?!!! …그놈이 재영이를 죽였을 수도 있다는 겁니까? 누굽니까? 누가 감히 내 아들을…!
명학	알아보고 있어. 아직 확실한 건 아니니 좀 기다려봐.
양회장	(테이블 위에 꾹 쥔 주먹 부들부들) 누군지 찾기만 하면… 가만두지 않을 겁니다. 그놈 사지를 찢어놔도 시원치 않아요!

묵묵히 얘기 듣고 있는 정욱. 이때, 식장으로 들어서는 경수.
쭈뼛거리며 주위 살피는, 정욱, 경수를 발견한다.

S#3. 장례식장 밖 / 흡연 구역 (밤)

나란히 서서 담배 피우는 정욱과 경수.

정욱	(까칠) 니가 여긴 웬일이야?
경수	어떻게 안 와. 소식 듣고.
정욱	왜, 재영이 새끼 진짜 죽었나 확인하려고?

경수	무슨 말을 그렇게, (누르고) 근데, 어떻게 된 거야?
정욱	(의심의 시선) 너, 재영이 죽은 거 어떻게 알았어?
경수	동창회 단톡방. 재영이 대전 내려가다 그렇게 됐다고.
정욱	(허!) 이 새끼 사회생활도 하네. (의심의 시선) 넌 어제 뭐 했냐?
경수	나? 나야… (하다가 보는)
정욱	재영이, 사고 아니야. 누가 죽인 거란다. 검은 차 타고 다니는 새끼가.
경수	?!! 그럼 재영이가, (살해?) 너 설마 날, (의심?) 내가 왜?!
정욱	내가 아냐? 인생 막장 테크 탄 새끼가 무슨 짓을 할지.
경수	(발끈) 그런 넌, 니가 그런 거 아냐? 재영이가 어디 가서 그때 일 떠들고 다닐까 봐 니가 선수 친 거 아니냐고!
정욱	(주변 살피다, 멱살) 아가리 닥쳐라. 여기가 어디라고,
명학	(OFF, 차분한) 뭐 하는 짓이야, 친구 장례식장에서.

보면 명학, 저만치서 보고 섰다. 정욱, 멱살 놓고 자세 고친다.
경수, 명학 보고 꾸벅 인사한다.

명학	(다가서서, 다정) 경수 오랜만이다. 잘 지내지?
경수	(시선 못 마주치는) …네.
명학	(경수 고개 들어 시선 마주치며) 경수 그때 일 이후로 신경을 많이 못 써줬네. 앞으론 아버지가 신경 좀 쓸게.
정욱	…
명학	(토닥) 항상 운전 조심하고. 그리고… 혹시나 주변에 얼쩡대는 검은 차 보면, 아버지한테 연락하고,
경수	(명학의 서늘한 표정 보는)

S#4. 채만의 집. 거실 (밤)

소박하게 차려진 아내의 제사상. 향로에 향이 피어오르고,
채만, 아내의 사진 바라보며 바닥에 우두커니 앉아 있다. 적막하다.

소희E   뺑소니예요.

S#5. 연호의 빌라 방 (밤)

연호, 샤워한 듯 젖은 머리, 목에 수건. 물 마시며 창밖 보고 섰다.

소희E   10년 전에, 경찰서에 팀장님 옷 가져다주시려다…

S#6. 연호의 회상. 공원 벤치 (낮)

한적한 오후 공원. 느긋하게 산책하는 사람들, 잔디밭에서 얘기 중
인 사람들.
나무 그늘진 벤치에 나란히 앉은 연호와 채만.

채만   정섭이 형님한테 얘기 들었어.
연호   (보는)
채만   그동안 많이 힘들었겠어. 사랑하는 이를 잃은 사람이나, 그렇게 만
든 사람이나.
연호   (무거운)
채만   근데 왜… 굳이 경찰이 되려는 거지? 경찰 말고도 할 수 있는 게

많을 텐데.

연호　제 과거가 경찰이 되는 데 문제가 됩니까?

채만　(가만 보며) 그건 자네한테 달렸지.

연호　(보는)

S#7. 다시 연호의 빌라 방 (밤)

연호, 소파에 털썩 앉는다. 눈이 피곤하다. 물컵으로 눈가를 비빈다.
눈의 열감을 식히고 소파 테이블에 놓인 편지 봉투를 열어본다.
프린트된 대전 사고 기사를 유심히 바라보는, 프린트에 희미하게
줄이 있다.
사고 날짜에 시선이 멈추고, 테이블 위에 달력을 본다. 날짜에 동그
라미 있다.

S#8. 납골당, 현수의 안치실 앞 (낮)

현수(정섭의 딸)의 유골함. 환하게 웃고 있는 현수의 사진.
유리창 어딘가엔 태아의 초음파 사진이 붙어 있고.
그 앞에 연호, 가만히 보는, 유리에 붙은 싱싱한 꽃(생화).

정섭　*(OFF)* 자네 왔구만.

연호　(돌아보면 정섭, 인사하는)

정섭　(손에 꽃 든, 이미 붙여진 꽃 보며) 자네가 한 거야?

연호　아니요. 와보니 이미…

정섭　(그래? 붙어 있는 꽃 가만히 보는)

연호	사모님은 좀 어떠세요?
정섭	(쓸쓸한 미소) 똑같애… 자넨 어때? 경찰 일, 할 만해?
연호	많이 배우고 있습니다.
정섭	(끄덕끄덕) …그 편지 말이야… 누가 보냈는지 알아냈어?
연호	…아직.
정섭	(표정)
연호	혹시 뭐 아시는 거라도…
정섭	(고개 젓는) 아니, 그냥, (말을 아끼려는 듯) 궁금해서…

정섭   나가서 식사나 하지. 내가 이 근처 맛있는 순두부집 알거든.

다리가 불편한 듯 절뚝거리며 앞장서는 정섭. 정섭의 걸음걸이를
안쓰럽게 바라보는 연호.

S#9. 납골당 앞 (낮)

그때 저만치 재영의 영정사진을 앞세운 유가족이 유골함을 들고
오고 있다.
그 무리에 명학과 정욱, 경수도 있다.
재영의 영정사진을 보고 멈칫하는 연호, '양재영?'
정섭도 양재영의 영정사진을 본다, 무표정한 얼굴로.
연호, 명학과 눈이 마주친다.
이어 정욱과 경수를 알아보는 연호의 시선.
연호와 정섭, 옆으로 피하면, 재영 가족과 명학 무리들, 앞으로 지
나간다.
연호와 명학, 정섭과 정욱, 얼굴들이 겹친다. 속을 알 수 없는 표정들.
경수, 사람들 틈에서 뒤돌아 연호를 본다.

타이틀 뜨고…

S#10. 서울경찰청 (낮)

외경.

S#11. 서울경찰청, 청장실 (낮)

문이 열리고 정복을 입은 명학이 들어온다. 어깨엔 치안정감 계급장.
들어와서 가죽 의자에 앉아보는. 한 바퀴 빙그르르, 명학, 일어나
거울 보는, 가발 만지작,
창밖 풍경 보이는, 광화문이 한눈에 보이는, 뿌듯한.

명학   (두 손 주먹 불끈, 기합) 아자!!

S#12. 식당 (낮)

혼자 국밥 먹는 채만. TV에서 경찰 인사 관련 경찰청장 브리핑.
TV 화면, 화면 우측 상단에 표명학 사진 동그랗게 뜬다.

경찰청장   경찰청장 서홍배입니다. 정부는 신임 서울경찰청장으로, 표명학 현
서울경찰청 수사차장을 임명하기로 하였습니다.
신임 서울경찰청장은 약 26년간 경찰조직에 몸담아 오면서 대전
은동경찰서장, 서울경찰청 광역수사단장 등을 두루 거친 탁월한

경찰 수사 전문가입니다…

뉴스를 지켜보는 채만의 표정이 싸늘히 식는다.

F. O

S#13. 연호의 빌라 앞 주차장 (아침)

연호, 여느 때처럼 양복에 크로스백. 출근하려는 듯 자전거 앞에서
보호구 쓰는데, 빵빵!
"뭐 하는 거야!" "들어가려면 들어가고 나오려면 나오든가!!"
초보녀(전에 등장), 주차를 제대로 못 해서 골목에 체증이 생겼다.

초보녀   (울상) 어떡해, 갑자기 차들이, (뒤 보며) 옆에 닿을 거 같은데.

똑똑! 초보녀, 보면 연호다.

연호   (보호구 쓴 채) 도와드릴까요?
초보녀   (얼굴 알아보고, 그때 그 인간!)

    - 시간 경과
    보호구 쓴 연호, 운전석에 앉았다. 밖에는 초보녀, 미덥지 않은 시선.

초보녀   (똑똑) 진짜 할 거죠? 저번 때처럼 또 하기 싫다 이딴 소리 하면, 나
             진짜 가만 안 있어.

순간, 연호가 부드럽게 차를 빼는, 그리고 후진으로 한 번에 주차.
그제야 멈춰 있던 차들이 초보녀에게 눈 흘기고 골목을 빠져나간다.
연호, 차에서 내리면 초보녀, 감사의 인사.

초보녀   고마워요. 아니, 이렇게 잘하면서, 그땐 왜…

연호   오늘은 괜찮았는데, 다음엔 또 어떨지 모르겠네요.

연호, 인사, 자전거 타고 내려가는, 초보녀, 보며, '이상한 인간이네.'

S#14. 서부간선도로 (아침)

간선도로 CCTV 영상(부감). 비교적 원활한 흐름.
타임라인엔 AM 07:28
화면 중간쯤, 승용차 한 대가 멈춰 서 있다.
뒤따라오던 차들, 멈춰 선 승용차 피해서 지나간다. 그 위로…

상담직원F   네, 119 상황실입니다.

남자F   여기 서부간선도로 ○○로 가는 방면인데요. 도로에 차가 서 있어요.

S#15. 도로상황실 (아침)

커다란 스크린 안에 곳곳의 CCTV 화면들이 재생 중이다.
그중 작은 CCTV 화면. 도로에 멈춰 선 승용차와 이를 피해 가느라
정체되고 혼잡한 차선 보이고.

남자F	운전자가 잠든 거 같은데, 이러다 사고 날 거 같거든요?
	빨리 어떻게 좀 해주세요.

S#16. 남강경찰서 별관 앞 (아침)

현경, 이어폰 끼고 출근하는데, 별관 앞에 중년남, 짐가방 들고 서
있다.
덩치며 인상이며 동기와 판박이, 누가 봐도 동기부다.

현경	(이어폰 빼고 반갑게) 안녕하세요?
동기부	? (날 아나?)
현경	우동기 형사 아버님 되시죠?
동기부	우리 만난 적 있나?
현경	(슬쩍 훑어보며 미소) 아뇨. 그냥, 너무 닮아서.
동기부	(머쓱) 그런가, 근데 동기랑은 어떻게?
현경	아, 저는 우형사님이랑 같이 일하는 어현경이라고 합니다. (인사)
동기부	그러시구나. 반가워요. 우리 동기 때문에 고생이 많겠네.
	그놈이 생긴 거완 달리 좀 까탈스러워서. 생긴 건 난데 성격은 꼭
	지 애미를 닮았어.
동기	*(OFF)* 뭘 엄마를 닮아. 성격도 아부지지.

동기, 별관에서 나온다. 동기부 손에 들린 짐가방 보고는,

동기	뭐가 또 이렇게 한 보따리야?
동기부	니 엄마가 너 이불을 샀다는데, 내가 이 나이에 이런 거나 날라야
	겠냐? 자!

동기	(받는, 퉁명) 엄만 맨날 이불을 사. 누가 이불 없어서 못 잘까 봐. (현경에게) 넌 우리 아부지인 거 어떻게 알았냐?
현경	(나란히 선 둘 보는) 죄송하지만 얼굴에 쓰여 있는데요. 부.자.지.간.
동기부	(손사래) 에이! 자꾸 그런 얘기 하지 마요. 나 상당히 불쾌해.
동기	(어라?) 아부지가 왜 불쾌해? 불쾌하면 내가 불쾌하지.
현경	(서로 눈 흘기는 표정도 똑같다) 어떡해. 표정도 어쩜. (피식)
동기	(무뚝뚝) 가, 그럼. 나 들어가봐야 해.
동기부	(건조) 엄마한테 전화 넣어. 간다. (현경에게 상냥) 우리 또 봐요.
현경	(공손) 아버님, 조심히 들어가세요.
동기	(들어가려다 말고) 아 맞다, 아부지!

동기, 달려가서 동기부 주머니에 봉투 넣어주는, "됐어. 뭘 이런 걸", "넣어 둬. 어차피 받을 거면서." 뻔한 실랑이.
이 광경 흐뭇하게 보는 현경.

S#17. TCI 사무실 / 옥상 (아침)

동기, 가드닝 장갑 끼고 화분 분갈이하는, 시든 뿌리와 오래된 흙을 살살 털어 제거하는 섬세한 손길. 채만은 조리개로 물 주고, 소희와 현경은 수다 떠는.

현경	(동기부 얘기) …이건 그냥 우형사님 도플갱어인 거예요. 외모부터 표정, 말투까지… 아버지 쪽 유전자가 엄청 센가 봐. 완전 붕어빵!
동기	내가 그래서 아직도 붕어빵을 안 먹어. 똑같은 거 찍혀 나올 때마다 가슴이 철렁철렁해.
소희	(미소) 아버님 아직도 화물 하시니?

동기	작년에 그만두셨어요. 이젠 체력도 딸리시고. 요즘엔 그냥 집에서 살림하시고, 텃밭 가꾸고, 엄마 심부름하고.
현경	되게 가정적이시다!
동기	우리 아부지 그래 보여도 엄청 여성스럽고 섬세해.
	이름도 우길순이야. 진짜 안 어울리지?
현경	아, 보인다! 우형사님 미래가!
동기	하지 마라. 말이 씨 된다. (자기 손에 끼워진 가드닝 장갑, 현타)
소희	(피식) 현경이 넌 누구 닮았니? 어머님이 미인이신가?
현경	(급 표정 건조) 아니요.
소희	그럼, 아버님이 꽃미남?
현경	그냥, 아무도 안 닮았어요.
동기	말이 되냐. 주워 온 것도 아니고. 부모님 사진 봐.
현경	(저어하는) …제가 사진 찍는 거 별로 안 좋아해서.
동기	(수상한) 가만 보면 비밀이 많아. 도대체 뭘 숨기는 거냐?
	(《올드보이》 흉내) 누구냐 넌!
소희	(커버) 말하기 싫으면 안 하는 거지 뭐. (채만에게) 맞다. 얘기 들으셨어요? 이번 인사이동 때 여청과랑 수사과 인원 늘린다던데?
채만	(물 주며, 대수롭지 않은) 응, 들었어. 그쪽이 요즘 사건 사고 건수가 많잖아.
소희	솔직히 업무량만 따지면 우리도 만만치 않지.
	딴 팀 반의반도 안 되는 인원으로 일당백 하는 거잖아요.
	어떻게, 우리도 인원 보충 한 명 더 안 되나?
채만	(당연하다는 듯) 안 될걸. 차주임 온 지도 얼마 안 됐고.
소희	(그렇겠지) 그나저나, 차주임은 왜 안 와? 혼자서 탄력근무제 하나,

소희, 전화 온, 교통과장 염과장.

소희	네. 과장님… (사이, 표정 바뀌는) 네, 바로 갈게요. (끊고)
	도로 한가운데 차가 멈춰 있대요.
채만	얼른 움직여. 차주임한텐 내가 연락할 테니까.
소희	다녀올게요. (가는)
동기/현경	(장갑 벗고/뒤따르는)

S#18. 서부간선도로 / 차 안 (낮)

사고 현장. 과학수사, 사진 찍으며 현장 검증. 경찰, 사고 차선 막고
교통 통제한다. 깨진 앞유리로 드러나는 소희와 현경의 얼굴(마스
크, 장갑).
구멍 너머로 운전석의 남자(직장인 복장), 잠든 듯 고개 떨구고 있는.

소희	(운전석 차창 두드리며) 선생님! 선생님! 정신 좀 차려보세요!
남자	(반응 없고)
소희	(의식 없는 남자 얼굴 살펴보고는 심각해지는) 119는요?
경찰	지금 오는 길이라는데, 출근길이라 정체 때문에.
소희	(안 되겠다) 현경아, 문 따자!
현경	네.

현경, 차 트렁크에서 낚시가방처럼 생긴 가방 가져온다. 지퍼 열면
차량 문 개방 장치(AT-M3000). 소희와 현경, 응급수술 집도하듯이
차 문틈에 에어백과 쐐기를 박아 틈을 벌리고, 쇠막대를 집어넣어
문을 연다.
소희, 천천히 차 문을 열고, 운전자 확인. 장갑 낀 손으로 양복 들
추면, 떨군 목 아래로, 가슴 깊숙이 박혀 있는 정체를 알 수 없는

쇠붙이!

흘러나온 피가 하늘색 셔츠를 검게 물들인,

소희	!! (얼른 남자 바이탈 살펴보는)
현경	(놀란, 입 막는)
소희	(반응 없다. 현경 향해 고개 젓는)
현경	맙소사… 어쩌다 이런 일이…
소희	현경아, 저게 뭐 같니?
현경	글쎄요. 무슨 기계 부품 같기도 하고, 국과수 보내봐야 알겠는데요.
소희	(전화 오는, 차연호 주임, 차에서 벗어나 받는) 네, 차주임.
하과장	(필터) 민소희? 나 강산서 하과장이야.
소희	(의외) 하과장님? 하과장님이 왜 차주임 전화로,

S#19. 카캐리어 사고 현장 (낮)

카캐리어가 전복된 사고 현장. 카캐리어에서 떨어진 차들로 인해
아수라장이 된 도로. 주변에 경찰차.

하과장	아니, 우리 관할에 카캐리어 전복 사고가 나서 현장에 나와 있는데, 어떤 인간이 자기 경찰이라고 현장엘 돌아다니며, 신분증도 없이. (연호 힐끗 보면 현장 바닥 살피는) 이봐요! 거기 들어가지 말라니까!

S#20. 서부간선도로 (낮)

소희	(안 봐도 상황 뻔한, 장갑 벗으며) 거기 어디예요?

S#21. 카캐리어 사고 현장 (낮)

내리막길 있는 교차로. 현장 근처에 멈춰서는 차. 소희, 차에서 나와 보면 넘어진 카캐리어와 카캐리어에서 추락한 차량 때문에 교차로 인근이 아수라장인 상태. 경찰, 구경꾼과 기자들, 막고 서 있다. 소희 신분증 보이고 현장으로 들어간다. 소희 카캐리어 주변 보면, 연호, 강산서 형사들과 대치 중.
근처에 하과장, 연호를 못마땅하게 바라보고 섰다.

소희	(달려와 알랑방귀) 하과장님, 피부가 왜 이렇게 좋아졌어? 담배 끊으셨어요?
하과장	방금 폈다. (연호 가리키며) 저 인간 때문에. 쟤 느이 팀 맞아?
소희	(힐끗) 아, 차경위라고, 몇 달 전에 새로 왔어요.
하과장	근데 왜 혼자 돌아다녀? 신분증도 없이.
소희	(나무라듯) 차주임! 신분증 안 가져왔어요? 갖고 다니라니까.
연호	(슬쩍 미안하단 목례, 다시 주변 살피는)
하과장	(귀찮은) 빨리 치워. 남의 현장에 와서 뭐 하는 거냐. 아까부터 뭐가 있네 없네,
소희	죄송해요. (현장 둘러보며) 근데 어떻게 된 거예요?
하과장	(대수롭지 않은) 어떻게 되긴, 과적 차량 전복이지. 하루 이틀이냐.
소희	(끄덕끄덕)
하과장	야, 빨리빨리 수습해라. 언제까지 길 막고 있을 거냐! (가는)

소희, 연호에게 다가간다.

소희	(주변 눈치) 가요, 빨리. 남의 현장에서 이러는 거 실례예요. 단순 전복 사고라는데 뭘 들여다보고…

연호	(바닥 살피는) 좀 이상한 게 있어서요. 분명 있어야 하는데.
하과장	*(OL)* 민소희! (빨리 치우라는 손짓)
소희	네! 가요! (연호 잡아끄는) 빨리요!
구서장	*(OFF)* 그거 진짜야??

S#22. 남강경찰서 서장실 (낮)

소파에서 차 마시는 둘.

고과장	왜 본청에 있는 제 사시 후배 있잖습니까.
구서장	어. 저번에 차연호 정보 잘못 알려준 인간. (분한) 내가 그 인간 때문에 주차구역도 사라지고, 손해가 이만저만이 아니야~
고과장	이번엔 틀림없습니다!
구서장	확실해? 더블체크 했어?
고과장	더블, 아니, 트리플체크 했습니다.
구서장	(그래?) 그니까, 우리 서에 본청 감사관 자제분이 있다 이거지??

S#23. 경찰청 근처 한정식집, 복도 / 별실 (밤)

명학의 서울경찰청장 승진 축하 식사 모임. 낮은 조도의 복도. 안에서 사람들의 웃음소리가 들린다. 단정한 유니폼을 입은 종업원이 음식을 서빙하고 나오면,

양회장	이제 청장까지 한 계단 남았습니다. 형님, 아니, 서울청장님!! 정말 대단하십니다. 그 험난한 길 다 이겨내시고.

진심으로 존경합니다.

명학 사람… 아직 경황도 없을 텐데, 뭐 이런 자리까지…

양회장 그런 말씀 마십쇼. 재영이 억울함 풀어주실 분, 청장님뿐이십니다.

명학 그건 걱정 말어. 그놈은 내가 반드시 찾아낼 테니.

양회장 청장님…

명학 (양회장 토닥)

태주 축하드립니다.

명학 이게 뭐 나 혼자 잘나서 된 자립니까. 다 여러분 덕분이지요.

(잔 들고) 자자! 건배하시죠!

양회장 청장님이 건배사 하셔야죠.

명학 건배사는 무슨, (어쩔까) 그럼 제가 끝까지 하면, 여러분이 가자!

(잔 들며) 끝까지!

일동 가자!!

다 같이 건배하고 원샷하는, 태주 혼자 고개 돌려 잔을 들이켠다.

- 시간 경과

거나하게 취한 자리.

양회장 정욱이가 회사 적응이 빨라요. 형님 닮아서 조직장악력도 있고.

명학 (입에 발린 소리) 내 자식 내가 모를까… 그런 얘기 안 해줘도 돼.

그냥 조용히… 시끄럽지 않게… (그것만 잘 관리해줘)

양회장 (알아듣고) …네, 형님.

태주 (문자 오는, 분위기 깨지 않게 조용히 일어나면)

명학 무슨 일이야?

태주 저희 팀원입니다. 수사 중인 사건 때문에, (일어나 나가는)

양회장 (태주 나간 거 확인, 작당모의) 근데 형님, (안주머니에서 뭔가 꺼내 내려놓는) 재영이 방 책상에서 이런 게 나왔어요.

명학　(보면 자신이 받은 것과 같은 10년 전 기사 편지) 알아. 정욱이도 받고, 나도 받았어.

양회장　!!! …아니, 어떤 놈이 감히 청장님한테까지.

명학　(심각) 대전 때 일 말이야. 다시 한번 단도리 해야겠어.

재영이 사고도 그렇고. 이걸로 끝날 것 같지가 않아.

양회장　? 그럼 이 편지 보낸 놈이… (우리 재영이를?)

명학　서울청에 들어와 나한테까지 접근한 놈이야.

경찰 쪽 인물일 가능성도 있고. 그 죽은 여자애 주변에 누가 있지?

양회장　남편은 그때 수술하고 미국 갔는데 얼마 뒤에 사망했다고 들었고,

그 여자애 아버지는…

명학　(OL) 이정섭이… (그래) 그 양반도 경찰이었지. 정채만이랑 인연도

깊고… 제일 찜찜한 건 차연호가 지금 정채만 밑에 있다는 건데…

양회장　둘이 뭔가 알아낸 게 아닐까요? 그렇지 않고서야 둘이 왜 같이.

명학　(그럴지도, 고민) 정채만한테 일을 맡겨야겠어. 재영이 사건.

양회장　아니, 왜 굳이… (그 인간한테)

명학　원래 의심 가는 놈들은 곁에 두고 지켜봐야 맘이 편해. 수사 보고

를 받으면 오히려 동선 파악하기도 쉽고.

수상한 낌새가 보이면, 그걸 빌미로 잘라버리기도 좋고.

양회장　(듣고 보니 그럴싸) 손 안 대고 코 푸시겠다? 역시!

뒤처리는 저한테 맡기십쇼. 이제 형님, 위치도 있는데 옷에 흙탕물

튀기지 마시고… (이글이글) 재영이 일은 애비인 제가 마무리해야 하

지 않겠습니까.

이때, 밖에서 들리는 소리.

여종업원　(OFF) 뭐 필요한 거 있으세요?

명/조/양	? (귀 쫑긋)
태주	*(OFF)* 아니요. 들어가던 길입니다.

문 열리고, 태주 들어온다.

태주	(어색한 미소) 수배자가 검거됐다고… (자리에 앉는)
명/양	(밖에서 듣고 있었나? 술잔 기울이며, 태주 살피는)

S#24. 국과수 부검실 (밤)

간선도로 피해자 부검 현장. 부검의, 사체 가슴에 꽂힌 쇠붙이를 포셉으로 조심스럽게 꺼내는, 생각보다 길고 묵직한 쇠붙이 조각. 피 묻은 쇠붙이를 스테인리스 트레이에 내려놓는,

Dissolve

S#25. 화물차 라운지, 기사 휴게실 (낮)

TV에서 뉴스 흐르고 기사들 4, 5명(이 중 동우도 있음) 소파에 앉아 커피 마시며 휴식 중. 휴대폰을 보거나, 바둑 두는 기사들.
TV 뉴스에선,

기자E	카캐리어가 내리막길에서 전복돼, 행인들이 다치고 수천만 원의 재산 피해를 냈습니다. 카캐리어 전복 사고만 올해 들어 3건, 사망자도 5명이나 됩니다.

문 열리고 한경수(사고 3인방), 들어온다. 조용히 정수기 물 따라 마시며 뉴스 힐끗. 뉴스엔 카캐리어 사고 현장 자료 화면. 그 위로,

기자E   사고의 원인은 불법 구조 변경과 과적. 5톤 기준 카캐리어 차량엔 규정상 승용차 기준 3대까지만 실을 수 있는데, 5대를 싣고 도로를 질주했습니다. 한 번에 더 많은 차량을 싣고 다니기 위해, 차량을 불법 개조한 겁니다.

화물차주E   (음성변조) 단가가 안 맞아요. 불법이라고 3대만 싣겠다고 하면, 업주들이 일을 안 주니까. 저희도 어쩔 수가 없어요.

기사들, 뉴스 보다가 혀 차며,

기사남1   (쯧쯧) 사고 낸 기사는 뭔 죄여.

기사남2   글쎄 말이에요. 우리가 뭔 힘이 있어. 5대 실으라면 5대 싣고. 7대 실으라면 7대 싣고.

동우   다들 조심들 해요. 탁송차 자빠지면 보험도 소용없는 거 알죠?

기사남1   그걸 누가 몰라? 그렇게 일하면 남는 게 없는 걸 어쩌냐?

경수   (말없이 물 마시며 서늘하게 뉴스 보는)

TV 뉴스.

기자E   한 대라도 더 싣기 위한 카캐리어 불법 개조와 과적이 도로 위, 시민들의 안전을 위협하고 있습니다. JTBN 서복연입니다.

S#26. 국과수 교통과 (낮)

라텍스 장갑 낀 손으로 트레이에 놓인 쇠붙이 들어 보인다.
다가가서 뭔가 보는 소희와 연호.

소희 뭐예요 이게?

라텍스 장갑 낀 손의 주인공은 교통과 김현민 분석관(30대 후반)이다.

김분석관 라쳇버클이에요. 화물 고정할 때 쓰는, 근데 여기 좀,

김분석관, 라쳇버클 기어 부분을 실체 현미경 재물대 위에 놓고 보라고 한다. 연호, 접안렌즈로 보니 'ㅅ' 자로 잘린 기어핀.

연호 누가 일부러 잘라놨네요.
김분석관 네. 그냥 부러진 거면 단면이 일자로 끊기는데, 이렇게 시옷 자 모양이 된 거 보면, 누군가 볼트 커터 같은 장비로 잘라놓은 거예요. (제법) 잘 아시네요. 카이스트 출신이란 얘긴 들었는데.
(친한 척) 저도 거기 나왔습니다.
연호 (관심 없고, 뭔가 떠오른) 사고 현장 위치가 어디라고 했죠?
소희 (왜 묻지?) 서부간선도로요. 구내IC 근처.
연호 멀지 않네요. (소희 보는) 카캐리어 사고 현장이랑.
소희 !!! 설마, (그때 차주임이 있던)

S#27. 정비소, 사고 난 카캐리어 안 (낮)

소희, 사고 카캐리어 앞에서 채만과 통화 중이다.
연호는 뒤편에 상판 고박 장치 살펴보고 있다.

채만   (필터) 그니까 사망한 피해자 몸에 박힌 쇠붙이가 차주임이 목격한
카캐리어 사고 때 떨어진 거다?

소희, 연호 힐끔 보면,
연호, 국과수에서 가져온 쇠붙이가 카캐리어에서 떨어진 부품인지
대조해보다가 맞다는 듯 소희에게 고개를 끄덕인다.

소희   일단 사고 난 카캐리어에서 떨어진 부품인 건 확실해요. 그 라쳇버
클이라고 바퀴 고정할 때 쓰는…

S#28. TCI 사무실 (낮)

소희와 연호, 지금까지 조사한 내용을 팀원들에게 이야기하는.

채만   누군가 라쳇버클을 일부러 끊어놨다…
사고가 아니라 사건이란 얘긴데…

소희   블랙박스도 포맷돼 있었어요. 범인이 일부러 지우고 꺼놓은 거 같
아요. 자기 모습이 찍혔을까 봐.

현경   차 문이 잠겨 있었을 텐데 차 안엔 어떻게 들어가서? 혹시 자작극
아니에요? 기사가 보험을 노리고 일부러 할 가능성도 있잖아요.

연호   어차피 5톤 차량은 5톤 이내의 화물만 보험 보장이 돼요.

이 사건은 과적, 불법 개조 차량이라 5톤이 넘어가는 화물은 보험 적용이 안 돼요.

현경   그럼 화주나 운송회사 사람들 중에 이득 보는 사람은요?

동기   (고개 절레) 우리 아버지가 화물기사라서 아는데, 사고 나면 기사는 말할 것도 없고, 화주도 손해, 운송사도 손해, 다 손해야.
        이득 보는 사람 아무도 없어.

채만   그럼 개인적인 원한일 가능성이 크겠네. 일단 기사 주변 인물들부터 살펴보지.

문 벌컥 열리고 하과장을 위시한 강산서 형사들 들이닥친다.

하과장   지금 뭐 하자는 겁니까!!

갑작스러운 기습에 TCI 팀원들, 영문 모를 표정.

S#29. 남강경찰서 서장실 (낮)

구서장을 중심으로 강산서 형사들과 TCI(채만, 소희, 연호)가 마주 보고 앉았다. 구서장 옆엔 고재덕 수사과장이 앉아 있다. 뒤편에 현경과 동기.

하과장   여긴 뭐 상도덕도 없어요? 관할서에서 한창 수사 중인 사건을
          일언반구 말 한마디 없이 쓱싹 해가고 말이야.

소희   쓱싹이라뇨. 저흰 사고 차량에 범행 가능성을 파악하고 그걸,

하과장   (OL) 가능성이고 나발이고, 남재훈 카캐리어 사건 관할이 어디야.
          우리 아냐! 수사하려거든 우리한테 먼저 상의를 하고 움직였어야

	지! 왜 얘기도 없이 카캐리어 블랙박스를 맘대로 뒤지고 말이야!
소희	(화 누르며) 솔직히 이 사건, 단순 과실인 줄 알고 교통사고 조사계에 넘기셨잖아요.
하과장	(뜨끔, 오히려 세게) 무슨 소리야! 우리도 고의 사고 가능성 염두에 두고 수사하고 있었구만. 그리고 어쨌든 관할은 우리잖아!
소희	(눈 가늘게 뜨고) 지금 단순 과실 사고로 처리하려던 사건이, 사이즈 커지니까 군침 돌아서 이러시는 거예요? 밥상 다 차려놨더니 숟가락만 얹으시려고?
하과장	뭐?? 이게 말이면 단 줄 아나. (일어나) 숟가락은 누가 얹었는데!
구서장	쓰읏! 앉아!
하과장	(분 삭이며 앉으면)
구서장	(머리 아프다, 고과장에게) 이거 뭐 어떻게 해야 해?
고과장	(금테 안경 올려 쓰며 고민) 경찰청 훈령, 사건의 관할 및 관할 사건 수사에 관한 규칙 제2장 제9조에 보면, 두 개 이상의 경찰관서에 접수된 사건에 대하여 병합 수사의 필요성이 있을 경우에는 사건의 중요도, 수사의 효율성 등을 고려하여 해당 경찰관서장 상호 간에 협의하여 관할 관서를 정할 수 있다고 되어 있거든요.
구서장	(솔깃) 그럼, 어디다 사건을 줄지는 서장들끼리 정리하면 된다?
일동	(시선이 구서장에게 향하는)
구서장	(뒤편에 서 있던 동기와 현경을 쓰윽 보고는, 휴대폰 뒤적) 가만, 강산서 서서장 전화번호가… (통화) 서서장님, 그간 격조했습니다. 하하! 저번에 망년회가 마지막이었나? 필드에서 한번 보자니까. (사이) 사람, 일은 혼자 다 하지… (사이) 어, 다름이 아니라, 그 카캐리어 사건 말이야. 얘기 들었지? 그거 우리한테 넘겨.
TCI	(놀란, 서로 보는, 웬일?)
하과장	서장님!
구서장	뭐가 왜는 왜야. 우리 애들이 일을 많이 했어, 벌써. (사이, 오버) 그런

게 아니라, 우리 애들이 단순 사고를 사건으로 만들었잖아!

S#30. 남강경찰서 본관 주차장 (낮)

하과장과 강산서 형사들, 붉으락푸르락한 얼굴로 차에 오른다.
TCI 팀원들, 정중히 인사하며 배웅한다. 하지만 고소한 표정.
강산서 차 멀어지면, 별관으로 향하는 TCI 팀원들.

동기   우리 애들, 언제부터 우리가 서장님 애들인 겁니까?
현경   (부르르) 어우, 이게 감동이 와야 하는데, 닭살로 오네.
         갑자기 서장님 왜 저러시는 거예요?
소희   미우나 고우나 팔은 안으로 굽는 거지. 강산서에서 성과 내봤자
         본인한테 득 될 게 없잖아.
현경   그건 알겠는데, 말투가 왜 저러냐고요. 말끝마다 우리 애들, 우리
         애들. 너무 다정하잖아. 미생도 아니고.
소희   (피식) 그건 나도 좀 힘들더라.
채만   자, 이제 관할도 정리됐으니 본격적으로 뛰어들어봐야지.
         일단 카캐리어 기사부터 만나봐.
소희   네.

S#31. 남강경찰서 서장실 (낮)

창가에 서서, 별관으로 향하는 TCI 팀원들을 바라보고 있는 구서장.

구서장   (뿌듯한 표정) 나 아까 어땠어? 자연스러웠지?

고과장	(다가서며) 상당히요.
구서장	이런 걸 요즘 애들이 뭐라 그러더라. 츤데레?
고과장	(아, 끄덕끄덕) 츤데레.
구서장	당분간은 츤데레 해야겠어. 티 안 나게.
고과장	네, 츤데레 하시는 게 좋을 것 같습니다. 서장님, 저는 어땠습니까?
구서장	뭐가?
고과장	수사권은 누구한테 있나, 고민하는 척하다가, 결정적인 순간에 서장님한테 토스!
구서장	(흐뭇) 자연스러웠어. 처음으로 고과장이랑 한 팀 같았어.
고과장	(뿌듯) 이런 걸 요즘 애들이 뭐라고 하는지 아십니까?
구서장	??
고과장	티키타카.
구서장	나이스 티키타카. (하이 파이브)

S#32. 한송병원, 입원실 (낮)

안으로 들어온 소희와, 연호. 보면 베드 비어 있다.
그때 안으로 들어오는 지은(남재훈 딸, 20세). 소희와 연호 보고는…

지은	어떻게 오셨어요?
소희	(신분증 보여주며) 경찰입니다. 남재훈 씨를 뵈러 왔는데요.
지은	(베드 비어 있자) 방금까지 여기 있었는데…
연호	(베드로 다가왔다가 뭔가 발견) 반장님.
소희	?
연호	(뭔가 내미는) 이거.
소희	(보면 아직 남은 링겔 바늘을 뽑아놓고 갔는지 링겔액 뚝뚝 흐르고) !

S#33. 한송병원, 보안실 (낮)

소희, 직원과 함께 CCTV 화면 보고 있다.

- 인서트 (CCTV 화면)
환자복의 남재훈이 엘리베이터를 타고 어딘가 내리는 영상.

소희	저기가 어디죠?
직원	저긴 옥상인데요.
소희	!!! (다급!) 옥상 CCTV 좀요!
직원	(얼른 해당 CCTV 창 여는)

다급하게 CCTV를 살피는 소희.
보면⋯ 옥상 난간 앞에 우두커니 서 있는 환자 하나(남재훈)가 보이고, 소희, 이에 표정 굳고.

직원	119 부를게요!
소희	(그때 뭔가 발견한) ??

화면 보면 연호가 남재훈에게 다가가는 게 보이고.

소희	잠깐만요.
직원	?

다행히 남재훈, 연호를 보고도 경계하거나 예민하게 반응 안 한다.
소희, 이에 일단은 한시름 놓은 듯 안도하고.

S#34. 한송병원, 옥상 (낮)

옥상 난간 앞에서 멍한 표정으로 세상 내려다보는 카캐리어 운전
자, 남재훈 (40대 후반, 머리엔 붕대 감고 있는).
연호, 그런 재훈 살피며 옆에 서 있고.

연호   (신분증 들어 보이며) 남재훈 씨, 왜 나와 계십니까?

재훈   오늘 몇 명이나 찾아왔는지 아슈? 사고 난 거 변상하라고 여기저
        기 다 난리요. 과적으로 실으라고 난리칠 땐 언제고,
        막상 일 터지니깐 다들 나 몰라라… (기막힌)

연호   …

재훈   모아둔 애들 등록금에 전세금까지 날릴 판인데…
        그것만으로도 억울하고 환장하겠는데… 근데… (두려운 듯 연호 보며)
        나 때문에 사람이 죽었담서요… 내 차에서 떨어진 버클에 맞고…

연호   …

재훈   (크흑 울음 터지는) 죄송한데… 너무 죄송한데… 아무리 생각해도 내
        가 저지른 일들이 감당이 안 돼요. 더 이상 살아갈 용기가 없습니
        다… 그냥 열심히 살려고 한 것 뿐인데… 어쩌다 이렇게 된 건지…

지은E   아빠!

재훈   (그 목소리에 허겁지겁 눈물 흔적 훔치는) 어…

연호, 보면 지은과 소희가 함께 옥상으로 들어서는 게 보이고.

지은   뭐 하는 거야, 여기서! 걱정했잖아.

재훈   (아무 일 없었다는 듯) 답답해서… 바람 좀 쐬려고 그랬지.

지은   (당황해 눈물 글썽이며) 옷도 안 걸치고 나오면 어떡해~
        감기 들면 어쩌려고.

소희와 연호, 다정하게 들어가는 부녀 사이를 지켜보며 착잡해지고.

S#35. 한송병원, 입원실 (낮)

소희, 재훈과 얘기 중이고, 뒤편에 연호, 떨어져 있다.

재훈   누가 벨트를 끊어놨다고요??

소희   혹시 의심 가는 사람 없습니까? 남재훈 씨한테 이런 짓을 할 만한.

재훈   (혼란스러운) 아니요, 전혀요.

          그럼… 제가 사람을 죽게 한 건 아닌 거죠?

소희   수사해봐야 알겠지만… 범죄 가능성 있습니다.

재훈   아이고 하느님 감사합니다!

연호   …

소희   남재훈 씨, 상차지는 어디였어요?

재훈   인천 중고차 시장이요.

소희   중간에 들른 곳은 없었어요?

재훈   다음 날 아침에 하차라 휴게소에 들러서 잠자고 새벽에 출발했어요.

소희   휴게소는 어딘데요?

재훈   상산휴게소요.

소희   거기서 별일 없었어요?

재훈   별일이… (뭔가 떠올리더니) 설마 그 인간이…!

소희/연호   ?

S#36. 과거. 상산휴게소, 화물차 주차장 (저녁)

상차된 차 문 열고 들어온 남자, 익환(30대 중반)이다.
익환, 신이 나서 차 시트도 만져보고, 괜히 글로브박스도
열어보다가 시동도 걸어보는데.

재훈E   그날 어떤 놈이 상차해놓은 차에 올라타서 아주 식겁했죠.
익환   (시동 소리 마음에 드는지 흐뭇하게 웃는데)

Cut to.

익환 멱살 잡은 채 거칠게 차에서 끌어내는 재훈.

재훈   아저씨! 어딜 올라타?? 저 차 상하면 네가 책임질 거야?
익환   (괜히 센 척) 거 되게 빡빡하게 구네. 잠깐 구경 좀 한 거 갖다,
재훈   (익환 머리 쥐어 박으며) 이 미친놈아! 여기가 자동차 대리점이야!
               구경을 왜 여기서 해!
익환   아! 당신 지금 사람 쳤어?! 쳤냐고!! (멱살 잡는)
재훈E   그래서 좀 실랑이가 있었죠.

둘의 다툼에 지나가던 사람들 하나둘 걸음을 멈추고.

S#37. 상산휴게소 안 식당 일각 (밤)

한창 주방 정리 중인 종업원들. 그중 설거지하는 익환(30대 중반).
그때의 패기와 허세는 오간 데 없이 추레한 차림에 슬리퍼 신고 있는.

한쪽 다리가 간지러운지 다른 쪽 발가락으로 긁는 모양새까지 우습다.

소희E	조익환 씨?
익환	(돌아보면 소희와 연호 서 있고) 누구…?

S#38. 상산휴게소 안 식당 (밤)

식당 테이블에 앉아 있는 소희와 연호. 맞은편에는 익환이 앉아 있고, 식당 직원들, 구경이라도 하듯 주변에 모여 있다.

소희	조익환 씨, 15일 밤 11시경에 어디 계셨어요??
익환	저 진짜 아닙니다! 제가 왜 그런 짓을 해요?
소희	상차해놓은 차에 막 올라갔다면서요. 카캐리어 기사랑도 한판하고.
익환	그거야! 그 인간이 하도 말을 재수 없게 하니깐!
소희	그날 밤 11시경에 어디 있었는지부터 말해요.
익환	(뭔가 숨기듯) 그때쯤이면… 기숙사에 있었겠네, 뭐.
연호	(태블릿 보이는, 화면엔 기숙사 CCTV에 찍힌 익환, 주위 살피며 나오는) 그날 밤 11시 42분경 기숙사 CCTV에 찍힌 영상입니다. 조익환 씨 본인 맞으시죠?
익환	(움찔)
소희	그때 나가선 새벽 4시경에야 들어왔던데. 조익환 씨, 솔직히 말하세요. 그날 기숙사 나와서 새벽까지 어디서 뭐 했어요?
익환	(당황하지만 입을 꽉 다물며 주변 눈치를 본다.)
소희	조익환 씨!!
익환	그, 그게…

여직원   (OFF) 저랑 있었어요!

소희와 연호, 보면 직원들 틈에 있던 여자 직원, 부끄럽게 손 들고 나온다.

여직원   (수줍게) 저랑 드라이브 갔었어요.

직원들, 놀라서 수군수군.

여직원   새 차 뽑았다고, 바다 보러 가자고 해서,
중년 여직원   (타박) 어머 얘가, 미쳤나 봐! 만나도 하필 저런 똘, (순간 익환 눈치)
익환   (눈 돌아간다) 똘 뭐요, (버럭) 똘 뭐!!

S#39. 상산휴게소 주차장, 익환 차 안 (밤)

소희와 연호, 익환의 차 안에서 블랙박스 확인한다.
밤 3시 반쯤 녹음된 음성. 밖에선 익환과 여직원, 서 있고,
"다음에 또 보러 가자, 바다", "진짜?"
"내가 궁금해서 그러는데… 나, 너 좋아하냐?"
듣고 있는 소희, 오글거리는 표정.
연호는 무표정하게 들을 뿐.

소희   (큼! 블랙박스 끄고 차에서 내리는) 말씀하신 그대로네요.
              협조 감사합니다.
익환   근데…
소희   ?

익환	그날 한창 이러고 있는데… (여직원이랑 눈 마주치는, 말할까?)
여직원	(말하라는)
소희	있는데, 뭐요?
익환	수상한 남자를 봤어요.
소희	? …수상하다니요?

- 익환의 회상. 상산휴게소, 익환의 차 안 (밤)

주차장 뒤편, 으슥한 곳.

익환	이 차로 세상의 모든 문턱을 넘게 해줄게.
여직원	(애틋한 시선)
익환	(키스하려는 듯 다가가려다 멈칫, 어색한, 계속 엇박자 나는)

이때, 인기척에 후다닥 숨는!
휴게소 뒤편, 도로와 경계를 이루는 둔덕에서 검은 그림자 나타난다.
"누구예요?" "몰라, 가만있어."
모자 눌러쓴 사내, 익환의 차 옆을 지나쳐가다, '땡그렁~!' 무언가
떨어뜨린다.
익환, 백미러로 보면, 바닥에 떨어진 뭔가를 집어 드는 사내, 절단
기다!
다시 주변을 살피며 카캐리어 뒤편으로 사라지는 사내.

- 다시 현재

소희	절단기요?
익환	예. 왜 긴 가위같이 생긴 거 있잖아요.
연호	볼트 커터요.
익환	뭐 암튼, 그거.

연호	다른 특징 같은 건 없었나요?
익환	그냥 보통 키에, 검은색 잠바, 녹색 모자. (맞지?)
여직원	맞아요, 초록색.
소희	초록색 확실해요?
익환/여직원	(서로 보고는 확실하다는 듯 동시에 끄덕끄덕)
연호	그 남자 그러고는 또 못 봤습니까?
익환	좀 이따 (어딘가 가리키며) 저기로 가던데요?
소희/연호	(익환이 가리키는 곳 보면 화물차 라운지 있고) 저긴 뭐죠?

S#40. 상산휴게소, 화물차 라운지 입구 (밤)

휴게소 건물을 끼고 돌아가면 나오는 화물차 라운지. 2층 건물.
건물 앞에 선 소희와 연호, 주변 둘러보고.

관리인	교통안전공단에서 화물차 기사들 사고 나지 말라고 쉼터처럼 만들어 놓은 거여. 그래서 기사들은 다 공짜.
소희	(입구 카운터에 출입명부 보고) 여기에 오시는 기사님들, 이 출입명부 다 적나요?
관리인	의무는 아니고, 인원 파악 차원에서. 내가 있으면 적게 하는데, 귀찮으면 안 적는 사람도 많고.

그때 연호의 눈에 건물 입구 CCTV가 들어오는데.

연호	저 CCTV는 작동하는 겁니까?
관리인	그거 고장 났어. 누가 보지도 않으니깐 고치지도 않고.
소희	안쪽도 살펴볼 수 있을까요?

관리인	그건 좀… 목욕탕이 있어서 벗고 다니는 사람들도 있고.
연호	안은 제가 살펴보겠습니다.
소희	그래요. 난 여기(출입명부)에 사건 당일 적힌 이름들이 있나 볼게요.
연호	(끄덕)

S#41. 상산휴게소, 화물차 라운지 안 (밤)

연호, 라운지 안쪽으로 들어가면,
샤워 끝내고 옷 입고 있는 사람, 평상에 누운 채 수건 덮고 누워 있
는 사람, TV 보는 사람 등
라운지를 이용하는 화물차 기사들로 가득한데…

S#42. 상산휴게소, 화물차 라운지 샤워실 밖 (밤)

샤워를 마치고 옷을 입는 기사들.
연호, 안을 둘러보던 연호, 라커룸에 열쇠가 없자
수건으로 머리 말리던 남자에게 물어본다.

연호	라커룸에 키가 없네요?
남자	여긴 그런 거 없어요. 누가 뭘 훔쳐 간다고.
연호	(표정)

S#43. TCI 사무실 안 (아침)

소희와 연호, 채만과 현경, 동기에게 휴게소 다녀온 보고 중.

연호   라커룸에 키가 없었습니다. 아무래도 범인은 남재훈 씨가 샤워하
      는 동안 라커룸에서 키를 훔쳐서 범행을 저지른 거 같습니다.
      블랙박스 영상도 그때 지운 거고요.

채만   그러고는 다시 라커룸에 키를 갖다 놨다?

연호   (끄덕)

소희   분명 개인적인 원한 같은데… 남재훈 씨 말론 주변에 초록색 모잘
      쓴 사람은 없었대요. 딱히 더 짐작 가는 사람도 없고요.

동기   화물차 라운지를 이용했다면… 같은 화물차 기사 아닐까요?

연호   마음만 먹으면 누구나 들어갈 수 있는 곳이라 속단하긴 이릅니다.

채만   거기 CCTV는?

연호   라운지 입구 쪽 CCTV는 아예 작동하지도 않았어요.

현경   그럼 어디서 단서를 찾죠?

소희   그날 라운지를 이용했다면 분명 기억하는 사람들이 있을 거야.
      검은 잠바, 초록색 모자.
      (채만에게) 다행히 그날 출입명부를 적은 사람이 몇 있더라고요. 그
      사람들 먼저 만나보려고요.
      혹시 초록색 모자가 찍힌 게 있나 휴게소 CCTV도 살펴보고.

동기   오늘 하루도 엄청 바쁘겠네.

채만   다 같이 움직여야겠네. 운전 조심하고.

소희   팀장님은 같이 안 움직이세요? (채만에게) 오늘 청장님 뵌다고 하셨
      죠? 웬일로 팀장님을 찾는대요?

현경   오늘 표명학 청장님이 뵙자고 하셨대요.

소희   ?? 표청장님이 왜요?

채만	글쎄. 들어봐야지.
연호	(채만을 살피듯 보는)

S#44. 남강경찰서 TCI 주차장 (낮)

걸어 나오는 소희, 연호, 동기, 현경.

동기	운전 제가 하겠습니다!
현경	오늘은 제가 할게요. 너무 운전을 안 해서 운전하는 법 까먹겠어.
소희	야야, 이것들이 어디 불도저 앞에서 삽질하려고, 운전은 내가 해. (하다가 연호 힐끔) 차주임이 할래요?
연호	??
소희	아니, 이제 해봐도 될 거 같아서. 저번에도 혼자서 잘했잖아요. 박성진 잡으러 갈 때.
동기/현경	(연호 괜찮을까? 보는)
연호	(표정)

S#45. 고속도로, 소희 차 안 (낮)

고속도로, 3차선에서 다른 차들보다 현저히 느리게 질주하는 소희
의 차.
다른 차들이 소희의 차를 쌩쌩! 지나쳐 가고…
조수석에 앉아 있는 소희. 불안한 눈빛으로 운전석을 바라보면,
긴장한 표정으로 운전대 잡은 연호. 뒷좌석엔 동기와 현경.
소희, 속도계 보면 시속 50km로 달리고 있다.

소희	…고속도로에 최저 제한 속도 있는 거 알죠? 벌점 받기 싫으면 속도 좀 올려요.
연호	네. (시속 1km씩 올리는)
현경	(옆을 위협적으로 지나가는 차들, 불안) 저속 운전이 이렇게 위험한지 오늘 알았어요. 저속 운전 근절 캠페인 시급하네.
동기	(현경에게) 타조가 시속 80킬로까지 달리거든. 캥거루가 70, 기린도 한 60. 시속 50이면… 임팔라. 그래, 우린 임팔라다.
연호	죄송합니다. 조금만 시간을 주시면 조금씩 속도 올려보겠습니다.
현경	(뒷좌석에서 고개 내밀며) 반장님 우리 노래 들으면서 가면 안 돼요? 이왕 이렇게 된 거, 도착할 때까지 노래나 실컷 듣죠.
소희	그럴까?

소희, 핸드폰을 꺼내 플레이리스트를 스크롤한다.
'드라이브' 폴더 터치. 경쾌한 음악 흘러나온다. 현경, 리듬 맞춰 흥 올리는데,

연호	(긴장한 표정으로 정면만 바라보며) 저기… 노래 끄면 안 될까요?
소/동/현	?
연호	아직은 좀 불안해서요.
소희	(무슨 말인지 알겠는, 음악 끄는) 음악은 각자 듣자. 속으로 불러.
동기/현경	(김샌다, 잠이나 자자!/이어폰 슬쩍 끼는)

S#46. 상산휴게소, 어딘가 (낮)

휴게소가 한눈에 내려다보이는 둔덕, 나무 뒤에 숨은 누군가의 시선.
휴게소를 내려다보는, 소희의 차가 천천히 휴게소로 진입한다.

S#47. 상산휴게소, 주차장 (낮)

수많은 사람과 차들이 오가는 고속도로 휴게소 풍경. 넓은 주차장
에 다양한 차들. 뒤편에 화물차들도 보이고…
차에서 내리는 소희, 연호, 현경, 동기. 소희와 연호, 휴게소를 죽 둘
러본다.
휴게소 건물 왼편으로 화물차 라운지(휴게텔)가 보인다.

현경   (둘러보고) 휴게소 엄청 크네!
소희   화물차 기사분들이 많이 이용하는 데라 뭐가 많더라고. 보건소에
      정비소에, 화물차 라운지까지.
동기   (현경에게) 오늘은 나 대신 네가 CCTV 보겠네?
현경   내가 왜요?
동기   오늘은 어쩔 수가 없어요. 화물차 라운지에 여자는 출입 못하거든.
      전 기사님들 만나기로 해서 먼저 가볼게요. (가는)
현경   (투정) 아… 벌써 피곤해. 가만히 앉아 있는 거 체질에 안 맞는데.
      반장님, 일단 뭐 좀 먹죠. 여긴 무조건 소떡소떡이 국룰인데!
소희   (피식) 이따 먹자. 일 다 끝내고.
현경   근데요 반장님, 여기 뭔가 섬 같지 않아요?
소희   섬?
현경   주변엔 고속도로 말고 아무것도 없고, 다들 잠깐 쉬었다 또 어디론
      가 가잖아요. 그냥 스치는 사람들이 있고, 서로가 서로를 잘 모르고,
소희   (듣고 보니) 그렇네. 근데 갑자기 그런 얘길 왜 하는데?
현경   만약 범인이 여기 있는 누군가라면, 뭔가 외로울 거 같아서요.
소희   (현경 얘기 곱씹어보는, 주위 둘러보는)
연호   …

S#48. 몽타주

- 연호와 현경, 주차장 화물차 앞에서 기사1에게 뭔가 물으면
기사1, 본 적 없다는 듯 손사래 치고. (낮)
- 라운지를 도는 동기, 휴게실에서 쉬고 있는 기사들 무리에게 얘
기 중. 기사들, 관심 없다는 듯 제 갈 길 가고. (밤)
- 상산휴게소 사무실. (낮)
노트북 두어 대가 놓여 있는 사무실. 한쪽 모니터엔 휴게소 안
CCTV들이 각각 재생 중이고. 현경, 이를 유심히 보며 뭔가 찾는 중.

S#49. 남강경찰서 근처, 설렁탕집 (낮)

테이블에 마주 앉은 채만과 명학. 설렁탕과 소주 한 병 서빙되면 명
학이 채만의 잔을 먼저 채우고 자신의 잔에도 술을 따른다.

명학   대전에도 우리 잘 가던 설렁탕집 있었는데, 기억나요?
       그 집 사장님이 우리 오면 꼭 설렁탕에다 도가니 한 점씩 넣어줬는
       데. 서비스로. 정팀장 도가니 싫어해서 내가 먹고 그랬잖아.

채만   (건조) 늦었지만, 진급 축하드립니다.

명학   (미소) 어쩌다 보니 여기까지 왔어. (잔 들며) 고마워요.

채만   (잔 안 드는) 근무 시간이라.

명학   (미소, 자기 잔 비우고 다시 채우는) 여전하네. 예전에도 느꼈지만 참 어
       려워. 정팀장… 뭐랄까, 항상 날이 서 있달까?

채만   경찰이 날이 무뎌지면 되겠습니까. 베어야 할 일이 얼마나 많은데.

명학   (미소) 아직도 나한테 화가 나 있는 건가.
       그때 오해는 충분히 푼 것 같은데.

채만	과거 얘기 다시 꺼내러 오신 건 아닐 테고.
명학	(본론만 말하라? 그러지, 가방에서 서류 꺼내 놓는)
채만	뭡니까 이게?
명학	사건 하나 맡지. 교통사고인데 살인이 의심돼서 말이야.
채만	?? (자료 꺼내 보는, 표정 굳는, 명학 보는) 이걸 왜 저한테,
명학	왜라니, 경찰한테 수사하라는데, 이쪽 분야는 정팀장 전문이잖아.
채만	…
명학	왜, 못 맡을 문제라도 있나? (소주잔 비우고 지긋이 노려보는)

S#50. 식당 주차장 (낮)

주차된 자기 차로 걸어가는 채만, 운전석에 오른다.
그제서야 명학이 준 서류 꺼내 보는 채만.
재영의 사건 현장 사진 중 찍힌 검은색 차량이 눈에 띄고.
이를 의미심장하게 보던 채만, 사진을 다시 집어넣고 차를 출발한다.
채만의 차, 사진 속과 유사한 검은색 차량이고.

S#51. 상산휴게소, 화물차 주차장 (낮)

동우(파란색 모자 쓴), 자기 차 점검하고, 동기, 이를 지켜보며…

동기	타이어 점검하시나 봐요?
동우	(머쓱한 미소) 네. 위치교환하고 바람을 넣었는데 공기압이 좀 높은 거 같아서… 너무 빵빵하면 지열이 높은 상태에서 가끔 터지거든요.
동기	(감탄) 안전관리 철저하시네. 이런 기사님들만 있으면 사고 날 일 없

	을 텐데. 나이가 젊어 보이시는데, 이 일, 일찍 시작하셨나 봐요.
동우	처음엔 아버지 따라서 시작한 건데. 하다 보니까,
동기	아~ (미소) 저희 아버지도 화물기산데, 저도 어렸을 때 맨날 아버지 따라다니고 그랬거든요.
동우	어? 저돈데…
동기	(악수 청하는) 반갑습니다!
동우	(쑥스러운, 두 손으로 악수하며 동기 물끄러미 보고는) 근데 인상이 참 좋으세요. 꼭 어디서 뵌 분처럼 친근한 것도 같고.
동기	(기분 좋은) 그런 말 종종 듣습니다.
동우	근데 제게 하실 말씀이…?
동기	아, 15일에도 라운지에 오셨다면서요? 혹시 그날 초록색 모자 쓰고 다니던 사람 못 보셨어요? 볼트 커터를 들고 다녔을지도 모르는데.
동우	글쎄요.. 여기선 모자나 볼트 커터나 흔해서…
동기	그럼 혹시 남재훈 씨라고 아세요?
동우	(갸웃) 이름만 들어선…
동기	(남재훈 사진 보여주며) 이분인데…
동우	(사진 보며) 어? 이분…!
동기	아세요?
동우	이분도 그날 라운지에서 본 것 같은데…
동기	맞아요! 기억력이 좋으시네요?
동우	그날… 라운지에서 시비가 있었거든요.
동기	시비요? 남재훈 씨가요?
동우	별건 아니고…

S#52. 과거. 상산휴게소, 샤워실 (밤)

머리 감던 동우, 뭔가 소란스러운 소리에 돌아보면
재훈과 시비남(경수)가 샤워하다 말고 말다툼 중.
다 씻고 나가던 시비남에게 재훈이 비누 거품을 튄 상황.
(경수는 얼굴 안 보이고 뒷모습만)

시비남 아씨… 거 조심 좀 하죠?
재훈   뭐? 아씨?? 어린 노무 자식이, 어른한테 말본새 좀 봐라?
시비남 어른답게 굴어야 어른 대접을 하지?
재훈   뭐 인마??
동우   (왜들 저래? 하고는 계속 씻는)

S#53. 과거. 상산휴게소, 샤워실 밖 (밤)

옷 입던 동우, 문득 보면…
옆 라커룸 앞에서 옷을 입던 남자, 초록색 모자를 눌러쓰는.

S#54. 상산휴게소, 화물차 주차장 (낮)

동우   그러고 보니… 그 사람 초록색 모잘 쓰고 있었는데…
동기   네?? 얼굴 보셨어요? 혹시 아는 사람입니까?
동우   아니요. 근데 그 사람 오늘도 봤어요. 아까 라운지에서.
동기   !!

S#55. 상산휴게소, 카페테리아 (밤)

소희와 연호, 기사2(60대)와 이야기 중.

기사2 (방문일지에 적힌 제 이름 보며) 그날 오긴 했지…

근데 4시쯤이면… 수면실에서 자고 있을 때라… (고개 젓는)

소희 (또 허탕이네) 오늘 협조해주셔서 감사합니다.

기사2 그 카캐리어 사고 때문에 이러는구만? 나도 재훈이 좀 알거든.

소희 그래요?

기사2 누가 일부러 벨트를 끊기라도 했수?

소희 아직 밝혀진 건 없습니다.

기사2 거 이상하네…

소희 ?? 뭐가요?

기사2 몇 달 전에도 내 아는 놈이 카캐리어 사고가 났는데 말요.

그놈도 그때 그랬거든. 분명 벨트도 제대로 묶었고, 사이드 브레이

크도 제대로 잠갔는데 사고가 났다고. 어찌나 억울해하던지.

근데, 확인하려고 봤더니 블랙박스가 꺼져 있었대.

연호 (표정)

그때 소희의 휴대폰 울린다. 보면 동기 전화.

소희 실례하겠습니다. (자리에서 일어나선 받으며) 어 우형사… (사이) 뭐??

연호 (뭔가 꺼림직한) 그게 언젭니까?

기사2 가만있자… 그게 언제더라?

S#56. 상산휴게소, 화물차 라운지 (밤)

동기, 동우와 함께 라운지 안 곳곳을 살피며 통화 중이다.

동기   지금 서동우 씨랑 라운지 살피는 중이에요!

동우, 2층 수면실 문을 하나씩 열어보며 안에 있는 사람 살피고는
여긴 없다는 듯 동기 보며 고개 젓는.

S#57. 상산휴게소, 카페테리아 앞 (밤)

전화 받고 있는 소희. 뒤늦게 연호가 소희를 따라 나온다.

소희   알았어! 차주임 그리로 보낼게! 이미 라운지를 떠났을 수도 있으니
         깐 현경이한테도 CCTV 살펴보라고 하고. (끊는)
연호   무슨 일입니까?
소희   지금 라운지로 가봐요! 거기서 용의자를 봤단 사람이 있어요!
연호   먼저 가보겠습니다! (라운지 쪽으로 가는)
소희   (어디론가 전화 걸며 라운지 쪽으로 향하는) 남재훈 씨?

S#58. 한송병원, 입원실 카페테리아 앞 (밤)

베드에 앉아 있는 재훈, 통화 중이다.

재훈   그랬죠… 샤워하다 그런 일이 있긴 했는데 그게 왜…?

소희	그 남자 아는 사람이에요?
재훈	네.
소희	누구였어요? 혹시 그 사람 사진 있어요??

S#59. 상산휴게소, 라운지 앞 (밤)

라운지로 향하던 연호, 뭔가를 보고 우뚝 멈춰 선다.
보면, 저 멀리 이제 막 라운지를 나서는 사람(동우), 녹색 모자 쓰고
있고.
동우를 뒤따르려는 연호, 그때 라운지 반대편 화장실을 나와 주차
장으로 걸어가는 남자(경수) 역시 녹색 모자를 쓰고 있는 게 보이고.
둘 중 어느 쪽을 가야 하나 갈등하는 연호의 시선.
마침 동우를 뒤따라 나온 동기가 동우와 얘기하는 게 보이자
연호, 주차장으로 걸어가는 남자를 따라간다.
그러다 슬쩍 남자의 옆모습 보이고… 이를 본 연호가 멈춰 서는데.

연호E	한경수…?

S#60. 과거. 상산휴게소, 라운지 샤워실 밖 (밤)

초록색 모자를 눌러쓴 채 동우 쪽으로 돌아서는 경수의 얼굴.

재훈E	한경수요.

S#61. 상산휴게소, 주차장 일각 (밤)

소희, 재훈이 보낸 경수의 사진을 내려받는다.
뭔가 단체 사진 속에서 경수만 동그라미 쳐진 사진.

소희   이 사람이… 범인…?

S#62. 상산휴게소, 화물차 주차장 (밤)

자신의 화물차로 걸어가던 경수의 얼굴 클로즈업.
그런 경수와 거리 둔 채 누군가 뒤를 밟고 있다.
경수, 뭔가 인기척에 경계하며 돌아보면 연호가 서 있고.

연호   한경수 씨 맞죠?
경수   (대답 없이 경계의 시선) 당신이 왜 여기…
연호   (천천히 다가와 덤덤히) 오랜만이네요. 절 기억하시네요.
경수   (흔들리는 동공으로 보는) …오랜만 아닌 거 같은데.
            재영이 장례식 때, 맞죠?
연호   양재영 씨는 어쩌다가…
경수   …날 찾아온 거예요? 날 왜…??
연호   아니요. 그런 게 아니라… (한발 다가가는)
경수   (하지만 그 말 못 믿는 듯, 뒤로 물러서는)
정욱E   재영이, 사고 아니야. 누가 죽인 거란다. 검은 차 타고 다니는 새끼가.
연호   (그런 경수가 의아한) 한경수 씨…?

그때 경수의 눈에 연호 뒤에 서 있는 검은색 승용차가 들어온다.

공포에 질린 채 검은 차 보는 경수.

검은 차, 언제라도 경수 향해 돌진할 준비가 돼 있듯 부릉거리고.

연호, 경수의 시선이 향한 곳 돌아보면

검은 차가 헤드라이터를 탁 켠다. 연호, 눈이 부신지 손으로 그 빛 가린다.

순간 검은 차, 마치 경수와 연호 향해 돌진이라도 할 듯 달려오는데.

연호 !

S#63. 휴게소 사무실 / 상산휴게소 일각 (밤)

현경, CCTV 화면 중 하나 보며 통화 중이다.

거기엔 화물차 주차장에 있는 연호와 경수 모습 보이고.

 - 인서트 (CCTV)

검은 차가 휙 지나가자 경수가 지레 겁먹고 혼자 쓰러지는 장면.

현경 (이를 보며 통화) 반장님, 차주임님이 찾아낸 거 같아요!
화물차 주차장이요!

 - 소희 쪽

소희, 그 말에 전화 끊고 서둘러 주차장 향해 달려가고.

S#64. 상산휴게소, 화물차 주차장 (밤)

검은 차가 자기한테 달려드는 줄 알고 과하게 몸을 날려 피하는 경수.
그런 경수에게 검은 차 운전자가 지나가다 말고 차창 열고는…

운전자	아니 왜 길은 막고 지랄이야! (그러고는 휙 가버리는)
경수	(아니구나… 하지만 아직 예민한)
연호	(넘어진 경수에게 다가와) 한경수 씨, 괜찮습니까?
경수	설마… 당신이 그랬어? 재영이 사고…
연호	그게 무슨…?
경수	당신이 재영이 죽인 거냐고?!
연호	진정해요. 일단 진정하고… (경수 일으켜주려는데)

경수, 그런 연호를 되레 밀쳐버리고는 일어난다.

경수　　난 재영이랑은 달라! 이젠 쉽게 안 당한다고!

그러고는 서둘러 자신의 화물차에 오르더니 차를 출발해 가버리고.
자리에서 일어나는 연호, 멀어지는 경수 차 지켜보기만.

S#65. 경수의 카캐리어 / 상산휴게소, 주차장 다른 일각 (밤)

경수, 백미러로 그런 연호 모습 보며 서둘러 주차장을 빠져나가려 한다. 조수석엔 아무렇게나 벗어둔 초록색 캡모자 보이고.
마침 주차장으로 들어서던 소희, 눈앞에 지나쳐가는 경수의 트럭

본다.

보면 운전석의 경수 얼굴 또렷이 보이고.

소희   (쫓아가며) 한경수! 멈춰!!

하지만 소희가 쫓기엔 역부족. 경수의 화물차 결국 주차장을 빠져
나간다.

그제야 멈춰 서는 소희.

S#66. 상산휴게소, 화물차 주차장 (밤)

혼자 우두커니 선 연호, 돌아서는데.

이번엔 어딘가 주차된 검은색 승용차가 눈에 들어온다.

다른 차에 비해 까맣게 선팅된⋯

차 안의 누군가도 이쪽을 보고 선 연호를 보고 있는데.

그때 어디선가 헤드라이트 불빛이 비치면서 경적 '빵빵!!'

소희E   차주임!
연호   (돌아보면 소희의 차가 연호 옆에 서고)
소희   그 사람이에요! 우리가 찾던 용의자! 방금까지 차주임이랑 있던!
연호   !

S#67. 고속도로 / 경수의 카캐리어 (밤)

차량의 흐름이 거의 없는 한적한 고속도로를 질주하는 카캐리어.

댄스 음악 틀어놓은 채 운전하는 경수, 아직 좀 불안한지 생각 떨쳐버리려 음악 볼륨 더 키운다.

노란 영업용 번호판. 화면, 천천히 떠오르면 카캐리어 상판, 신차 바퀴를 고박한 라이싱 벨트가 위태롭게 흔들거린다.

덜컹, 라쳇버클이 빠지면서 바퀴가 구역을 이탈하는…

S#68. 고속도로 / 경수의 카캐리어 (밤)

상판 차량 바퀴, 라쳇버클 기어가 풀리면서 고박한 차량 바퀴가 고정틀을 이탈한다!!

S#69. 고속도로 / 소희 차 안 / 경수의 카캐리어 (밤)

사이렌 울리며 이리저리 앞지르기하는 소희의 차.

차 안. 연호, 불안한 듯 조수석 손잡이를 꽉 붙잡는,

연호   한경수가 용의자라고요??
소희   그래서 둘이 같이 있던 거 아니에요? 초록색 모자!
연호   아니요.
소희   그럼 둘이 왜… (설마?) 한경수랑 아는 사이예요?
연호   아는 사이는 아니지만… 압니다.
소희   (그게 뭔 소리야??) 그 얘긴 나중에.

거칠게 질주하는 소희의 차. 옆을 보면 연호, 식은땀 흘리며 불편한 기색이 역력하다.

소희	괜찮아요?
연호	…네.
소희	지금이라도 내릴래요?
연호	그럴 시간 없습니다.
소희	… (할 수 없는)

언덕을 올라 내리막 도로.

연호	(뭔가 발견) 저기…!
소희	(보면 저 멀리 완만한 코너를 돌고 있는 카캐리어 보인다) !!!

소희, 액셀을 밟는다.
- 경수의 카캐리어, 백미러로 멀리서 달려오는 소희의 차량이 보인다. 하지만, 경수는 아직 발견하지 못한다.
- 소희의 차량, 이제 100미터 거리까지 경수 차량과 거리를 좁힌다. 보면, 상판 차량이 위태롭게 흔들린다.
- 소희, 경고 사이렌 울린다. "5428! 차 갓길로 이동하세요! 5428!!"
- 하지만 경수, 음악 소리에 묻혀 아무 소리도 듣지 못하고.

소희	(마이크에 대고) 5428!!

그때 소희의 휴대폰 울린다. 보면 현경이고.

소희	(스피커폰으로 받으며) 어, 현경아!
현경F	(다급한) 반장님, 지금 어디세요?
소희	다 쫓아왔어! 바로 코앞이야.
현경F	위험해요! 피하세요!

소희/연호	?
소희	무슨 소리야?

S#70. 상산휴게소, 사무실 (밤)

현경, 동기와 여직원과 함께 CCTV 영상 보며 통화 중.

- 인서트 *(CCTV 화면)*
흐릿한 CCTV 속 화물 주차장 부감 풍경.
모자를 눌러쓴 남자가 카캐리어 뒤쪽으로 오르더니 품속에서 뭔가(장비)를 꺼내 작업하는 모습!

현경	누군가 그 차 라쳇버클을 끊어놓은 거 같아요!! 그 차가 다음 타겟이라고요!

S#71. 고속도로 / 소희 차 안 / 경수의 카캐리어 (밤)

소희	뭐??

연호, 바로 앞에서 달리는 거대한 경수의 카캐리어 보면…
상차된 차들이 흔들흔들 위태로워 보이는데.

- 경수, 그제야 백미러로 소희의 차 발견한다.

소희, 속도를 내서 운전석 쪽으로 붙는 순간,

퉁~!!! 상판에 간당간당 걸려 있던 차량 바퀴가 완전히 이탈하더니,
소희의 차 바로 옆 도로로 떨어져 내린다!!!

"!!!" 소희, 핸들 꺾어 가까스로 피한다!!

반동으로 카캐리어가 중심을 잃고 롤링하더니, 방향이 급하게 갓
길로 꺾이면서 기우뚱~!!! 운전석 쪽으로 전복된다!!

곳곳에 어지럽게 굴러떨어져 있는 차량들.

소희의 차, 떨어지는 차 사이를 곡예하듯 피하는데…

거친 마찰음을 내며 미끄러지는 카캐리어!!

기우뚱하며 중심을 잃는데…

7부 끝

8부

««««« 8 부 »»»»»

S#1. 고속도로 / 소희 차 안 / 경수의 카캐리어 (밤)

거칠게 질주하는 소희의 차. 옆을 보면 연호, 식은땀 흘리며 불편한
기색이 역력하다.

소희   괜찮아요?
연호   …네.
소희   지금이라도 내릴래요?
연호   그럴 시간 없습니다.
소희   … (할 수 없는)

언덕을 올라 내리막 도로.

연호   (뭔가 발견) 저기…!
소희   (보면 저 멀리 완만한 코너를 돌고 있는 카캐리어 보인다) !!!

소희, 액셀을 밟는다.

- 경수의 카캐리어, 백미러로 멀리서 달려오는 소희의 차량이 보인
다. 하지만, 경수는 아직 발견하지 못한다.
- 소희의 차량, 이제 100미터 거리까지 경수 차량과 거리를 좁힌다.
보면, 상판 차량이 위태롭게 흔들린다.
- 소희, 경고 사이렌 울린다. "5428! 차 갓길로 이동하세요! 5428!!"

- 하지만 경수, 음악 소리에 묻혀 아무 소리도 듣지 못하고.

소희   (마이크에 대고) 5428!!

그때 소희의 휴대폰 울린다. 보면 현경이고.

소희   (스피커폰으로 받으며) 어, 현경아!
현경F (다급한) 반장님, 지금 어디세요?
소희   다 쫓아왔어! 바로 코앞이야.
현경F 위험해요! 피하세요!
소희/연호 ?
소희   무슨 소리야?

S#2. 상산휴게소, 사무실 (밤)

현경, 동기와 여직원과 함께 CCTV 영상 보며 통화 중.

- 인서트 (CCTV 화면)
흐릿한 CCTV 속 화물 주차장 부감 풍경.
모자를 눌러쓴 남자가 카캐리어 뒤쪽으로 오르더니 품속에서 뭔가(장비)를 꺼내 작업하는 모습!

현경   누군가 그 차 라쳇버클을 끊어놓은 거 같아요!!
     그 차가 다음 타겟이라고요!

S#3. 고속도로 / 소희 차 안 / 경수의 카캐리어 (밤)

소희   뭐??

연호, 바로 앞에서 달리는 거대한 경수의 카캐리어 보면…
상차된 차들이 흔들흔들 위태로워 보이는데.

– 경수, 그제야 백미러로 소희의 차 발견한다.

소희, 속도를 내서 운전석 쪽으로 붙는 순간,
퉁~!!! 상판에 간당간당 걸려 있던 차량 바퀴가 완전히 이탈하더니,
소희의 차를 덮칠 기세로 떨어져내린다!
"!!!" 소희, 핸들 꺾어 가까스로 피한다!!
곳곳에 어지럽게 굴러떨어져 있는 차량들.
소희의 차, 떨어지는 차 사이를 곡예하듯 피하던 그때
반동으로 카캐리어가 중심을 잃고 롤링하더니,

경수   어어??

카캐리어, 방향이 급하게 갓길로 꺾이면서 기우뚱~!!!
운전석 쪽으로 전복된다!!
곳곳에 어지럽게 굴러떨어져 있는 차량들.
거친 마찰음을 내며 미끄러지는 카캐리어!!
소희의 차, 떨어지는 차 사이를 곡예하듯 피하더니, 드리프팅 하면
서 반 바퀴 돌아 멈추어 선다.
연호, 반사적으로 카캐리어로 향한다.
운전석이 바닥을 향하게 옆으로 쓰러져 있는 카캐리어.

연호, 차량 위로 뛰어올라 깨진 유리창 안으로 보면,
조수석 바닥에 의식을 잃고 쓰러져 있는 경수!
연호, 차 문을 열어보지만 뒤틀렸는지 열리지 않는다.
연호, 깨진 유리문을 옷소매로 제거하고 안으로 들어간다.

- 카캐리어 안.

연호	(경수 의식 확인) 이봐요, 괜찮아요?
경수	(희미한 의식, 눈을 가늘게 뜨는)
연호	일어날 수 있겠어요?
경수	(일그러지는 인상) 다리가,
소희	(어느새 조수석으로 올라와 내려다보며) 거기 괜찮아요?!
연호	다리를 다쳤어요! 위에서 좀 잡아줘요!

연호, 경수를 부축해 차량 위로 밀어 올린다.
그 과정에서 연호의 어깨가 우그러진 철판에 상처를 입는다.
소희, 경수의 손을 붙잡아 힘겹게 끌어당긴다.
가까스로 경수를 빼낸 소희.

소희	(나와서 지켜보던 경찰들에게) 이분 좀 아래로,
경찰들	네! (경수를 받아주는)

이에 안도하는 연호, 이제 차 안을 빠져나가려는데 그때…
열려 있는 글로브박스 안에 무언가 눈에 들어온다.
연호, 이를 짚어보면… 자신이 받았던 것과 똑같은 편지다.

연호	!
소희	(다시 차 안 보는) 차주임!

연호를 향해 뻗어 있는 소희의 손.
연호, 편지를 주머니에 집어넣고는 소희 손 붙잡고 간신히 차 밖으로 나온다.
소희, 연호의 어깨, 찢어진 옷 사이로 피가 배어 있는 거 본다.

소희 괜찮아요?

연호 네. 괜찮습니다.

연호, 덤덤하게 차에서 내려가면, 소희, 걱정스러운 시선.
뒤늦게 현장에 경찰차들 도착한다.

S#4. 대학병원 (밤)

환하게 불 켜진 병원 외경.

S#5. 대학병원 응급실 (밤)

소희, 팔짱 끼고 커튼 쳐진 주변 맴돈다.
슬쩍, 커튼 사이로 보면 침대에 걸터앉아 어깨에 난 상처에 소독 받는 연호. 소희의 시선이 연호의 등과 어깨로 이어진 흉터로 향한다.

의사 다 됐습니다.

연호 감사합니다.

의사, 커튼 열고 나오며 소희, 연호에게 다가간다.

소희	괜찮아요?
연호	(끄덕끄덕) 네. 별거 아닙니다.
소희	(조심스럽게) 등에 상처, 그때 생긴 거예요? 사고 때.
연호	(덤덤) 네.
소희	많이 힘들었겠네요.
연호	… (말없이 옷 입는)

S#6. 대학병원 응급실 밖 (밤)

소희와 연호, 나오는데, 저만치 현경과 동기가 달려온다.

현경	반장님, 괜찮으세요? (살피는) 얼굴은 괜찮고.
소희	(호들갑 떨지 마) 멀쩡해. 사고 난 카캐리어는 확인했어?
동기	범행방식은 똑같아요. 라쳇벨트. 블랙박스는 포맷된 후 꺼져 있고. 과적에 불법 개조한 차량이고.
소희	(그렇구나) 운전자는?
현경	지금 입원실에요.

S#7. 대학병원 입원실 (낮)

소희, 연호, 동기, 현경 입원실로 들어서면, 침대에 누워 있는 경수.

소희	몸은 좀 어때요?
경수	(몸 일으키며) 괜찮습니다. 감사합니다. 덕분에,

하다가 뒤에 들어오는 연호를 본다. 표정 굳는다.

소희   그냥 누워 계세요. 뒤따르던 차가 없어서 다행이에요.

           하마터면 대형사고 날 뻔했어요.

경수   …

소희   어제저녁 휴게소에 도착해서 동선이 어떻게 돼요?

경수   (잠시 생각하다) 저녁 7시 반쯤 라운지에 가서 씻고, 빨래 돌리고,

           좀 자다가 10시쯤 출발했어요.

소희   남재훈 씨 아시죠?

경수   네… 그건 왜…?

소희   얼마 전에 남재훈 씨도 한경수 씨와 똑같은 사고를 당했어요.

           누군가 라쳇벨트를 일부러 끊어놓은 것 같습니다.

경수   네?? 누가요?

소희   조사 중입니다. 뭐 특별히 의심 가는 사람 없나요?

           한경수 씨한테 이런 짓을 할 만한…

경수   (반사적으로 연호에게 시선이 가는)

연호   (무표정하게 보는)

경수   (고개 젓는) 없어요.

소희   알겠습니다. 일단 몸부터 챙기세요.

소희, 인사하고 현경, 동기와 나서면, 연호, 마지막으로 나선다.

경수   그쪽이죠?

연호   (그 말에 돌아서는) ?

경수   그쪽이 한 거 아니냐고요. 이상하잖아. 우연히 만난 것도 그렇고.

           나한테 이런 짓 할 사람이,

연호   (차분) 내가 왜요. 내가 왜 한경수 씨한테 이런 짓을 합니까?

경수	그야, (말할 수 없는, 시선 피하는)
연호	(나가려다 멈칫) 한경수 씨, 혹시 편지 받았어요?
경수	(당황) 아니요.
연호	무슨 편진 줄 알고요?
경수	네?
연호	(그제야 주머니에서 경수 차에서 챙긴 편지 꺼내는)
경수	!
연호	왜 거짓말하는 거죠? 뭘 숨기는 겁니까?
경수	내가 뭘?? 난 숨기는 거 없어요. 나만 받은 것도 아니고!
연호	(!) 이 편지, 또 누가 받았습니까?
경수	(말해야 하나) 다요… 재영이랑 정욱이… 정욱이 아버지도.
연호	!!!

S#8. TCI 사무실 (낮)

소희, 동기의 휴대폰으로 영상(S#2의 범죄 장면 CCTV) 보는 중.
동기와 현경, 그런 소희 앞에 서 있고.
뒤늦게 병실에서 나온 연호도 블랙박스에 찍힌 남자 가만 들여다
보는데.

소희	모자까지 쓰고 있어서 얼굴은 영 안 보이네. (동기에게 휴대폰 주는)
동기	화질이 영 구려서 근처 차량번호가 안 나오고. 혹시 모르니깐 다른 CCTV도 확인해볼게요. 상산휴게소 CCTV 다 받아왔어요.
소희	동기가 고생하겠네.
현경	(딱한, 토닥토닥) UV 차단 안경 꼭 쓰시고요.
연호	(뭔가 떠올리곤) 아까 라운지 앞에서 우형사님과 함께 있던 사람이

	요. 누굽니까? 그 사람도 녹색 모자를 쓰고 있던데.
동기	라운지 앞이요?? 아… 서동우 씨! 제보해준 기사님이요. 그거 녹색 아니에요. 파란색이지.
연호	그랬군요… 조익환이 봤다던 녹색 모자 말입니다. 어쩌면 녹색이 아닐지도 모릅니다.
소희	그게… 무슨 말이에요??

S#9. TCI 별관 밖 가로등 인근 (밤)

연호, 가로등에서 십여 미터 떨어진 곳에서 멈춰 서더니 소희, 동기, 현경에게

연호	잠깐 여기 서 계십시오. (그러고는 혼자 가로등 쪽으로 가는)
현경	(소희에게 슬쩍) 차주임님 지금 뭐 하시는 거예요?
소희	일단… 보자고.
연호	(10여 미터 떨어진, 가로등 조명 아래 선) 자, 잘 보이죠!
동기	네.
연호	(크로스백에서 모자를 꺼내 쓰고는) 저 어떻게 보입니까?!
소희	? (캐주얼 정장에 야구모자, 언밸런스다) 안 어울려요! 갑자기 웬 모자예요?
연호	아니요! 그런 거 말고. 모자, 무슨 색으로 보이냐고요?
소희	(아, 그거 물은 거야?) 초록색이요!
연호	이쪽으로 와보시죠!
일동	?

소희, 동기, 현경, 연호 쪽으로 가면 연두색이던 모자가 파란색으로

바뀐다.

현경　!!! 어?? 아깐 분명 초록색이었는데??

연호　어떤 빛을 흡수하고, 반사하느냐에 따라 원래 색과 다르게 보일 수
　　　있어요.

소희　그럼 범인이 쓴 모자가 파란색일 수도 있던 말이에요?

연호　조익환이 아주 근접하게 범인을 본 게 아니라면요.

소희　(동기에게) 아까 너랑 있던 기사분 파란색 모자 썼다며?

동기　에이, 그 사람은 아니에요.

연호　제 말은… 모자로 범인을 특정하긴 힘들 것 같단 겁니다.

현경　(힘 빠지는) 그러네요.

소희　됐어. 남재훈과 한경수 이 두 사람을 노릴 만한 사람부터 찾으면 돼.

연호　(소희에게) 아까 휴게소에서 만난 기사님이 했던 말 기억해요?

소희　?

- 플래시백 (7부 S#55)

기사2　몇 달 전에도 내 아는 놈이 카캐리어 사고가 났는데 말요.
　　　그놈도 그랬거든. 분명 벨트도 제대로 묶고, 사이드 브레이크도 제
　　　대로 잠갔는데 사고가 났다고. 어찌나 억울해하던지.
　　　근데, 확인하려고 봤더니 블랙박스가 꺼져 있었대.

-다시 현재

연호　만약 남재훈과 한경수 말고 피해자가 또 있다면요?

일동　?!

S#10. TCI 사무실 (밤)

연호, '교통사고 분석시스템(TAAS)'을 통해 과거에 발생한 화물차 사고를 검색한다. 소희와 현경도 제 자리에서 사건 검색 중이고. 동기는 휴게소 CCTV 화면들을 뚫어져라 들여다보고. 사고 내용을 하나씩 살펴보다가 '차량 단독-전복'이라고 쓰여 있는 사건을 발견하는 연호.

S#11. 남강경찰서 (아침)

전경

S#12. TCI 사무실 (아침)

안으로 들어오는 채만, 안의 풍경에 흠칫 놀라는. 보면… 소희, 현경, 동기 아무렇게나 대충 널브러져 자고 있고. 책상에 앉은 채 모니터 보던 연호 혼자 채만 향해 꾸벅 인사하는.

소희   (잠자리 불편해서 얼핏 잠 깼다가 채만 보고는) 팀장님 오셨어요?

그 소리에 동기와 현경도 부스스 일어나더니 채만 향해 꾸벅 인사하고.

채만   다들 밤이라도 샌 거야?

소희   (일어나며) 예. 급히 알아볼 게 있어서.

채만	(다시 나가려는)
소희	어디 가세요?
채만	눈 좀 붙이고 있어. 커피 사 올게. (나가는)
현경	역시 우리 팀장님 짱. 근데 빈속에 커피 마시면 속 버리는데.
	요거트도 하나, 그릭으로, (부탁해요)
동기	하여간 따지는 것도 많아요.

S#13. 서울경찰청, 청장실 (낮)

표명학, 자리에 있는데, 노크 소리, 부하직원 들어온다.

직원	청장님, 말씀하셨던, 저번 달 8일 청사 방문자 명단입니다.
명학	그래, 고마워.
직원	(나가면)

명학, 명단 살핀다. 엑셀로 정리된 수백 명의 이름과 시간 기록.
손가락으로 이름을 쭉 따라가다 이름 하나에 멈춰 선다. '이정섭'.

명학	!! …이정섭.

S#14. TCI 사무실 (낮)

커피에 샌드위치 같은 거로 아침 때우며 회의하는 채만과 팀원들.
화이트보드엔 CY 물류(대표 강창석, 54세)와 그 밑으로 문어발처럼
이어진 4건의 사건. 소인범(23년 2월), 남광렬(23년 5월), 남재훈(23년

9월), 한경수(23년 9월), 나이와 신상 기록 있다.

연호를 시작으로 팀원들 한 명씩 채만에게 브리핑.

연호 남재훈, 한경수 말고도 똑같은 피해자가 2명 더 있었습니다.
지난 2월엔 소인범, 5월엔 남광렬이 같은 사고를 당했어요.

현경, 팀원들에게 사고 났던 카캐리어 자동차등록원부 사본 나눠
주는,

현경 네 사건의 연관성이 뭘까 고민하다가 자동차등록원부를 찾아봤어
요. 거기 체크해 놓은 거 보이시죠? 지입회사에서 번호판을 빌리게
되면 자동차등록원부에 차량 소유자는 차주가 아닌 운송사 명의
로 뜨게 돼요. 근데 두 차량 모두 시기는 차이가 있지만, 'CY 물류'
라는 지입회사에 소속돼 있었어요. 겹치는 기간은 대략 1년 3개월
정도, 21년 2월부터 22년 5월까지요.

동기 (서류 보며) 차량 소유자 명의는 강창석. 52세. 과거 CY 물류 대표였
고, 지금은 이름을 바꿔서 '사바하 로직스' 대표예요.

현경 사바하! 쉽지 않은 이름이네.

소희 과거 지입회사에서 무슨 일이라도 있었나…

채만 (서류 보는) 폐업과 창업을 반복하는 거 보니까, 전형적인 지입 사기
냄새가 나네. 고수익 보장한다는 미끼로 기사들 모집해서는,
비싸게 번호판 팔아먹고, 이러저러한 핑계로 기사들 괴롭히다가,
다시 번호판 뺏는 수법. 분명 피해자들이 많이 있을 거야.

연호 그런 거라면 기사들이 아니라 강창석을 노리지 않았을까요?

동기 그건 또 그러네요.

채만 일단 피해자들부터 만나봐. 거기서 무슨 일이 있었는지 들어보자고.

S#15. 중고차 단지 (낮)

첫 번째 피해자 소인범(50대)과 대화 중인 소희와 연호.
인범은 상차 준비 중이라 바쁜,

연호	지난 2월에 사고 나기 전에 라쳇버클 확인하셨나요?
인범	바빠 죽겠는데 그건 또 왜 물어요? 다 끝난 거 아니에요?
소희	누군가 고의로 사고를 일으킨 정황이 보여서 지금 다시 조사 중이 라서요. 혹시 과거에 원할 살 만한 사람이나…
인범	(OL) 다 먹고살기 바쁜데, 원한 살 시간이 어디 있어요?
소희	(피해자 사진 한 장씩 내밀며) 이분들과 일했던 시기가 겹치던데 혹시 아는 사이인가요?
인범	(사진 한 장 집어서 가만 보는) …
광렬E	모릅니다.

S#16. 화물차 휴게소 (낮)

테이블 위에 놓인 피해자 사진들 보던 두 번째 피해자 남광렬.
그 앞엔 동기와 현경 있고.

광렬	(사진 보더니) 회사가 같다고 다 압니까. 거기서 번호판만 받았지, 다들 혼자서 움직이는데. 이 사람들이 왜요?
현경	다들 선생님이랑 같은 사고를 당했어요. 아무래도 과거 지입회사랑 관련이 있는 거 같아서요.
광렬	(사진 다시 보는, 뭔가 생각난 듯, 하지만 모른 척) 얼굴은 몇 번 본 거 같 긴 한데, 특별한 일 없었는데,

동기/현경   (서로 보는)

S#17. 대학병원, 입원실 앞 복도 (낮)

소희, 한 입원실 앞에 선 채 통화 중이다.

현경F   분명 뭔가 숨기는 것 같은데… 좀처럼 입을 안 여네요?

소희   이쪽도 마찬가지야. 그런 일을 겪었는데 이 와중에 뭘 숨기는 건
지…

그러면서 병실 안으로 시선 옮기는 소희.
안에는 연호가 경수에게 뭔가 묻고 있는데.
이를 바라보는 소희의 시선,

소희   한경수는 뭐라도 털어놔야 할 텐데.

S#18. 대학병원, 입원실 (낮)

사복 차림의 경수, 가방에 제 소지품들을 챙겨 넣으며 퇴원할 채비
하다 말고 연호가 내민 소인범, 남광렬, 남재훈 사진 보는…

경수   (알아보지만, 다시 짐 싸며) 몰라요, 그런 사람들. 누군지 관심도 없고.

연호   한경수 씨 말고 비슷한 사고를 당한 기사분들인데… 공교롭게도
네 분 모두 과거 CY 물류 소속이었어요.

경수   그럼 사고가 난 이유가,

연호	지금으로선 CY 물류와의 연관성이 가장 커 보여요.
경수	(혼잣말처럼) 그럼 편지랑은, (상관없는 거)
연호	사고가 편지랑 상관 있는 줄 아셨어요?
경수	…
연호	한경수 씨, 당신은 제 사고의 목격자잖아요. 제가 모르는 뭔가가 있는 겁니까?
경수	(주저하는 표정)
연호	(다가서서) 뭡니까, 도대체? 제가 모르는 사실이… 진실을 알아야 제가 도울 수 있어요.
경수	몰라요… 그런 거 없어. (시선 피하는)
연호	…

S#19. 대학병원, 복도 (낮)

안에서 나오는 연호. 마침 통화를 마친 소희가 연호에게 다가오며 둘이 나란히 걷고.

소희	뭐래요?
연호	모르는 사람들이라는군요.
소희	차주임이 보기엔 어때요? 정말 모르는 거 같아요?
연호	아니요.
소희	이 사람들… 진짜 뭐지?
연호	이제 남은 건 남재훈 씨뿐이네요.
소희	저 기다리고 있는 거 알죠?
연호	?
소희	한경수랑 차주임 관계.

차주임이 말해줄 때까지 기다리고 있다고요. (먼저 걸어가는)

연호 (멈칫, 소희 뒷모습 가만 보고) …

S#20. 한송병원, 입원실 (낮)

아직 입원 중인 남재훈. 머리에 붕대는 푼 상태.
재훈, 소희가 내민 사진들을 한 장씩 넘길 때마다 표정 점점 의아
해지고.
그의 반응을 살피는 소희와 연호.

재훈 정말 이 사람들이 저와 똑같은 일을 당했다고요?

소희 아는 분들인가요?

재훈 안다기보단… (머뭇)

소희 남재훈 씨 사실대로 말씀해주세요.
　　　왜 범인이 이 사람들을 노렸는지 알고 계시죠?

재훈 짐작 가는 일이 있긴 합니다.

소희/연호 !

S#21. 사바하 물류, 컨테이너 사무실 앞 / 사무실 (낮)

야적장에 카캐리어를 비롯한 다양한 화물차량 주차돼 있고,
사무실 앞에서 운송회사 대표 '강창석(50대)'과 얘기 중인 동기.
사무실 안에선 화물차 기사(동우/파란색 모자)와 직원(건달 느낌)이
얘기 중.

동기	전에 CY 물류 운영하셨었죠?
창석	(꼬나문 담배 끄면서) 네. 근데 무슨 일입니까?
현경	(재훈, 인범, 광렬, 경수의 사진을 보여주며) 혹시 이분들 아십니까? CY 물류에서 비슷한 시기에 일하셨던 분들인데.
창석	(사진 보고 멈칫하다가 다시 태연한 척) 이 사람들이 왜요?
동기	최근에 모두 비슷한 사고를 당하셨어요. 혹시 과거 선생님 회사에 있었을 때, 무슨 일이 있었는지,
창석	(OL) 일은 무슨 일. 회사 소속이긴 해도 다들 개인사업자들이라 제 가 친한지 어떤지 일일이 알 수가 없습니다.
동기	혹시 배차 문제나 지입료 때문에 기사들과 갈등이 있었습니까?
창석	아니, 누가 그래요? 일하다 보면 자잘한 문제들이야 있죠. 근데 생 각해보세요. 누가 떼미는 것도 아니고 지입료가 맘에 안 들면 애초 에 차를 안 사면 되는 거고 배차는 그때그때 상황 봐서 합리적으 로 하는 건데 갈등은 무슨.
현경	기사님들과는 별일이 없었단 말이죠?
창석	그렇죠. 제 입으로 말하기 그렇지만 저 기사님들 신경 많이 씁니다. 그래도 같이 일하면 한식군데. 사실 제가 눈치를 더 많이 본다니까 요. 요즘엔 오히려 기사들이 갑이고 제가 을이에요.
동기/현경	…
창석	용건 끝나셨음 전 이만. 보시다시피 (사무실 안에 화물차 기사 뒷모습 고개로 슥 가리키며) 기다리는 분이 계셔서.

창석, 컨테이너 사무실 들어가면, 화물차 기사가 무어라 하소연하는,
그런데 화물차 기사, 파란색 모자 쓰고 있다. (뒷모습만 보임)

동기	(모자 낯익은) 어? 저 모자…
현경	미련 버려요. 파란색인지 녹색인지 모른다잖아요.

동기   그게 아니라.. 내가 아는 사람인 거 같아서 그래.

（사무실 창가(또는 문가)로 다가가 안에서 무슨 얘기 오가나 듣는)

현경   (왜 저래… 하지만 함께 엿듣고)

- 사무실 안

동우   (각서 읽는) '본인의 의지로 5대를 배차하길 원했고, 이로 인해 발생하는 문제나 사고에 관한 모든 책임은 차주 개인이 진다.'

세상에 이런 각서가 어딨습니까? 과적은 시켜놓고 막상 사고 나면 나 몰라라 하겠다 이거 아닙니까?

창석   나 절대 강요하는 거 아냐. 좋고 싫고는 서기사 마음이지 뭐.

- 사무실 앞

그 말에 '욱'한 동기, 당장 안으로 들어가려는데 현경이 붙잡는.

현경, '아직은 아니다'라는 듯 고개 젓고… 동기, 애써 화 누른다.

- 사무실 안

동우   각서에 사인 안 하면 배차 안 주겠다면서요?

창석   내가 언제?

동우   그럼 방금 전까지 이 사람(직원)이 나한테 한 말은 뭔데요?

사인하든지, 관두든지 하라며?

창석   (직원에게) 야, 너 그랬어? 세상이 어떤 세상인데 협박질이야?

(옆에 서 있는 직원 배에 주먹질해대며) 큰일 나고 싶어?

직원   (윽) 제 말은 그런 게 아니라…

창석   이놈도 서기사가 딱해서 한 말이겠지. 서기사 그렇게 무식하게 일해서 언제 돈 벌려고 그래. 남는 것도 별로 없잖아, 안 그래?

이거 나만 좋자는 거 아냐. 원원 알지?

동우   (입술 꾹)

S#22. 사바하 물류, 동우의 화물차 앞 (낮)

각서 손에 든 채 터덜터덜 걸어나오는 동우. 보면 동기가 트럭 앞에 서 있고.

동우   (보면 동기가 다가오고) 형사님…

동기   또 뵙네요.

Cut to.

동기   (동우 각서 내용 보고는 흥분) 이건 엄연한 불법 행위예요!

동우   저도 알죠. 하지만 어쩌겠어요. 할 수 있는 게 없는데.

동기   왜 신고 안 하셨어요? 지금이라도 신고하고…

동우   소용없을 거예요. 폭행당한 것도 아니고 협박당했단 증거도 없고. 저 혼자 싸운다고 뭐가 달라지겠어요…

동기   그래도 뭐라도 해봐야죠. 설마… 사인하려고요?

동우   (각서 되받고는 '을' 란에 프린트된 '서동우' 보며 고민. 사인란은 공백) …

재훈E   그때 모두가 그 각서에 사인했어요.

S#23. 한송병원, 입원실 (낮)

재훈   사고 났을 때 회사가 분명 경고를 했음에도, 우리가 과적을 원해서 했다고 인정하는 각서요.
그땐 어쩔 수 없었어요. 먹고는 살아야 하니깐.

소희/연호   …

재훈   그러다 카캐리어 사고가 났는데… 아니나 달라? 그 책임을 몽땅 기사한테 지우는 거예요.

S#24. 과거. CY 물류 컨테이너 사무실 앞, 안 (낮)

재훈과 인범, 광렬, 경수가 상차 중이다. 그때 사무실 안에서 들려
오는 고성.
이에 하나, 둘 일하다 말고 사무실 쪽 돌아보는데.

창석E   (짜증스러운) 사장님, 차 넘어져서 손해난 건 사장님 책임이지, 회사
에서 할 수 있는 건 없다니깐??

- 사무실 안
창석, 책상 앞에 고개 숙인 영철. 창석은 책상에 다리 올리고 컴퓨
터로 아케이드 게임 하는, 주변엔 CY 물류 점퍼 입은 덩치 큰 직원
둘, 자리에 앉아서 시시덕거리고 있다.

창석   각서 기억 안 나요? 다시 보여드릴까? (직원한테 눈짓)
직원   (책장에서 파일 하나 꺼내서 보여주는)
영철   이건 배차를 안 준다고 협박해서 쓴 거 아닙니까. 물어보니까 이거
불공정 계약이라고…
창석   (돌변) 아이 (씨발) 아쉬우니까 싸인해놓고 인제 와서 딴소리야. 어디
고소라도 해보시게? 내가 충고하는데, 헛짓거리하지 말고 그냥 살
길 찾아요. 돈 없으면 납작 엎드려 살아야지 뭘 개겨.
야 뭐 하냐! (보내라는)

덩치 있는 직원 둘, 다가와 영철을 밀어낸다.

"사장님! 아무리 그래도 이렇게 하시면… 사장님!!" 쫓겨나는 영철.

- 사무실 앞
안에서 쫓겨나는 영철을 보는 재훈과 다른 기사들 눈에 차가운 분노가 일고.

재훈E   그제야 정신이 번쩍 드는 거요. 언젠간 내 일이 되겠구나 싶고.

S#25. 과거. 변호사 회상. 변호사 사무실 (낮)

테이블에 놓인 고소장. 변호사, 보면,
'본인의 의지로 5대를 배차하길 원했고. 이로 인해 발생하는 문제나 사고에 관한 모든 책임은 차주 개인이 진다.'라는 내용의 각서.
변호사, 앞에 앉은 기사들 차례로. 영철, 남재훈, 소인범, 남광렬, 한경수.

재훈E   그래서 다 같이 변호사 찾아가서 대표를 사기죄로 고소했는데…
            그때 함께한 게 이 사람들입니다.

S#26. 한송병원, 입원실 (낮)

연호   !
소희   그래서요? 어떻게 됐는데요?
재훈   (한숨) 그 대표가 업무방해죄로 우릴 맞고소하더군요.
            대형로펌까지 끼고서. 일이 복잡해지니깐 우리도 별수가 없더라고.

대표가 계속 협박하고 괴롭혀선 나중엔 다들 고소를 취하했어요.
한 사람⋯ 그때 사고 난 카캐리어 기사만 빼고요.

S#27. 과거. CY 물류, 주차장 (밤)

영철, 두리번, 같이 고소했던 기사들 카캐리어가 보이지 않는다.
소인범, 남광렬 등에게 전화해보는, 받지 않는, 당혹스러운,

S#28. 과거. 영철의 집 (낮)

영철, 법원에서 날아온 판결문 뜯어 보는,
제목: 사건처리 결과 통지
피고: 강창석
판결: 혐의 없음
영철, 결과 확인하고 허탈한, 통지서 꾸깃,

S#29. 과거. 공터 / 카캐리어 안 (밤)

인적 없는 공터. 영철의 카캐리어가 덩그러니 주차되어 있다.
영철, 기운 없는, 다가와 보면 이미 떼어간 번호판. 앞 유리창엔 압
류 통지서 붙어 있다. 하늘이 무너지는, 힘없이 주저앉는, 흐느끼는,

Cut to.

영철의 카캐리어 안. 빈 소주병 뒹굴고, 조수석 바닥에 놓여 있는 번개탄.

영철, 운전석에 앉아 라이터로 판결문에 불을 붙여, 번개탄 가운데에 가져다 대면 빨간 불똥이 튀며 불이 붙는다.

잠시 후. 영철의 카캐리어 안에서 희미한 연기가 조금씩 새어 나오는 모습.

흐릿해지는 영철의 눈이 붉게 물든다.

재훈E   자살이었어요.

S#30. 한송병원, 입원실 (낮)

재훈   서영철… 한번도 그 이름을 잊은 적 없어요. 꼭 내가 죽인 거 같아서…

소희   어려운 얘길 해주셔서 감사합니다.

연호   (중얼) 서영철… 서동우… (재훈에게) 그 기사분께 아들이 있었나요?

재훈   그것까진 잘…

연호   그럼 그때 소송을 함께 하던 기사님들, 네 명이 전부입니까?

재훈   한 명 더 있었어요.

소희   그게 누군데요?

재훈   이름이… 아, 우길순! 덩치에 안 맞게 여자 이름이라 기억나네요.

소희   !!! 방금… 우… 길순이라고 하셨어요??

S#31. 경찰서 건물 앞 (낮)

안에서 다급하게 뛰어나오는 동기, 어딘가 전화 걸며 달린다.
신호 대기음 이어지다가 '고객이 전화를 받을 수 없어…' 이어지고.

동기 (차로 달려가며) 아부지, 전화 좀 받아! (다시 전화 걸고)

S#32. 은행 앞 대로변 (낮)

은행에서 나오는 동기부, 인출한 돈 봉투를 외투 주머니에 잘 넣어
둔다.
반대쪽 외투 주머니에 넣어둔 휴대폰 울리지만 알아차리지 못하고.
맞은편 어딘가에 서 있는 검은 헬멧 쓴 오토바이가 동기부를 지켜
보고 있다.

S#33. TCI 사무실, 소희의 차, 동기의 차 (낮)

현경, 컴퓨터 앞에 앉아 바쁘게 뭔가 알아보고 있다.
현경과 소희, 동기가 서로 통신(또는 통화) 중이다.

현경 서동우, 죽은 서영철의 아들이 맞아요.

      - 소희 차
소희 서동우, 아버질 그렇게 만든 사람들에게 복수하고 있는 거야.
      이제 남은 사람은 한 명…

- 동기 차

운전하며 스피커폰으로 상황 듣고 있는 동기.

동기   (입술 꾹) …

- 소희 차

소희   (스피커폰에다가) 위치추적 결과 나왔어?

- TCI 사무실

현경   네! 방금요. 확인해볼게요. (뭔가 확인하고는) 어?

소희F   왜 그래?

현경   그게… 서동우와 우형사님 아버님 두 사람이 같은 곳으로 찍혀요.

- 동기의 차

동기   (그 말에 굳는) 뭐…?

- 소희의 차

그 말에 서로 시선 부딪치는 소희와 연호.

연호   (!!) 그게 어딥니까??

현경F   일산호수공원이요.

- 동기의 차

동기   (핸들 크게 돌리는)

동기의 차, 유턴해서 달리고.

- 소희의 차

차 위에 사이렌 올리는 소희.

소희의 차, 사이렌 울리며 차들 사이를 질주해나가고.

S#34. 2차선 도로 (낮)

공원 옆 작은 길을 걸어가는 동기부, 길을 건너가려는데

그때 검은 헬맷 오토바이가 동기부를 향해 달려들듯 질주해오고.

순간 누군가 동기부를 뒤로 잡아끌면서 가까스로 오토바이를 피

한다.

동기부, 보면…

동기부 (놀라는) 너…!

동기부를 붙잡은 사람, 동우다.

동우 안녕하셨어요, 아저씨…

S#35. ○○공원, 공영주차장 (낮)

거의 동시에 도착해 주차장에서 만난 소희, 연호와 동기.

소희 아버님은? 아직 연락 안 됐어?

동기 네.

연호 흩어져서 찾아보죠.

동기	어??

그때 공원에서 걸어 나오는 동기부의 모습 보이고.

동기	아부지!! (달려가는)
소희/연호	(뒤따라가는)

동기부, 갑자기 나타난 동기에 얼떨떨해하는.

동기부	네가 여긴 웬일이냐?
동기	아, 왜 전활 안 받아?! 얼마나 걱정한 줄 알아?
동기부	깜짝이야… 야, 내가 바다를 건넜냐? 산을 탔냐?
	마실 나온 거 가지구 오바는.
동기	서동우랑 같이 있었어??
동기부	그걸 어떻게…
소희	아버님, 민소희 반장입니다. 서동우 지금 수배 중입니다.
동기부	예?? 동우가요?
소희	서동우가 아버님께 뭐라고 하던가요?
동기부	…

S#36. 동기부 회상, ○○공원 일각 (낮)

호수를 바라보며 나란히 앉은 동기부와 동우.

동우	(동기부에게 쪽지 하나를 건네는) 아버지 모신 곳이에요.
	혹시 제게 일이 생기면 아저씨라도 한 번씩 들여다봐주세요.

동기부	무슨 말이 그래? 동우야, 너 무슨 일 있냐?
동우	(일어나며) 그거 아세요? 그때 우리 아빠한테 미안하다고 한 사람… 아저씨밖에 없어요. (미소 보이고는 가는)
동기부	…

S#37. 도로, 동우의 카캐리어 안 (밤)

카캐리어 운전하는 동우의 비장한 표정.
조수석 바닥엔 아직도 시커멓게 번개탄 자국 남아 있고.
(카캐리어 특장 부위는 떼고, 헤드 부분만 운전)

S#38. 도로, 동기의 차 안, 소희의 차 안, 현경의 오토바이 (밤)

동기 운전하는, 그 위로,

현경F	서동우 차 GPS 위치 확인했는데, 위치가 문선시 윤서구 방면이에요! 강창석 물류회사랑 가까워요!

- 소희의 차

소희	지금 당장 그쪽으로 지원 요청해!

- 도로
오토바이 타고 도로를 질주하는 현경. (귀에는 핸즈프리)

현경	제가 지금 가고 있어요!

          - 소희의 차

연호	(누군가에게 전화 걸고 있는 중, 신호음만 울리고)
소희	강창석 전화 안 받아요?

S#39. 사바하 물류 컨테이너 사무실 앞 (밤)

창석, 직원들과 시시덕거리고 있는데, 그때 사무실 전화기 울린다.
직원 중 하나가 이를 받으러 들어가려다가 순간 들리는 굉음.
일동, 놀라서 뒤돌아보면,
동우 카캐리어 헤드라이트가 창석을 비추며 빠른 속도로 달려오
고 있다.

창석   (놀라서 몸이 굳고) 어어…!!

동우의 카캐리어(헤드)가 사무실을 들이박는다! 박살 나는 카캐리어!
동우, 차 후진하려는데 바퀴에 뭔가 걸렸는지 헛바퀴만 돈다.
동우, 안 되겠는지 차에서 내린다. 주변에 쇠파이프 집고, 정신 못
차리는 창석에게 다가가 사정없이 내리치려는데, 그때 어디선가 나
타난 현경의 오토바이가 날아와 동우를 향해 달려든다. 그 기세에
흠칫 물러나는 동우.
현경, 오토바이로 동우와 창석 사이를 가로막고는 동우와 몸싸움
을 벌이고.
결국 반항하는 동우를 제압하고 팔목을 꺾어 수갑을 채우는 현경.

현경	(냉정하게) 서동우 씨 특수상해, 재물손괴죄로 긴급 체포합니다!
동우	(몸부림치며 울부짖는다) 이거 놔! 저 새끼 죽일 거야! 이거 놓으라고!!

뒤늦게 현장에 도착한 소희와 연호 그리고 동기, 이를 본다.

동기 다 끝났어! 서동우! … (달래듯) 다 끝났어.

동우 으으으으으흑~~~ (분함에 흐느끼는)

동우를 붙잡은 동기의 얼굴 침통함으로 일그러져 있고.
엉망이 된 현장. 먼지 뒤집어쓴 창석과 직원들, 겁먹고 혼이 나간 표정.
연호, 바닥에 흩뿌려진 종이 중 한 장을 집어보면… 서명된 각서다.
보면 사방에 무수히 많은 각서들이 흩날리며 떨어져 있는데…

Dissolve

S#40. TCI 조사실 / 밖 (밤)

동우, 멍한 표정으로 앉아 있고, 건너편엔 동기 있다.
밖에서 지켜보는 채만, 소희, 연호, 현경.

동기 서동우 씨, 라쳇벨트를 고의로 손상해 네 건의 카캐리어 사고를 유발한 혐의 인정하십니까?

동우 (다 포기한 듯) …네.

동기 강창석을 살해하려다 미수에 그친 혐의도 인정하고요?

동우 네.

동기 그러려고 그 회사에 들어간 거예요?

동우 저도 처음부터 그러려던 건 아니에요. 처음엔… 증거를 잡으려고…

- 플래시백 (S#21 중)

동우 세상에 이런 각서가 어딨습니까? 과적은 시켜놓고 막상 사고 나면 나 몰라라 하겠다 이거 아닙니까?

창석 나 절대 강요하는 거 아냐. 좋고 싫고는 서기사 마음이지 뭐.

동우 … (동우의 손에 쥔 휴대폰이 이를 녹음 중이고)

동우 그 녹취록을 들고 변호사를 찾아갔는데 (허탈한 웃음) 뭐라는 줄 아세요? 잘해봤자 집행유예 나올 거라고요.

이를 보는 채만, 소희, 현경 표정도 착잡해지고. 연호는 표정 변화 없다.

동우 우리 아버진… 법 없이도 살 사람이었어요.
근데 아무도 지켜주지 않았어… 법도… 심지어 당신들 경찰들도…
그래서 똑같이 갚아준 것뿐이에요. 아버질 그렇게 만든 사람들에게.

동기 우리… 만난 적 있죠? 어릴 적에.

동우 (보는)

동기 어릴 땐 아버지 화물차가 그렇게 멋져 보였어요.
친구들한테 자랑도 했죠. 우리 아빠 차가 제일 크다고.
아버질 졸라서 몇 번 따라 나갔는데 나 같은 녀석이 또 있더라고요.

동우 …

- 인서트 (휴게실, 주차장 / 낮)
나란히 주차된 두 화물차.
그 앞에서 뛰노는 어린 동기와 동우(7세 정도).
젊은 아빠(30대)인 동기부와 영철이 차 점검하며 아이들 뛰어노는 모습을 흐뭇하게 보고 있다.

동기	크니깐… 다 추억이더라고요. 아버지와 함께한 기억이니깐.
	서동우 씨도 마찬가지겠죠.
동우	(흔들리는 눈빛)

동기, 태블릿(또는 휴대폰)에 뭔가를 재생하고는 동우 쪽으로 내민다.
동우, 보면 어떤 차의 블랙박스 영상.

운전남F	…잘 잤어? 우리 씽씽이(태명)는 잘 있지?

- 인서트 (블랙박스 영상 속 장면)
앞유리로 보이는 출근길.
도로. 운전자(남, 30대), 누군가와 통화 중(블루투스).

운전남	헤헤, 우리 씽씽이, 빨리 보고 싶네. 퇴근하고 바로 갈게.
	뭐 먹고 싶은 거 있어?

순간 '팅!!' 앞유리를 깨고 들어오는 무언가!! 운전남의 단말마!
차량, 차선을 이탈하더니 천천히 멈추어 선다.

아내	(필터) 그냥 빨리 와. 씽씽이도 아빠 보고 싶대… 자기야… 여보세
	요?

동기	남재훈 씨 차에서 떨어져나간 라쳇버클에 희생된 피해잡니다.
동우	!!
동기	이제 막 태어난 그 아이는 아버지와의 추억은 만들지 못하겠죠.
	우리와는 다르게…
동우	(입술 꾹… 울음 참으려 애쓰는)

동기	이제 알겠습니까? 당신이 무슨 짓을 한 건지…
동우	(으흐흑… 울음 터뜨리며 어쩔 줄 모르고)

밖에서 이 모습을 지켜보는 팀원들. 허탈한 듯 말이 없고.

S#41. 남강경찰서 벤치 인근 (밤)

벤치에 나란히 앉은 동기와 동기부. 하지만 동기, 동기부와 시선 피하고.

동기부	동우는… 이제 어떻게 되는 거냐?
동기	벌 받겠지.
동기부	얼마나…?
동기	(가시 돋은) 내가 어떻게 알아? 판사도 아니고.
동기부	동기야…
동기	왜 말 안 했어? CY 회사에서 당한 일! 소송 준비한 거! 내가 아부지 아들이야! 근데 왜 내 아부지 일을 남한테 들어야 하냐고!
동기부	그걸… 어뜨케 내 입으로 말해… 내가 무서워서 친구까지 버렸다고…

- 인서트 (CY 물류, 주차장 / S#27에 이어)
영철, 소인범 / 남광렬 등에게 전화해보는, 받지 않는, 당혹스러운…
그때 누군가 뒤에서 다가온다. 영철, 돌아보면 동기부다.

동기부	(면목없다는 듯) 이보게, 영철이… 미안하네… 나도 더는 못 하겠어.

영철	(절망감에 표정 일그러지는) …

- 다시 현재

동기부	화물차를 하루 12시간, 16시간 몰고 다니면 뭐 하냐… 죄다 지입회사가 가져가는데. 우리가 살려면 싸워야 하는데… 그게 맞는데… 그게 왜 그렇게 겁이 나던지.
동기	(그런 동기부 보는) …
동기부	근데… 그보다 더 무서운 게 뭔 줄 아냐? 내 아들이… 내 가족이 내가 이렇게 못난 놈인 걸 알게 될까 봐… 그게 참 무섭더라.
동기	아부지… 나 능력 있어. 인정도 받고.
동기부	?
동기	이젠 나한테 기대도 된다고…
동기부	(이놈이 언제 이렇게 컸지? 동기 보며 미소)

S#42. TCI 사무실 (낮)

TV에서 '시사쟁점'이라는 시사 프로그램 방송 중.
소희와 현경, 놀란 표정으로 TV 앞으로 다가오는데.

기자F	'본인의 의지로 5대를 배차하길 원했고. 이로 인해 발생하는 문제나 사고에 관한 모든 책임은 차주 개인이 진다.'
현경	어? 저 각서!
기자F	제보에 따르면 '사바하'란 지입회사에서 이런 내용의 각서를 화물차 기사들에게 받아냈다는 겁니다.
소희	제보? (이에 연호 쪽 보는)

연호	(관심 없다는 듯 제 할 일 하고)
소희	(그런 연호 보며 피식. 제보했구만 짐작하고)
사회자F	이로써 지입회사에서 기사들에게 과적을 종용해 온 게 사실로 드러났군요?
기자F	예, 그렇습니다. 이게 공론화되면서 각서에 사인했던 기사들도 이제는 제 목소리를 내겠다며 집단소송을 예고했는데요.
연호	(모니터 보면서도 이를 듣는) …

S#43. 사바하 물류, 사무실 앞 (낮)

TV로 이를 보던 창석, 리모컨으로 TV 끄며 조소 날리는.

창석	그래봤자 피라미들이지… 지들이 뭘 할 수 있다고.

그때 창석의 휴대폰 울린다. 'ㅇㅇ로펌 ㅇㅇㅇ 변호사' 뜨고.

창석	어, 김변호사. 소송 준비는… (사이) 뭐?? 누구 마음대로 변호를 포기해?! 받아먹은 수임료가 얼만데!
변호사F	그 돈 오늘 돌려드렸습니다.
창석	뭐어??
변호사F	언론이 강창석 씨에게 호의적이지 않아요. 방송 나가면서 민사뿐 아니라 형사로까지 일이 번졌고요. 저희 로펌은 강창석씨 변호를 거부하겠습니다. (끊는)
창석	여보세요?? 야!!

그때 밖에서 들려오는 소란스러운 소리.

창석, 창가로 밖 살피는. 경찰들이 안으로 들이닥치는데.
"강창석이 어딨어??" "체포해!"

창석　　　(저항) 뭐야! 내가 뭘 어쨌다고!!

S#44. 화물정비소 (낮)

카캐리어 수리 문제로 정비소 사장과 실랑이하는 경수.

정비사장　…다시 살리는 값이 중고찻값보다 더 나와. 그냥 폐차하지.
경수　　　이거 폐차하면 나 뭐 먹고 살라고요. 할부금도 많이 남았고. 어떻
　　　　　　게, 할부 끝날 때까지만 타고 다니게 해주세요.
정비사장　(손사래) 안 돼. 될 걸 우겨야지. 이건 내가 해주고 욕먹어.
　　　　　　차 그냥 가져가. (가는)
경수　　　사장님! 사장님!!

S#45. TCI 사무실 (밤)

불 꺼진 사무실. 채만, 혼자 남아 양재영 사고가 있던 고속도로
CCTV 살피고 있다. 화염에 싸인 자동차를 지켜보던 사람들 속에
서 뭔가 발견한 채만.
화면 확대해보면… 이를 보다가 자리를 뜨는 누군가의 절뚝거리는
발걸음.
이를 본 채만의 표정, 굳어지고.

S#46. 서울경찰청, 청장실 (낮)

테이블을 가운데 두고 마주 앉은 명학과 채만.
명학 찻잔을 들며 뜨거운지 입으로 훅 분다.

명학	일이 어떻게 돌아가는지 내가 먼저 연락해야 들을 수 있는 건가.
채만	아직 수사 진척이 더뎌서. 좀 더 진행되면 보고드리려고 했습니다.
명학	수사가 어려운 건가, 아님 사적인 감정으로 판단이 안 되는 건가?
채만	?
명학	이정섭 요즘도 만나나?
채만	?!! (이미 상황 파악하고 있구나)
명학	표정 보니 의심은 하고 있었군… 내가 자네한테 이 사건을 맡긴 건, 공과 사 정돈 구분할 줄 안다고 생각해서야. 베야 할 게 많다면서 그새 날이 무뎌졌나. (자리로 가는) 다음에 볼 땐 결과가 나왔으면 좋겠는데. 나이 먹으니까 참을성이 없어져.
채만	…

S#47. TCI 사무실 (낮)

소희, 동기, 현경, 연호, 각자의 자리에서 일하는 중.

현경	(채민의 빈자리 슥 보더니) 팀장님은 어디 가셨어요?
소희	청장실 호출.
현경	요즘 청장님이 자주 찾으시네?
동기	팀장님 본청으로 다시 가시는 거 아니에요?
소희	응? 설마.

동기	왜요. 요즘 인사철인 데다, 그동안 우리가 해결한 사건이 몇 건인데요. 사이즈도 좀 커요? 그동안 성과에 비해서 우리팀이 지나치리만치 저평가된 건 사실이지.
소희	뭐 그렇긴 한데, 에이, 설마,
연호	…

그때 문이 열리며 채만이 들어온다.

소희	(채만에게) 무슨 일이에요? 청장님이 왜 또…
동기	(김칫국) 팀장님, 본청으로 가실 거면 저희도,
현경	거, 참! (말리는)
채만	(덤덤히) 하명 수사. (제 책상으로 가는)
소희	하명이요? 무슨 사건을요?

채만, 자기 책상 위에 있던 서류를 테이블에 툭! 내려놓는다.
소희, 채만이 내려놓은 서류, 꺼내 본다. 양재영 사고 관련 자료.
동기, 현경도 다가와 같이 보는, 연호는 무시하고 자리로 가 앉는,

동기	(파일 보다가) 가만, 이 사람, 낯이 익은데?
현경	(이름 확인) 양재영? 이 사람, 그 사람이잖아요! 그 왜, 차에서 여직원 성추행하려다 뛰어내렸던. 김민주 씨! 그때 그 파렴치범!
연호	?!!
소희	(기억난) 맞네! 그 썩을 놈! 근데 이 사람, 교통사고로 죽었어요??
채만	사고가 아니라 살인이래.
소희	살인이요?
연호	(!!)

연호 급히 다가와 서류를 살펴본다. 소희 놀란 듯 연호를 본다.

검은색 선팅 차량 사진을 유심히 보는 연호.

채만, 슬며시 연호 표정 살피는,

S#48. TCI 사무실 옥상 (낮)

생각에 잠긴 연호.

- 플래시백 (S#7 대학병원, 입원실)

연호	(!) 이 편지, 또 누가 받았습니까?
경수	(말해야 하나) 다요… 재영이랑 정욱이… 정욱이 아버지도.

- 다시 별관 옥상

연호E   양재영, 한경수, 표정욱, 표명학, 이정섭 그리고 나까지…

도대체 누가…

채만   *(OFF)* 뭐 하고 있어?

연호   (보면)

채만   (다가오는) 다들 회의하려고 기다리고 있는데.

연호   궁금한 게 있습니다. 양재영 사건. 표명학 청장이 왜 팀장님에게 수사를 맡기신 겁니까?

채만   그게 왜 궁금하지?

연호   양재영, 제 사고 당시 목격자였습니다. 세 명의 고등학생 중 한 명. 그중 다른 한 명이,

채만   *(OL)* 표정욱, 표명학 청장 아들이지. 다른 한 명은 한경수.

연호   !! (다 알고 있었구나) 편지를 받았습니다. 일종의 협박 편지.

채만   ?

연호	저만 받은 줄 알았는데, 저뿐만이 아니었어요. 저, 양재영, 한경수, 표정욱, 표명학 청장 그리고 이정섭 선생님까지.
채만	!!! …그 얘기 누구한테 들었어?
연호	한경수한테요. 정섭 선생님은 얼마 전에 만났었습니다. 양재영 사건을 팀장님한테 맡긴 걸 보면, 어쩌면 표명학 청장도…
채만	양재영 사망사고가 자네 과거 사건과 연관이 있다고 생각하나?
연호	양재영 사고 때 찍힌 검은색 차량이요. 비슷한 차를 상산휴게소에서 본 것 같습니다. 한경수가 사고 나기 직전에요.
채만	(!) 확실한 거야?
연호	아니요. 차 번호를 본 건 아니라서요. 하지만 차 기종도 그렇고 선팅된 것도 똑같습니다.
채만	…
연호	만약 양재영을 죽인 범인이 한경수도 노리고 있다면요?
채만	일단 자네 생각은 알겠어. 검은색 차량에 대해선 내가 알아보지. (가려는데)
연호	언제까지 모른 척하실 생각입니까?
채만	?
연호	팀장님이 과거 제 사고 담당 수사관이었다는 거.
채만	!! (알고 있었구나) 자네야말로, 그걸 알고도 이곳에 온 건가? 아님, 그것 때문이었나, TCI에 온 이유가?
연호	어디까지 알고 계십니까? …제 사고에 대해서.
채만	…알아야 할 만큼, 충분히.

두 사람, 시선 부딪친다.

S#49. YSC 건설 본부장실 (낮)

정욱, 본부장실에 앉아 결재 서류 보고 있다.
바깥에서 소란스러운 소리. 경수가 본부장실로 들어오려고 하는데
직원(조직원)들이 막아선다.

경수E   저기요, 약속했다고요.!!

정욱, 옆에 서 있는 여비서에게 손짓하면, 본부장실 문을 여는 비서.
경수, 직원 손을 뿌리치고 본부장실로 들어온다.

-시간 경과
소파에 앉아 있는 경수. 중앙에 정욱. 비서가 차를 내어주고 나가면,

정욱   너 많이 컸다? 보자고 먼저 연락을 다 하고.
경수   너희 아버지가 어려운 일 있으면 연락하라고 했잖아. (차 들이켜고) 길게 얘기 안 할게. 나 돈 필요해.
정욱   (허! 어이없다, 주섬주섬 지갑을 꺼내며) 그래서 얼마 줄까? 내가 지금 현금이 별로 없는데.
경수   3억.
정욱   ?!!! 이 새끼가 미쳤나.
경수   나 얼마 전에 차연호 만났어. 우리가 편지 받은 거 다 알고 있었어.
정욱   !! 그걸 어떻게, (근데 가만) 우리? 너도 편지 받았다고?
경수   (아차!)
정욱   (그럼 그렇지) 하~ 이 새끼, 그래 놓고 아닌 척, 사람을 속여?
경수   내가 지금 경찰에 다 말하면 어떻게 될까, 10년 전 그날, 무슨 일이 있었는지 내가 다 까면,

정욱	(목소리 가라앉히며) 그러는 넌 참 무사하겠다. 멍청한 새끼야.
	그리고, 너 같은 새끼 말을 누가 믿어주는데?
	그럼 너도 골로 가는 거야.
경수	(굳은 표정) 어차피 재영이처럼 죽나, 굶어 죽나, 이판사판이야.
정욱	(재밌다는 듯 웃으며) 와~ 한경수 많이 변했네. 그 깡 다 어디서 나오
	는 거냐? 거지새끼들은 원래 그렇게 겁대가리가 없는 거냐?
경수	(정욱을 똑바로 보며 제법 단호하게) 3억이야. 나 오래 못 기다려.
	(일어나 나가려다 멈칫) 나도 봤어. 검은 차. 너도 몸조심하라고. (가는)
정욱	(뭐?! 불길한 표정)

S#50. TCI 사무실 (밤)

채만, 어두운 사무실에서 혼자 한경수의 카캐리어 사고 영상 살피
고 있다.
교차로가 부감으로 찍힌, 상판 차량이 추락하면서 균형을 잃고 쓰
러지는 경수의 카캐리어.
잠시 후, 화면 안에 나타나는 검은 차! 사고 현장 근처에 잠시 정차
하는,

채만	!! (화면 멈춤)

채만, 명학이 건넨 수사 파일 펼쳐보는, 그 안에 사진, 재영과 레이
싱을 펼치던 검은 차의 모습, 사진 한 장, 화면에 가까이 하면 경수
의 사고 현장에 나타난 검은 차와 똑같다!
책상 위엔 채만의 '2014'년 형사 노트. 펼치면, 과거 차연호 사건 관
련 기사들과 타이어 관련 수사한 내용들이 빼곡히 정리돼 있다.

그리고 마지막 페이지. 과거 이현수 사고 현장 사진.

(이현수의 신체 일부 타이트하게, 옷 위에 남겨진 타이어 흔)

사진을 바라보는 채만의 표정이 무겁게 가라앉는다.

S#51. 연호의 빌라 방 (밤)

연호, 책상에는 자신이 받은 편지와 경수가 받은 편지가 나란히 있다. (두 편지의 진하고 흐린 프린트 상태가 똑같다)

주변에 과거 사건 관련 인물들 사진들(기사에서 오린, 명학, 정욱, 재영, 경수, 정섭, 연호) 있다.

연호E   (자신의 사진을 집어서 가장 왼쪽에) 가해자.

             (정욱, 경수, 재영 사진 집어서 그다음) 목격자.

             (명학 사진 집어서 그다음) 목격자의 아버지.

             (정섭 사진을 집어서 가장 오른쪽) 피해자의 아버지…

             그리고… (채만 사진을 집어 정섭 옆에 붙이며) 이 사건 최초 수사관.

             - 플래시백

연호   어디까지 알고 계십니까? …제 사고에 대해서.

채만   (멈추고 보는, 어떻게 얘기할까) 알아야 할 만큼, 충분히.

연호, 가만히 사진들을 바라보다가, 채만 사진을 들어 가만히 바라본다.

S#52. 서울경찰청 근처, 룸싸롱 (밤)

명학과 양회장, 대화 중이다.

양회장　　한경수가 돈을 요구했다고요? (고민) 그래서, 주실 거예요?
　　　　　　손 벌리는 거 버릇돼요. 저한테 맡기세요. 잡아다 며칠 정신교육 좀
　　　　　　시키면, 아주 고분고분해질 거예요. 아님, 이참에 아예 손절하시든가.
명학　　　(고민하는)

이때, 노크 소리, 태주 들어온다. 태주 등장에 하던 얘기 끊기고 어
색한,
태주, 눈치채고는, 명학 앞에 태블릿 내려놓는다.

태주　　　알아보라고 하신 양회장님 아드님 사건 관련 자료입니다.
양회장　　(태주가 어떻게??)
명학　　　(양회장 표정 보고) 내가 알아보라고 했어.
　　　　　　이제 같은 식군데, 서로 감추고 그런 거 없어야지. 편하게 얘기해.
양회장　　(벌써 그렇게? 껄끄러운 표정)

태주, 태블릿에 동영상 틀면, YSC 건설 로비 CCTV.
정욱이 수행원들과 함께 건물에서 걸어 나오면,
로비 소파에 앉아 있던 모자 사내, 정욱을 뒤따른다.
걸음걸이가 조금 어색하다.

명학　　　??
태주　　　어제저녁, 양회장님 건설사 로비 영상입니다. 표정욱 군 뒤를 뒤따
　　　　　　르는 이 사람, (화면 넘기면 현관 밖에서 조금 더 선명히 찍힌 캡처 사진)

이정섭입니다.

양회장　(놀란, 명학 보는)

명학　!! (눈빛이 이글거리는)

S#53. 병원, 입원실 복도 (밤)

정섭, 간호사 스테이션에서 간호사와 얘기하다가, 돌아서 걸어온다. 불편한 걸음걸이로 걷다가 멈칫, 보면 저만치 채만이 자기를 보고 서 있다.

S#54. 병원 휴게실 (밤)

자판기 커피 손에 쥔 채만과 정섭, 나란히 앉아 있다.

정섭　(채만 힐끗 보면 무거운 표정) 무슨 얘길 하려고 이렇게 뜸을 들여?

채만　(보면)

정섭　자네 표정에 다 쓰여 있어. 뭔데? 할 얘기가.

채만　(어렵게) 양재영 아시죠? 현수 사고 때 목격자 중 하나.

정섭　…

채만　살해당했어요.

정섭　(놀라지 않는)

채만　(표정 살피며) …형님, 알고 계셨어요?

정섭　(알 듯 모를 듯한 표정)

채만　(재촉하듯) …형님.

정섭　누가, 왜…

채만	?
정섭	중요한 건 그거 아닌가? 누가, 왜 그런 짓을 했나…
	자네도 알겠지만, 세상에는 죽어 마땅한 인간들도 있잖아.
채만	(정섭 보면, 표정 변화 없이 커피 마시는)
정섭	자네도 원했던 거 아닌가?
채만	(정섭 가만히 보는)

S#55. 한경수의 집 근처, 편의점 (밤)

경수, 테라스에 앉아서 캔맥주 마시는,
먹다 남은 마른안주 있고, 휴대폰 보며 담배 피우는,
휴대폰엔 정욱과 나눈 카톡 내용.
왜 연락이 없어? 나 오래 못 기다려.

하지만, 표정욱은 카톡 아직 읽지도 않은 상태, 그대로다.
경수, 화딱지 나는지 머리 긁적이는데, 전화 울린다. 보면 차연호.
'이 인간은 또 왜', 받을까 말까 고민하다, 받지 않는다.
경수, 일어나서 골목으로 걸어가면,
반대편 골목에 숨어 있던 검은 선팅차, 천천히 경수를 뒤따른다.

S#56. 소희 집 전경 (아침)

S#57. 소희의 집, 소희 방 (아침)

드라이기로 머리 말리고 있는 소희. 용건, 들어와 소희 방 둘러보며
혀 차는,
방 안은 이리저리 벗어놓은 옷가지들로 너저분한,

용건   정리 좀 하고 살아라. 이게 방인지, 우린지.
       뭐가 입는 옷이고, 뭐가 빨 옷이야?
소희   (머리 말리며) 다 입는 옷이야. 내가 알아서 할게. 그냥 놔둬.
용건   그냥 놔뒀음 너 중학교 때부터 방 이 모양이야. (지겨운) 나도 이제
       몰라. 진짜 니가 알아서 해. (나가면)
소희   (옷장 이리저리 살피며) 내가 한다니깐… 아빠, 근데 내 흰 블라우스
       못 봤어?! 그 왜 흐늘흐늘하고, 차이나칼라로 된 거! (대답 없는) 응?!

S#58. 도로, 용건의 택시 (아침)

용건, 운전하고, 소희, 조수석에서 거울 보며 화장하는.
그러다 룸미러에 걸려 대롱거리는 중학교 시절의 소희와 용건 사진
보는.

소희   이건 또 여기다 걸었네?
용건   없으니깐 허전해. 내 차 같지 않고.
소희   하긴. 회사택시라 그런가? 새로 들어간 회사는 괜찮아?
용건   개인택시보단 사정이 나을 줄 알았더니, 여기도 똑같아.
       회사 들어온 거 잘한 건지 모르겠다.
소희   혹시라도 회사에서 아빠한테 갑질하려고 들면 나한테 말해.

아빠 딸 경찰인 거 잊지 말라고.

용건   너나 나한테 갑질하지 말어.

소희   내가 언제 아빠한테 갑질했다고 그래?

용건   에휴… 요즘엔 통 손님도 없고,

(소희 힐끔 보고) 손님이라고 하나 있는 건, 맨날 무임승차고.

소희   (보는) 그럼 딸내미한테 택시 요금 받겠다고? 그래 줄게!

내가 그러잖아도 눈치 보여서 낼라 그랬어! 미터기 꺾으세요, 기사님!

용건   시대가 어느 시댄데 미터길 꺾으래. 너도 연식이 좀 됐다.

소희   그럼, 내가 택시 밥만 몇 년인데. 나 오늘 늦어. 강남 콜뛰기 단속.

용건   그거 또 해? 작년에도 대대적으로 했었잖아.

소희   그렇게 됐어요. (한숨 섞인) 누가 아주 일을 개판으로 해놔서.

S#59. 유흥가 도로, 소희의 차 안, 동기의 형기차 안 (밤)

- 소희의 차

유흥가 이면도로. 주차된 소희 차. 운전석엔 소희, 조수석엔 연호.
둘 다 유흥가 입구 쪽 주시하고 있다. 스피커폰 켜져 있고.

- 동기의 차

유흥가 후문 쪽에는 동기와 현경이 탄 형기차 서 있고.
라디오에선 뉴스 흐른다. (역시 스피커폰으로 소희 쪽과 통신 중)

앵커E   배우 한지호 씨가 오늘 새벽 일명 콜뛰기 택시 안에서 마약을 투약
한 혐의로, 서울 남강경찰서에서 조사받은 것으로 받았습니다.
한씨는 이미 지난 7월 마약 투약 혐의로 집행유예를 받은…

현경   (라디오 듣다) 한지호는 어떻게 마약하고 경찰서 담벼락을 박을 생

동기	각을 했을까요? 어떤 공권력에 대한 도전, 이런 건가?
동기	일종의 귀소본능 같은 거지. 아, 난 감옥 가야 하는구나! 근데 여긴 뭐 콜뛰기 천지네! 바뀐 게 하나도 없어! 이태주 팀장은 콜뛰기 사건 가져가더니, 수사를 한 건지, 무마를 한 건지.

- 소희의 차

연호	수사가 흐지부지 끝난 이유가 뭡니까?
소희	마약 관련해서 고위층 자제들이 얽혀 있었으니까 수사하기 힘들었겠죠. 위에서 압박도 심했을 거고.

- 동기의 차

동기	압박 심한 거 치곤, 이태주 팀장 너무 승승장구하시는 거 아니냐고요. 표명학 청장 옆에 딱 붙어서 그냥 딸랑딸랑~
현경	(툭! 그만하라는)

- 소희의 차

소희	잘됐지 뭐. 한지호 덕분에 우리가 다시 수사하게 됐으니. 암튼 이번엔 콜뛰기건 마약이건, 싹 다 정리하자. 눈치 보지 말고.
현경F	네!

S#60. 텐카페, 룸 (밤)

허공에 부딪치는 술잔들.
정욱, 친구1, 2, 미진과 건배하고 시원하게 목 축이는데 전화 온다.
보면 명학.

정욱　　　(인상) 아이 씨, (대답 없이 룸 빠져나가는)

S#61. 텐카페, 화장실 (밤)

정욱, 뺨 톡톡, 발음 안 꼬이게 입 좀 풀고, 전화 받는,

정욱　　　(멀쩡한 척) 네, 아버지.

명학　　　(필터) 어디서 뭐 하는데 이렇게 늦게 받아.

정욱　　　운동하고 있어서, 늦게 봤어요.

명학　　　(필터) 지금 바로 경수한테 보잔다고 해. 장소는 따로 알려줄 테니까.

정욱　　　(알아듣고) 어떻게 하시게요?

명학　　　(필터) 어떡하긴, 함부로 나대지 못하게 손을 봐야지.

정욱　　　아니요, 그니까 제 말은, 죽일 거냐고요.

명학　　　(필터) 넌 알 거 없고, 얘기만 잘 전해. (끊는)

정욱　　　(인상) 아이 씨, (끊는, 심각한)

S#62. 한경수 집 (밤)

반지하 다세대. 경수, 컵라면 먹으며 인터넷, 모니터엔 5톤 트럭 신형 모델 사진들. 휴대폰, 문자 온다,

정욱E　　　아버지가 보자신다. 주소 찍어줄 테니까 11시까지 와.

경수　　　!!! (놀란, 사레들린, 젓가락 놓고 기침, 돈을 주겠다는 건가? 흥분)

S#63. 한경수의 집 근처, 건널목 (밤)

골목을 빠져나온 경수, 건널목 빨간불 켜져 있고,
경수, 주변 두리번거리다, 차들 안 보이자, 무단횡단한다.
이 모습을 멀리 차 안에서 보고 있는 누군가의 시선.

S#64. 공사 중인 건물 1층 (밤)

초조하게 누군가를 기다리는 경수. 핸드폰으로 시간을 확인하면
11시 10분. 정욱에게 통화를 시도하는데 받지 않는다.

경수   (낌새가 이상한, 어두컴컴한 곳에서 누군가 지켜보는 듯한)

경수, 서둘러 현장 밖으로 나오려는데, 갑자기 켜지는 공사장 조명.
순간 누군가 경수 뒤통수를 가격한다. 쓰러지는 경수. 누군지 보려
고 고개를 돌리지만, 강한 빛 때문에 얼굴을 볼 수 없다.

경수   (고통) 니들 뭐야… 누가 보낸 거야…

경수에게 쏟아지는 구타. 넘어진 경수의 얼굴 쪽을 가격하는 발.
경수 그 발을 잡아 사내를 넘어뜨리고, 일어나서 도주한다.
도망간 곳이 하필 건물 3층 높이의 축벽, 아래에는 모래 더미.
갈등하다, 모래 더미 위로 뛰어내린다!
쫓아오던 사내들, 내려다보면, 경수, 모래 더미에서 몸을 일으켜 도
주한다!

S#65. 공사 중인 건물 밖 도로 (밤)

경수, 상처투성이 얼굴로 도망가며, 휴대폰 꺼내 든다.
왕복 4차선 도로 건너며 차연호에게 전화 거는데…

S#66. 유흥가 도로, 소희의 차 (밤)

이때, 외제 승용차 한 대가 유흥업소 앞에 서면, 여종업원들 배웅받
으며 걸어 나오는 젊은 손님들. 콜뛰기 기사, 얼른 뛰어나와 문을 열
어준다.

소희	오케이. 걸렸어.
현경F	나왔어요?
소희	잠시 대기…

그때 연호에게 걸려 오는 전화. 보면 '한경수' 떠 있고.

연호	여보세요?
경수F	도와주세요!
연호	!

S#67. 공사 중인 건물 밖 도로 (밤)

경수	(도망가며 다급) 표정욱이 저를…

그때 어디선가 나타난 검은 선팅차가 굉음을 내며 경수를 향해 급가속으로 다가온다. 몸이 굳은 채 헤드라이트를 바라보는 경수! 둔탁한 충격음!

도로 앞 수풀로 경수 핸드폰이 툭 떨어진다.

S#68. 유흥가 도로, 소희의 차 (밤)

연호   여보세요? 한경수 씨! (끊어진, 뭐지? 다시 전화하려는데)

소희   뭐야? 왜 저래?

현경F   왜요? 무슨 일 있어요?

연호   (? 그 말에 보면)

보면, 콜뛰기 차량에 타려던 젊은 손님, 전화 받더니 갑자기 주변 살피고는 다시 유흥주점 안으로 들어가버리는.

소희   쟤들 눈치챈 거 같은데?

현경F   예??

소희   돌겠네…

동기F   반장님, 지금 상일IC 근방에 교통사고가 났다고, 근처 순찰차 지원 요청 왔는데요.

소희   오케이. 거기서 보자고. (차 출발하는)

S#69. 상일동 사고 현장 (밤)

(고속촬영)

현장에 도착한 소희의 차. 소희와 연호, 차에서 내리면 이미 도착한 구조대와 경찰차와 구급차.

구급대원들은 전복된 차량 운전석을 절단기로 자르며 운전자 구출 중이다.

운전자, 들것에 옮겨져 나오는데, 지켜보는 동기와 현경의 참담한 표정.

현경은 입을 막고 눈물을 보이는,

소희와 연호, 현장으로 다가가는데, 소희 멈칫.

바닥에 떨어진 무언가 발견, 소희 집어서 보면, 용건의 택시.

룸미러에 매달려 있던 중학교 시절 소희와 용건의 사진.

사진을 본 소희가 불길함을 직감하고, 사고 차량으로 달려가면 동기와 현경, 소희를 황급히 막아 세운다.

그 순간, 현경의 뒤로 구급대원의 들것에 실려 나오는 남자, 만신창이가 된 용건이다! 소희, 한눈에 용건을 알아보고는 이성을 잃은 몸부림. 소리는 들리지 않지만, 소희의 절규가 느껴진다.

화면 천천히 페이드아웃 되면, 이제 소리가 들리기 시작한다.

어지러운 현장음, 사이렌 소리. 그리고 소희의 절규.

소희   (흐느끼듯 부르짖는) 아빠… 아빠!!!

8부 끝

9부

«««««« 9 부 »»»»»»

S#1. 텐카페, 룸 (밤)

정욱과 유학 친구들 술자리. 정욱 옆에 윤미진(27), 아가씨1, 2.

친구1	회사는 다닐 만하냐?
정욱	다닐 만하겠냐? 조폭이 하는 건설회산데. 그냥 아빠 눈치 봐서 있는 거야. 그래도 명함은 본부장 아니냐.
친구2	(피식) 정욱이 LA 있을 때 생각하면, 지금 엄청 피곤할 거야. 그땐 거의 매일 취해 있었잖아. 술에, 약에.
정욱	(얘기 중에 문자 온다. 경수)
경수E	왜 연락이 없어? 나 더는 못 기다려.
친구1	그래서 사업하는 부모가 좋다니까. 사람들이 도덕성에 대해서 큰 기대를 안 하거든. (정욱 표정 보고) 왜, 무슨 문잔데?
정욱	(휴대폰 테이블에 툭) 아니야 아무것도. 오랜만에 찬술(뽕) 한잔하자! (미진에게) 너 주사 잘 놓지?
친구2	야, 무리하지 마. 아버지 생각해야지.
정욱	(짜증) 씨발, 내가 사람을 죽인대? 오랜만에 스트레스 좀 풀자고!

S#2. 텐카페, 지하주차장 (밤)

미진, 담배 피우며 기다리면, 흰색 아우디 들어와 미진 앞에 선다.
운전석 창문 열리고, 콜뛰기 기사 이병찬(33), 미진 본다.

미진	(짜증) 왜케 늦어~
병찬	늦긴, 5분도 안 걸렸는데. 또 그 새끼? 경찰 아들?
미진	(끄덕끄덕, 손 내밀면)
병찬	(투명 비닐에 담긴 필로폰 주사기 건네는) 몸 상한다. 적당히 해라.
미진	(피식, 받아 챙기고) 여기서 대기해. 곧 나와. (돌아서 들어가면)
병찬	옛썰! (차 급하게 빼는)

S#3. 텐카페, 룸 (밤)

정욱, 미진에게 뽕 주사 맞는, 혈관을 타고 들어가는 약 기운.
정욱, 눈 파르르 풀리는, 친구1, 2, 정욱보고 가관이다, 피식 웃는,

S#4. 텐카페, 지하주차장, 아우디 안 (밤)

정욱, 미진과 시시덕거리며 나오면, 입구에 대기한 병찬의 흰색 아
우디.

병찬	(얼른 나와 차 문 열어주는) 타시죠, 사장님.
정욱	차 바꿨냐?
병찬	네! 아우디 꽈뜨로~ 발만 대도 튀어 나갑니다!
정욱	(둘러보는, 운전석에 올라타는)
병찬	(당황) 사장님, 운전까지는 좀, 뽑은 지 얼마 안 돼서…
정욱	(실내 살피는) 이거 니 명의 아니잖아. 대포차지?
병찬	…
정욱	자동차 관리법 위반, 바로 압수당하고 싶어?

병찬	… (당혹스러운)
정욱	(피식) 그니까 운전 한번 하자고~ 누가 뺏는대?!
병찬	(어쩔 수 없는, 미진에게 어떻게 해보라는 눈짓)
미진	(정욱에게) 오빠, 그냥 뒤에서 편하게 가자. 술도 한잔하고.
정욱	오랜만에 찔렀는데, 기분 좀 내야지. 타, 빨리.
미진	(병찬에게, 안 되겠다는 눈짓)
병찬	(속으로 '씨발 새끼', 눈 흘기고 조수석에 타는)
미진	(뒷자리에 올라타는)

정욱, 액셀 후까시 엄청나게 밟더니 급출발! 병찬, 미진 뒤로 몸 쏠리는,

S#5. 텐카페, 밖 이면도로 (밤)

용건의 택시, 골목을 빠져나오는데, 골목에서 느닷없이 튀어나오는 흰색 아우디, 좁은 골목을 질주하는데,

용건	(인상) 골목에서, 위험하게,

흰색 아우디를 뒤따르는 형국인 용건의 택시.

S#6. 텐카페, 밖 이면도로 (밤)

정욱, 마치 드라이브 게임 즐기듯 거칠게 운전하는,
병찬과 미진은 거친 운전에 롤러코스터 탄 사람들처럼 이리저리 쏠

리는,

무서운지 얼른 안전벨트 맨다.

골목 빠져나올 때 올라오던 배달 오토바이와 마주친다. 오토바이
얼른 핸들 꺾지만, 백미러에 부딪혀 쓰러진다.

병찬, 돌아보면 바닥에 뒹구는 오토바이.

병찬   어! 지금 살짝 부딪친 거 같은데요!

정욱   됐어! 씨! 그게게 왜 튀어나오고 지랄이야. (계속 밟는)

뒤따르던 용건의 택시. 용건이 이를 본다.

하지만 흰색 아우디, 오토바이남이 쓰러진 걸 못 본 건지, 그대로
질주한다.

용건   (보고) 저, 저!

용건, 택시에서 얼른 내려서 오토바이남을 살핀다.

용건   괜찮아요?

오토바이남   (뻐근한, 인상) 네, (돌아보는) 저 인간, 사람치고 그냥 가네!

용건 보면, 저만치 큰길로 빠져나가고 있는 하얀 아우디.

용건   저기요! 여기가 성오역 사거린데요! 하얀색 아우디 차가 지금 오토
바이를 치고 달아났어요!

S#7. 도로, 아우디 안 (밤)

정욱, 불법 유턴, 칼치기, 위험천만하게 도로를 질주하는데,
룸미러로 보면 택시 한 대 따라붙고 있다!
용건의 택시, 정욱의 택시 옆으로 다가와서는,

용건   (창문 열고) 차 세워요! 차 세우라고! 사람을 치고 그냥 가면 어떡해!
정욱   뭐래, 븅신이. (속도 내서 따돌리는)
병찬/미진   (불안한 시선)

S#8. 한적한 도로, 추격 시퀀스 (밤)

강남을 벗어나, 한적한 왕복 8차선 도로. 주변엔 농원들.
정욱, 속도 내는데, 용건의 택시 악착같이 따라붙는다.
정욱, 룸미러로 보며 짜증스러운 표정.

미진   (돌아보고) 어떡해, 계속 쫓아오는데,
정욱   아이씨, 저 찐득이 같은 새끼.
병찬   (불안한) 그냥 몇 푼 쥐여주고 보내시죠. 괜히 일 키우지 말고.
정욱   (병찬 노려보는, 눈 풀린, 살벌한)
병찬   (시선 피하는)

정욱, 무슨 생각인지, 속도 줄이는, 조수석 쪽으로 길 열어주면,
용건의 택시, 얼른 치고 들어온다.

용건   얼른 차 세워요! 사람 치고 그냥 가면 어떡해!

정욱	(창문 열고 용건 보는, 서늘한 미소)
용건	??
정욱	(순간 용건의 차를 갓길로 밀치는!)
용건	어!!

용건의 택시가 펜스를 뚫고 갓길 아래로 전복된다.

병찬/미진	!!! (놀라서 돌아보는, 그리고 다시 정욱 보면)
정욱	(신이 난 아이처럼 웃는, 쌤통이라는 듯 숨넘어가게 웃는)
병찬/미진	(겁먹은)

S#9. 구급차 안 (밤)

사이렌과 클랙슨 울리며 질주하는 구급차.
구급차 안. 구급요원들이 긴박하게 용건 CPR 중이다. 소희, 옆에서
절박한 표정으로 지켜보는, 피 묻은 용건의 손 붙잡은,

S#10. 대학병원 수술실 (밤)

수술실 앞, '수술중' 불 들어와 있고,
수술실 앞에 초조한 얼굴로 흩어져 앉아 있는 소희와 TCI 팀원들.
말없이 무거운 분위기.
소희, 손으로 사고 현장에서 수습한 사진 꼭 쥐는데.
문 열리고, 수술 마치고 나오는 의료진. 다가서는 소희와 TCI 팀원들.

의사	(마스크 벗고) 일단 수술은 잘 끝났습니다.
	근데, 장파열에 폐도 부분 절단됐고, 뇌출혈, 골반, 손목, 다리, 갈비뼈, 광대뼈 골절까지, 성한 곳이 없을 정도로 많이 다치셔서, 당분간 상황을 좀 지켜봐야 할 것 같아요. 일단 중환자실로 옮기고 좀 보죠.
소희	(그제야 안도, 인사) 감사합니다.
의료진	(가면)
현경	(소희에게 다가와 다독)
연호	(소희 보는, 다행인 표정)

S#11. 대학병원 일각 (밤)

병원을 나서는 소희, 현경이 부축하듯 옆에서 걷고,
연호와 동기는 뒤따라 걸어 나오는.

현경	오늘은 아무 생각 말고 쉬세요.
동기	제가 집까지 모셔다 드릴게요.
채만	동기 말대로 해.
소희	저 괜찮아요. 아까 의사 선생님 말씀 못 들었어? 수술 잘 끝났다잖아. 곧 깨어나실 거야. 나 혼자 두고 어디 못 가는 양반이라.
일동	(더 권하지 못하고)
연호	…

S#12. 도로, 소희의 차 (밤)

아무 일 없었던 듯 운전하는 소희.
룸미러에는 사고 때 수습한 중학교 시절 소희와 용건 사진 걸려
있고.
소희, 문득 사진에 시선 가는데… 그때 소희의 차 옆으로 용건의
택시가 지나간다. 뒷좌석엔 중학생 소희 타고 있고.
소희, 이를 그리움이 가득한 눈으로 보는데.

용건E   집에 애 혼자 두기 싫더라고. 그래서 택시만 주구장창 태웠지 뭐요.

S#13. 과거, 도로, 택시 안 (3부 S#56)

용건이 연호에게 이야기하고 소희는 뒷좌석에 누운 채 눈 감고 있
다. (자는 것처럼 보이지만 용건의 말 듣고 있는)

용건   여기서 크다시피 해서… 미안하지, 내가.

자고 있는 소희의 표정에 미세한 변화. 감은 눈 사이로 눈물이 맺히고.

S#14. 한강 다리 위 도로, 소희의 차 (밤)

어느덧 눈이 그렁해진 소희.
눈물이 자꾸 차올라 더 이상 차 몰지 못하고 한쪽에 끼익 차를 세
운다.

| 소희 | 아빠가 왜 미안해! 내가 좋아서 그랬는데. 아빠랑 같이 있고 싶어서. 아빠 미안해… 내가 진짜 미안해… |

소희, 운전석에 앉은 채 하염없이 우는데…

S#15. 남강경찰서 교통과 사무실 (낮)

모여 있는 구서장과 고과장, 소과장, 염과장, 그리고 소희를 뺀 TCI 팀원들(채만/연호/동기/현경).
용건의 112 녹음 기록 듣고 있다. (동기의 휴대폰)

용건F	저기요! 여기가 성오역 사거린데요… (네네) 하얀색 아우디 차가 지금 오토바이를 치고 달아났어요!
	(흰색 아우디 차량이요. 넘버는 모르시고요?)
	거리가 멀어서, 지금 불법 유턴해서 **대교 방면으로 가고 있어요! 제가 일단 쫓아가겠습니다!
동기	(휴대폰 녹음 끄는) 112 신고 시각이 새벽 1시 34분, 배달 오토바이를 치고 달아난 뺑소니 차량을 뒤쫓으시다 사고를 당하신 거 같습니다.
구서장	사고 상황은 확인이 된 거야?
채만	(현경에게 눈짓하면)
현경	(노트북과 연결된 모니터로 국도 CCTV 영상 플레이한다.)

영상1. 흰색 아우디 차량을 쫓는 용건의 택시. 앞을 안 주려고 이리저리 길을 막는 흰색 아우디.
영상2. 갓길로 파고드는 용건의 택시. 그러자 흰색 아우디가 갓길로

몰아붙이고, 갓길 아래로 구르는 용건의 택시. 지켜보는 과장들의
탄식.

현경, 영상 멈춘다. 사고 시각은 02:07

일동	(숙연한)
구서장	저거 저거, 사람 잡으려고 작정을 했네! 저거 음주운전 아니야?
고과장	운전자는 확인됐어요?
현경	차량번호 조회했는데, 대포차예요. 파산한 법인 명의. 세금, 범칙금 잔뜩 밀려 있고.
염과장	그럼 실제 운전자가 누군지 모르는 거네?
동기	근데, 이것 좀 보세요.

동기, 현경에게 신호하면, 현경, 모니터에 CCTV 영상 띄운다.
유흥가 일각, 한적한 도로. 외제차들이 줄지어 서 있고, 그 사이에
흰색 아우디 차량 있다. 기사들끼리 담배 피우며 얘기 중인 병찬.

동기	강남 인근에서 대기 중인 콜뛰기 애들 같은데, 거기 흰색 아우디 차량이 찍혔어요. 아무래도 콜뛰기 영업 차량인 거 같습니다.
소과장	강남 콜뛰기면 저번에 이태주 팀장이 사건 이관해 간 거 아니었어? (인상) 일을 어떻게 처리했길래 저렇게 버젓이.
TCI	(표정)
현경	저번 콜뛰기 수사 때 확인한 건데, 업소마다 지정 콜뛰기 업체가 따로 있더라고요. 일대를 뒤져서 업소 찾으면, 운전자 신원 확인 가능할 거예요.
채만	일단 차량은 수배해놨고, 민반장 아버님 택시에 남은 블랙박스 기록도 있고, 피의자 신원은 금방 파악될 겁니다.
염과장	저희도 최대한 도울게요.

소과장	신원 파악만 되면 알려줘. 잡는 건 우리가 할 테니까.
고과장	(현경에게) 도울 거 있음, 바로바로 얘기해요. 우리도 지원할 테니까.
구서장	그래. 아주 전폭적으로 지원해주라고!
현경	(왜 저래, 눈치 보이게)
구서장	암튼, 최대한 빨리 해결합시다! 요즘이 어떤 시댄데 뺑소니를 해!

S#16. 대학병원, 중환자실 (낮)

병상에 누워 있는 용건. 몸에 각종 모니터, 측정기 달려 있다.
소희, 옆에서 용건 지긋이 보는,

간호사	(다가와) 면회 시간 끝났습니다.
소희	네. (용건 손 쓰다듬는) 아빠, 힘내… 나 기다린다… 알았지?
용건	(아무 반응 없는)
간호사	(다가와) 보호자님?
소희	(감정 추스르며, 어렵게 일어나는)

S#17. 대학병원, 중환자실 밖 (낮)

소희, 무거운 표정으로 걸어 나오다 멈칫, 저만치 태주, 서 있다.
소희, 표정이 싸늘히 식는다. 모른 척 태주 옆을 지나치는 소희.

태주	(붙잡는) 소희야.
소희	무슨 얘길 듣고 싶어서 여길 왔어? 당신이 무슨 자격으로.
태주	내가 뭐 도울 건 없고?

소희	범인이 콜뛰기 기사야. 당신이 맡아서 처리하겠다고 가져간 그 강남 콜뛰기! 애초에 당신이 수사만 제대로 했어도 이런 일은 없었어. 근데 인제 와서 뭘… 뭘 도와주겠다고!
태주	…
소희	(화 누르며 일어나는) 그냥 돌아가. 지금 내 마음이, 당신한테 좋은 말 안 나갈 것 같으니까. (돌아서 가는)
태주	(소희 바라보는, 표정)

S#18. 과거. 경찰청 복도 (낮)

화가 난 듯 사무실 안에서 나오는 소희. 곧이어 태주가 따라 나오고.

소희	겨우 콜뛰기 기사 몇 명 잡아넣고 끝이라고? 이게 말이 돼? 이럴 거면 수사 다시 넘겨. 내가 해. 처음부터 다시.
태주	어차피 콜뛰기 걔들 입 안 열어. 그럼 고객명단 확인할 길도 없고.
소희	표명학 차장 때문이야? 차장 아들도 이번 사건에 연루돼서? 혹시 외압이라도 받았어?
태주	그런 거 아니야.
소희	그런 게 아니면? (날카롭게) 그 반댄가?
태주	…

S#19. 대학병원, 중환자실 밖 (낮)

혼자 남은 태주, 쓴 표정으로 돌아서서 나가고.

S#20. 한경수의 집 앞 (밤)

허름하고 오래된 다세대 주택. 반지하 문 앞,
연호, 문을 두드리는, "한경수 씨! 한경수 씨!!" 반응 없는.
혹시나 문을 열어보는데 잠겨 있다.

S#21. 한경수의 집 뒤편, 유리창 (밤)

연호, 반지하 불투명 유리로 보면, 불 켜진. 창살 너머 유리 창문이
살짝 열려 있다. 연호, 창문 열고 집 안으로 들어간다.

S#22. 한경수의 집, 안 (밤)

연호 들어오고, 불 켜져 있는, 조그마한 원룸 구조의 방. 밥상 위엔
먹다 남은 라면, 파리 꼬인, 펼쳐진 빨래 건조대엔 아직 널지 않은
빨래들. 널려고 놔둔 듯 꾸깃꾸깃해진, 누가 봐도 잠깐 외출한 모습.
연호, 휴대폰 열어보면, 경수에게 건 수십 통의 부재중 전화. 다시
통화 누르는데, 신호는 가지만 받지 않는다. '도대체 무슨 일이…'

그때 연호 폰에 전화 온다. 현경이다.

현경F   차주임님 어디세요? 현장으로 오세요.

S#23. 문 닫은 주유소, 세차장 안 (밤)

철문 내린 어두운 세차장 안. 검은 선팅차의 헤드라이트 불빛이 닿는 곳, 의자에 결박된 채 기절한 경수. 사고의 흔적인 듯, 얼굴과 몸은 만신창이,
누군가, 자동차 배터리에 연결된 점프선을 양손에 쥐고 다가온다.

경수   (경수의 시야에 보이는 누군가, 역광이라 검은 그림자만)
        (힘없는, 갈라진) 당신 누구야… 나한테 왜 이러는 거야…
        …난 몰라… 난 아무 잘못 없어…
사내   (자동차 배터리에 연결된 점프선, 경수 허벅지 양쪽에 대면)
경수   (부르르 떨리는, 거품 무는) 허… 허… 잘못했어요… 정욱이… 정욱이
        가…

사내, 뒤로 물러나면, 검은 선팅차 블랙박스에 담기고 있는 경수의
모습.

S#24. 텐카페, 룸 (밤)

연호, 사진 내밀면(현경은 뒤편에), 마담(30대), 병찬의 사진 보더니,

마담   이 사람 왜 찾아요?
연호   아십니까?
마담   (눈치 살피다, 웨이터에게) 가서 미진이 오라 그래.
웨이터   (가면)
마담   콜뛰기 오바(기사)인 건 알고 오신 거 같고… 사고 쳤어요?

현경	(미소) 그건 말씀 드리기가 좀…
마담	(현경 살피는) 얼굴 상큼하네. 오빠들이 좋아하겠다.
현경	?
마담	(명함집에서 명함 꺼내 건네는) 돈 벌 생각 있으면 연락해요.
현경	(어이없는) 저기요. 저 경찰이에요.
마담	(명함 현경 앞에 밀어놓으며) 경찰은 돈 안 필요하나.
	인생 어떻게 될지 모르잖아. (가는)
현경	(어이없는)

미진, 뒤편에서 경계 어린 표정, 다가온다. 마담과 스친다.

마담	(미진 보고) 니 오빠 찾는다. (가는)
연호	(휴대폰 사진 보이는) 이 사람 알죠?
미진	(보고) …네. 병찬 오빠.
연호	(현경 힐끔, 다시 미진에게) 어제 만났습니까?
미진	혹시 그것 땜에 오셨어요?
연호	?
미진	어제 손님 모시고 나가다가 택시기사랑 시비가 좀 붙었는데,
연호/현경	!!

S#25. TCI 사무실 (밤)

화이트보드에 이병찬 사진. 이름과 나이 적혀 있고, 주변에 TCI 팀원들.

연호	이름 이병찬. 33세. 폭력, 금품 갈취, 마약 유통, 콜뛰기 영업 등등 전

	과 6범이에요. 올해 3월부터 일명 '퀵콜'이라는 콜뛰기 업체에서 일하고 있습니다. 근데 어제부터 말도 없이 출근을 안 하고 있답니다.
현경	마지막 이용자가 윤미진이란 유흥업소 종업원인데, 손님 모시고 이동 중에 배달 오토바이랑 접촉사고가 있었대요. 그걸 뒤에서 보고 뒤쫓은 택시가,
채만	(OL) 민반장 아버님이고.
현경	…네.
연호	근데, 윤미진 말에 의하면 손님이랑 자신은 중간에 내리고, 그다음엔 무슨 일이 있었는지 본인도 모른답니다.
채만	본인들이 내린 다음에 사고가 났다? 같이 있던 손님은?
현경	그게… (부담스러운 듯 연호와 시선, 노트북 보이면)

텐카페 복도 CCTV, 미진 어깨를 두르고 일행들과 걸어 나오는 정욱.

현경	표정욱. 표명학 서울청장님 아들이에요.
채만	!! (확인하려는 듯 화면에 다가가면)
현경	이 업소에선 유명하더라고요. 돈도 잘 쓰고, 매너도 좋고. 아버지가 경찰 고위직이라 단속 걱정도 없다고.

확대한, 취한 얼굴로 해맑게 웃고 있는 정욱의 얼굴.

동기	하! 청장 아들이란 작자가, 저번 수사 때 압수한 콜뛰기 마약 리스트에도 있지 않았어요?
채만	(심각) 일단 이병찬부터 찾아. 콜뛰기 차량이라면 운전자는 이병찬이란 얘기잖아. 차량 수배해서 단속카메라에 찍힌 거 없나 확인해보고.
연호	표정욱은 어떡할까요?

채만	(고민) 일단 참고인 자격으로 만나보지. 윤미진이랑 진술이 일치하
	는지.
연호	…네.

S#26. 서울청, 112 종합 상황실 (낮)

연호와 현경, 담당 경찰과 함께 이병찬의 흰색 아우디 동선을 따라
가고 있다.
사고 이후 동선에 있는 CCTV를 체크하며 경로를 파악하는,
동기 전화 온다. 연호, 자리 옮겨서 전화 받는다.

연호	네, 우형사님,
동기	(필터) 호명 분기점 근처 지방도로에서 용의차량이 찍혔어요! 과속
	이요!
연호	!!

S#27. TCI 사무실 (낮)

모니터에 떠 있는 지도. 채만, 연호, 동기, 현경 있다.

동기	(지방도로 한 지점을 가리키며) 392번 지방도로 운호 1교 근처.
	용의 차량이 과속 단속에 걸린 지점이에요.
현경	(지도 따라가며) 392번 지방도로면 신대IC랑 연결되잖아요.
	여주 외곽에 이병찬 본가가 있는데, 그쪽으로 향한 게 아닐까요?
연호	여주로 가려면 위로는 북여주IC, 아래로는 곡강IC를 통과해야 해

	요. 그럼 분명 단속카메라에 잡혔을 거예요.
동기	그렇담 아직 (지도 가리키며) 정동면이랑 곡강면 근처에 있단 얘긴데.
현경	이 근처가 죄다 산이랑 호수인데, 여기 어디다 숨겼나?
연호	(생각하는) 범행 차량이에요. 숨겨둘 바에야 아예 없애는 게 유리하죠.
현경	그럼, 폐차?
채만	폐차장이든 어디든 이 일대 샅샅이 뒤져서 찾아. 호수에 버렸을 수도 있으니까 주변에 목격자 있는지 확인해보고.
일동	네! (서둘러 나가는)

S#28. 정동-곡강, 몽타주 (낮)

- 호수 주변을 살피는 현경. 근처 낚시꾼에게 흰색 아우디 사진 보이며 본 적 있는지 묻는, 못 봤다는 손짓.
- 폐차장1 사무실, 신분증 내밀며 직원에게 차량 묻는 동기, 직원, 서류 확인, 없다는 표시.
- 고철상, 집게차로 철제 집어 올리는 남자. 현경, 다가가 사진 보이면 모르겠단 표정.
- 폐차장2, 연호, 직원이랑 폐차 앞둔 차량 살피지만, 흰색 아우디는 없다.
- 폐차장3, 연호, 직원과 대화, 직원, 어딘가 손가락으로 가리키는, 연호 달려가면 바퀴 다 빠지고 이미 납작하게 압축된 흰색 아우디, 이를 바라보는 연호의 허탈한 표정.

S#29. 도로, 레커차 앞 (낮)

레커차에 실리는 납작하게 압축된 이병찬의 차. 주변에 동기와 현경. 연호, 근처에서 채만과 통화하고 있다.

연호   조금만 늦었으면 흔적도 없이 사라질 뻔했어요. 블랙박스 SD카드는 이미 빼 갔고, 일단 차량은 국과수에 포렌식 의뢰하겠습니다.
채만   (필터) 그래, 고생했어. 국과수 분석관님들께 상황 설명 자세히 하고.
연호   네. (끊으면)

동기, 현경 다가서는,

동기   (인상) 이거 뭐 나오겠어요? 상태가 영,
연호   모르죠. ECU에 내장된 데이터 기록 정도는 복원이 될지.
현경   근데, 이렇게 흔적도 안 남기게 급하게 폐차시킨 거 보면, 뭔가 켕기는 게 있는 거 같긴 한데,
동기   그러게.
연호   (납작한 차량 보며 표정)

S#30. 국과수 전경 (밤)

불 켜진 국과수.

S#31. 국과수 교통과, 사고 해석실 (밤)

이병찬의 흰색 아우디에서 ACM 모듈을 떼어내 EDR 분석 중인 김분석관. 모니터에 분석 내용이 다양한 그래프로 추출된다.

김분석관   (자료 보는, 이상한, 동료 분석관에게) 남강서에서 포렌식 맡긴 차, 사고 당시 운전자 혼자 타고 있었다고 하지 않았나요?

동료 분석관 (다른 분석 하다가) 네, 그게 왜요?

김분석관   (자료 보며) 지금 EDR 기록정보 뽑고 있는데, 좀 이상해서요.

동료 분석관 (다가와 추출된 자료 보더니, 놀란) 뭐예요, 이게??

S#32. 남강경찰서 교통과 복도 (아침)

헐레벌떡 뛰어오르는 누군가의 발.

S#33. TCI 사무실 (아침)

현경   (뛰어 들어오며, 서류 보이는) 이것 좀 보세요!

연호/동기 ? (뭔가 보면)

PRE – CRASH DATA – 1 SEC (Record1, Most Recent)

Safety Belt Status, Driver....................................Not Belted

Safety Belt Status, Front Passenger........................Belted

Safety Belt Status, 2nd Row Left side...........Not Belted

Safety Belt Status, 2nd Row Right side................Belted

연호	!! 조수석이랑 조수석 뒷자리 안전벨트가 채워져 있었어요.
동기	?? 그럼 뭐야, 차에 운전자가 없었을 리는 없고.
연호	사고 당시, 차에 세 사람이 타고 있었어요.
채만	(자리에서 듣고) !!!

- 시간 경과

채만, 국과수에서 보낸 서류 검토하는, 주변에 팀원들.

연호	이병찬의 차, 운전석 A필러에서 표정욱의 혈흔과 DNA가 나왔어요. 운전자는 표정욱입니다.
현경	그럼 윤미진이 사고 전에 차에서 내렸다고 한 건,
연호	표정욱이 시켰겠죠. 본인의 범행 사실을 숨기려고.
채만	(서류 보고, 심각한)
동기	(흥분) 팀장님, 고민할 게 뭐가 있어요! 그 인간이 우리 반장님 아버님을,
채만	(OL) 상대는 표명학 청장 아들이야. 어설프게 들쑤셔놨다간 오히려 우리가 역풍을 맞을 수도 있어.
연호	그렇다고 이대로 기다릴 순 없잖아요. 시간 끌수록 증거인멸 가능성도 크고… 최대한 빨리 구속 수사로 전환해야 합니다.
채만	(고민)

S#34. 남강경찰서 서장실 (낮)

구서장, 국과수 서류 보는, 영어로 된, 뭔 소린지, 옆에 고과장.
반대편 옆자리엔 채만과 연호 있다.

구서장	(안경 올려 쓰며) 이게 뭐래는 거야?
고과장	그니까, '벨티드'는 안전벨트 했다. 낫 벨티드, 안 했다.
구서장	(고과장에게 짜증) 그걸 누가 몰라?! (채만 보는) 그래서 이게 뭐 어쨌 다고요?
채만	사고 운전자가 표정욱입니다. 표명학 청장 아들.
구서장	!!! 표, 표청장님 아들?? (당황) 그게 무슨 소리야?! 운전자는 그 콜 뛰기 기사라며.
채만	운전석에서 표정욱 혈흔, DNA가 나왔어요.
구서장	(의미 없이 서류 보는) 아니, 여기서 왜 표청장 아들이 튀어나와. 이거 확실한 거예요? 이거 신중해야 해! 잘못했다간, 여기 있는 사람들 다, 목 달아나요!
채만	일단 피의자 조사해서 자백 받아내고, 구속영장 치겠습니다.
구서장/고과장	(서로 보는, 난감한)
구서장	(안 했으면) 꼭, 그렇게까지 해야 하는 거지? 지금, 무리해서,
채만	(확고한)

- 시간 경과

창밖 보고 서 있는 구서장과 고과장.

구서장	(착잡한) 우리 이제 어떻게 될까?
고과장	정신 바짝 차리셔야 합니다. 운명의 소용돌이에 휩쓸려 떠내려가지 않게.
구서장	(지친) 나 너무 힘들다. 언제까지 이렇게 휘둘리며 살아야 해? (속상) 내 맘대로 되는 게 하나도 없어.
고과장	휘둘리다 보면, 언젠가 휘두르며 살날이 오겠죠. (등 토닥)
구서장	(고과장 슬쩍 보는) 오겠지? 힘이 되네.

애잔한 둘의 뒷모습.

S#35. YSC 건설 본부장실 (낮)

자리에 앉아 전화 받은 정욱.

정욱   피의자 조사요? …네, 그렇죠.

정욱, 끊고 심각한, 어쩌지? 명학에게 전화하려다 멈칫, 아버지가 아시면 노발대발하실 텐데… 노크하고 박부장 결재 서류 들고 들어오면 귀찮다고 나가라는 손짓.
박부장, 조용히 나간다. 정욱, 송변호사에게 전화.

정욱   (밝게) 송변호사님, 잘 지내시죠? (사이) 잠깐 뵀으면 하는데, 좀 상의 드릴 게 있어서,

S#36. 송변호사 사무실 (낮)

정욱, 송변호사와 마주하고 앉았다. 정욱, 여유 있게 차 마시면, 송변호사는 심각하다.

송변호사   일단은 아버님한테 말씀을 드리는 게…
정욱   (답답한 양반, 설득조) 송변호사님, 우리 아버지 엄청 바쁜 거 아시잖아요. 나랏일 하기도 빠듯한 양반한테, 이런 일로 부담을 드려서야 되겠습니까? 자식 된 도리로.

송변호사	…
정욱	(어깨 툭툭) 저랑 조용히 처리하시죠. 보수는 섭섭잖게 드릴게.
송변호사	(살짝 기분 언짢은)

S#37. 대학병원, 중환자실 (밤)

소희, 의식 없이 누워 있는 용건을 가만 바라본다.

현경E	아무래도 표정욱이 운전한 거 같아요. 표명학 청장님 아들이요.
	국과수 감정 결과도 그렇고, 정황도 그렇고.
소희	(꾹 쥔 주먹이 부들부들 떨리고)

S#38. 텐카페, 룸 (밤)

밖에서 시끄러운 EDM 들려오고,
정욱과 친구1, 2 그리고 비슷한 남녀 무리들.
양주 마시며 게임하는, 안주 집어 던지고, 야단법석인 분위기.
정욱, 해방감에 신난. 이때 소희, 문을 벌컥! 열고 들어온다.
정욱과 패거리, 일제히 '뭐야?' 하는 시선으로 본다.

소희	표정욱 너야? …정말 니가 운전했어? 대답해!
정욱	(양옆에 여자 끼고, 더 해보라는 듯, 뻔뻔히 보는) 누구…?
소희	(둘러보며) 사람을 쳐놓고 이딴 술판을 벌인다고? 미친…
정욱	(얄밉) 아… 그 사고? 나도 우리 변호사한테 얘긴 들었어요.
	(일어나 소희에게 다가서며) 경찰이라고 들었는데.

	근데, 경찰이 그렇게 박봉인가? 아버님이 택시를…
소희	뭐??
정욱	(비죽) 좋게 생각해요. 이 기회에 병원에서 푹 쉬시고 좋지 뭐.
소희	!!!
일행	(키득대는)
정욱	(일어나서) 야! 잔들 채워! 우리 여기 형사님 아버지 쾌차를 비는 의미에서 건배 한번 하자! (소희에게 잔 내밀며) 아버님 쾌차하길 빌게요. 아, 혹시나 아버님한테 무슨 일이라도 생기면 내가 부조는 많이 할게. 양심적으로다,
소희	(빠직, 손에 잡히는 양주잔 집어드는) 야 이 미친 새끼야!!!

소희, 정욱 향해 집어 던지면, 정욱의 뺨을 스치고 벽에 부딪혀 박살 나는 잔.
일순간 정적. 정욱, 뺨에 베인 자국 남은, 피 스며 나오는,
거친 숨 몰아쉬며 노려보는 소희. 정욱의 시선도 차갑게 가라앉는다.
그때 급히 문이 열리며 연호가 들어온다.
연호를 본 정욱, 적지 않게 놀란 표정.
연호, 한눈에 상황 파악하고는 소희를 데리고 룸을 빠져나간다.
나가기 직전 연호와 정욱의 시선이 서로 부딪히고.

일행1	아씨 이게 다 뭐야? 정욱아, 너 괜찮아?
정욱	(또 차연호야? 피식) 재밌네…

그때 정욱의 휴대폰 진동 울린다. 보면 '아버지'.

S#39. 텐카페, 일각 (밤)

조용한 복도에 나와 전화 받는 정욱.

정욱   (멀쩡하게) 네, 아버지.
명학   (필터 건조) 어디냐.
정욱   네… 지금, 운동하고 있어요.
명학   (필터) …나와.
정욱   ?? (여기가 어딘 줄 알고)

S#40. 텐카페, 밖 (밤)

정욱, 옷차림 가다듬고 나오면 밖에 대기하고 선 명학의 차.
기사 나와서 뒷문 열어준다.
정욱, 애써 표정 관리, 뒷자리 다가서면, 안쪽에 명학 앉아 있다.

정욱   (겸연쩍게) 저 여깄는 건 어떻게…
명학   (상처 보고) 얼굴은 왜 그래?
정욱   별거 아니에요.
명학   타.
정욱   (뒷자리에 올라탄다)

명학, 느닷없이 정욱 팔 걷어서 살핀다. 마약 흔적 찾는 듯,

정욱   (거칠게 뿌리치며) 아 진짜! (얼른 소매 내리는)
명학   (정욱 노려보는) 내가 놀아도 적당히 놀라 그랬지. 마약을 하건 계집

질을 하건, 사람들 안 보는 데서!

정욱   …

명학   내가 언제까지 니 똥이나 치우고 살아야 해!

정욱   (뻔뻔하게) 그래서 얘기 안 드린 거잖아요. 제가 알아서 할라고.

명학   (같잖은) 어떻게, 니 혼자서 뭘 할 수 있는데, 이런 데서 술이나 처먹고, 사고나 칠 줄 알았지.

정욱   (고개 돌리고 혼잣말처럼) 내가 언제까지 앤 줄 아나 씨.

명학   (빠직) 뭐?

정욱   아버지, 제가 깜방 가면 좋으시겠어요? 그럼 속 편하시겠냐고요.

명학   …

정욱   저도 아버지 땜에 이러는 거잖아요! 아버지 커리어에 피해 안 주려고!

명학   (이놈 봐라)

정욱   아버지가 저한테 그러셨죠. 얻고 싶은 게 있으면, 수단 방법을 가리지 마라… 아버지, 저 딴 건 모르는데 그건 확실히 배웠거든요. 그니까 이제 자식 믿고, 좀 지켜보세요. 네? (건방지게 나가는)

명학   (허! 어이없는)

S#41. 한강공원, 연호의 차 (밤)

한적한 공원 한쪽에 세워진 연호 차(잠복을 위해 동기 차나 기타 다른 차를 끌고 나온 설정).
연호는 운전석에, 소희는 조수석에 앉은 채 한강을 가만 보고 있고.

연호   …괜찮으십니까?

소희   어떻게 알고 온 거예요?

| 연호 | 내일 표정욱 피의자 조사인 건 아시죠? 그 전에 이병찬을 찾는 게 유리할 거 같아서 잠복 중이었습니다. |

S#42. 과거. S#38 전, 텐카페 도로 건너편 (밤)

연호, 도로 한쪽에 차를 세워둔 채 텐카페 드나드는 사람들 주시하는 중.
그때 정욱이 발렛 기사에게 차키 던져놓고 친구들과 들어가는 게 보이고.

| 연호E | 그러다 표정욱을 봤고. |

- 시간 경과

연호의 시선에, 택시에서 내린 소희가 텐카페로 들어가는 게 보인다.
얼른 차에서 내리는 연호, 서둘러 길 건너려는데 쌩쌩 달리는 차들에 막히고.

S#43. 한강공원, 연호의 차 (밤)

연호	반장님이 왜 온 건지도 알겠더군요.
소희	(정욱에 대한 분노 누르려 애쓰며 어쩔 줄 모르는)
연호	내일 표정욱이 진범이란 사실 꼭 밝혀내겠습니다.
소희	…

S#44. TCI 사무실 (낮)

정욱의 취조 회의 중인 팀원들.
소희, 들어온다.

현경 (반색) 반장님!

소희 (흐린 미소, 채만에게 인사) 팀장님.

채만 어서 와. 아버님은,

소희 …아주 조금씩, 나아지고 있어요… 오늘 표정욱 조사, 참관하려고
         요. 괜찮죠?

채만 (잠시 생각하다, 끄덕이는)

소희 (감사의 목례, 연호 보는) 차주임. (잘 부탁해요)

연호 (무언의 교감, 잘해보겠다는)

S#45. 남강경찰서 별관 앞 주차장 (낮)

양복 차려입은 정욱, 송변호사와 뒷자리에서 내린다.
다소 긴장된 표정, 애써 여유롭게, 교통과로 향하는,

S#46. 남강경찰서 교통과 입구 (낮)

정욱, 송변호사 에스코트 받으며 들어오면, 입구에 소희와 현경
있다.
정욱을 노려보는 소희. 정욱, 시선 느끼지만, 무시하고 조사실로 향
한다.

S#47. 남강경찰서, 교통과 조사실 (낮)

정욱과 송변호사, 나란히 앉아 있다. 잠시 후, 연호 들어온다.
연호와 정욱의 시선이 서늘하게 마주친다. 연호, 건너편에 앉는다.

- 인서트 (교통과 모니터실)
모니터실에서 정욱의 피의자 진술 장면을 보고 있는 채만, 소희, 동기, 현경.

- 다시 조사실

연호   (정욱 앞에 서류 놓는) 조사에 앞서 피의자에게 진술거부권이 있음을 미리 알려드립니다. 변호사 동석해서 조사받으시는 거 맞으시죠?

정욱   (송변호사 보면)

송변호사   네. 제가 피의자 변호인입니다.

연호   (송변과 시선 교환, 자료 보는) 사고 당일 동승한 윤미진씨 진술에 의하면, 운전석 뒷자리는 윤미진 씨, 조수석 뒷자리엔 표정욱 씨가 탑승했다고 하던데, 사실인가요?

정욱   (거만하게) …네.

연호   탑승했을 때 안전벨트 매셨나요?

정욱   아니요.

연호   차에 탔을 때, 혹시 안전벨트가 매어져 있던가요?

정욱   (송변과 귓속말) 기억 안 납니다.

연호   그럼, 차에서 내릴 때 안전벨트를 매고 내렸나요?

정욱   (송변과 귓속말) 그런 기억 없습니다.

연호, 정욱 앞에 이병찬 차의 EDR 분석자료 내려놓는다.
송변, 대신 받아 본다.

연호	(정욱에게) 사고 당시, 이병찬의 차 EDR 기록입니다. 보시는 것처럼 조수석과 조수석 뒷자리에 안전벨트가 매어져 있어요. 이게 무슨 의미인지는 아시죠?
송변호사	(나서서) 저희 의뢰인은 사고 전에 차에서 내렸기 때문에 아는 바가 없습니다.
연호	(조서 보며) 윤미진 씨는 표정욱 씨, 윤미진 씨가 차에서 내리자 차가 지체 없이 출발했다고 진술했는데, 그럼 이게 어떻게 된 거죠? 도망가기 바빴던 이병찬이 아무도 없는 조수석과 조수석 뒷자리까지 와서 안전벨트를 다시 채웠을 리는 없고.
정욱	(짜증 섞인) 모르죠. 저야.
송변호사	(앵무새처럼) 저희 의뢰인 주장은 일관됩니다. 사고 전에 차에서 내렸고, 그 뒤의 일은 아는 바가 없다.

Dissolve

연호	표정욱 씨, 왼쪽 이마에 상처는 언제 난 겁니까?
정욱	(자연스럽게 둘러대는) 운동하다가요.
연호	이병찬 차 앞 유리에 부딪힌 건 아니고요?
정욱	(보는)
연호	(서류 내미는) 이병찬 씨 운전석 앞 유리에서 표정욱 씨 혈흔이랑 DNA 성분이 검출됐어요. 운전석 시트와 바닥에서도 당시 표정욱 씨가 입고 있던 의류와 동일한 섬유가 발견됐고.
정욱	(움찔)
연호	(서류 내밀며, 밀어붙이는) 국과수 감정 결과입니다. 사건 사고 당시 동승자A의 이마에 난 상처와 차량 운전석 창문 상단에 남은 DNA 흔적, 섬유흔 등을 고려했을 때, 사고 당시 위치는 각각 표정욱이 운전석, 동승자B 이병찬이 조수석, 동승자C 윤미진이 조수석 뒷자

리에 앉아 있었을 것으로 판단된다. 모든 증거가 사고 당시 운전자는 표정욱 씨였다는 걸 말해주고 있어요. 이래도 시치미 떼시겠습니까?

송변호사 (서류 대충 살피고) 어차피 시뮬레이션 프로그램은 법정에서 참고 자료는 되지만, 절대적인 증거는 될 수 없다는 거 모르세요? 이거 다 정황증거 아닙니까!

연호 (아랑곳하지 않고 압박) 표정욱 씨, 그날 직접 운전하셨죠?

송변호사 말씀드렸잖습니까. 저희 의뢰인은 사고 전에 차에서 내렸,

연호 (OL) 직접 운전하셨잖아요! 사고 낸 거 외부에 알려질까 봐 두려워서 동승자랑 먼저 내렸다고 입 맞춘 거잖아요!!

연호와 정욱의 시선이 뜨겁게 부딪친다.
정욱, 가만히 연호를 노려보다가, 피식 웃는다.

정욱 (뻔뻔) 뭐 좀 쓸 만한 증거 없나? 그런 걸로 어떻게 날 잡아넣겠다고.

연호 (정욱 노려보며 표정)

– 인서트
이 광경을 모니터로 지켜보는 채만, 동기, 현경, 그리고 소희, 끓어오르는.

S#48. 남강경찰서 교통과, 교통조사계 (낮)

이때, 문 열리고, 들어오는 누군가.
화면, 발 따라 올라오면 드러나는 얼굴, 이병찬이다! 쭈뼛거리며 주변 두리번.

| 염과장 | (보고는 다가와) 어떻게 오셨어요? |
| 병찬 | (태연하게) 저, 자수하러 왔는데요. |

- 시간 경과

염과장 얘기를 듣고 모니터실에서 황급히 나오는 소희와 채만, 동기, 현경.

소희, 정욱의 옆 조사실 안에 우두커니 앉아 있는 병찬을 본다.

현경	(당혹) 뭐예요. 갑자기 자수라니.
동기	벌써 표정욱이랑 얘기된 거 아니에요? 그렇지 않고서야 타이밍이.
소희	(병찬 노려보며) 제가 들어갈게요.
채만	(안 될 소리) 동기, 니가 들어가.
소희	제가 들어간다고요. (들어가려는)
채만	(잡는) 민소희! 수사 규칙 몰라? 동기 뭐 해. 들어가.
동기	(눈치 보며 병찬의 취조실로 들어가는)
소희	(거친 호흡, 채만 노려보는)

S#49. 남강경찰서, 교통과 조사실 (낮)

마주 보고 앉은 병찬과 동기. 밖에서 지켜보는 채만, 소희, 현경.

병찬	(순순히) …그 택시가 하도 끈질기게 쫓아오길래, 하도 열이 올라서 저도 모르게…
동기	사고 당시 차 안에 누가 있었습니까?
병찬	저 혼자요. 손님이 있었는데, 그 전에 내렸어요.
동기	…확실해요? 손님이 사고 전에 내린 거?

병찬	(동기 보는, 묘한 미소) 그런 걸 왜 거짓말을 해요. 저 혼자 있었어요.
동기	(뚫어지게 보는, 서류 내미는) 사고 당시 조수석이랑 조수석 뒷자리에 안전벨트가 매어져 있었어요.
병찬	아 그거, 제가 매어둔 거예요. 제 버릇인데, 손님들 탈 때 벨트 하기 편하라고.
동기	지금 그 말을 믿으라고요?
병찬	진짜라니까요. (난처하단 듯) 아이 참 이거, 이상한 버릇 때문에…
동기	그럼 차는 왜 서둘러 폐차시켰어요? 이렇게 순순히 자수할 거면 폐차할 이유가 없잖아요.
병찬	그야, 너무 많이 망가져서, 그리고 어차피 대포차라 걸리면, (압수) 암튼 죄송합니다. 택시 기사님한텐 미안하게 됐습니다. (수갑 채우라는 듯 손 내미는)
동기	(어이없다, CCTV 보면)

– 인서트
소희, 밖에서 지켜보다가, 정욱이 있는 옆 조사실 보면,
정욱, 거만한 자세로 송변호사와 귓속말로 시시덕대는, 상황을 다 알고 있는 듯한,
소희, 폭발 직전이다.

S#50. 남강경찰서 조사실 복도 (저녁)

의기양양한 표정으로 조사실에서 나오는 정욱과 송변호사.
그 앞엔 연호가 기다렸다는 듯 서 있고.

정욱	(연호에게) 범인이 자수했다면서요. 그러게, 내가 안 했다고 했잖아요.

연호	…
정욱	내가 아버지한텐 비밀로 할게요. (연호 옷깃 만지작) 경찰 된 지 얼마 안 된 거 같은데, 벌써 옷 벗으면 그렇잖아.

그때 옆 방에서 문이 벌컥 열리며 소희가 나온다.

정욱	(소희 보는) 범인 잡혀서 잘됐어요. 그럼 고생하시고, (가려다 말고) 아, 부조 많이 하겠다는 거 진심이에요.
소희	(순식간에 정욱 멱살 잡아채고는) 뭐라고??
정욱	(비죽) 그니깐, 연락 주시라고.
소희	!! (화 참지 못하고 주먹 날리려는데)
연호	(얼른 소희 손을 잡아채고 저지하는) 반장님, 진정하세요.
소희	놔! 이거 놓으라고!
송변호사	이게 뭐 하는 짓입니까? (정욱 데리고) 얼른 가시죠.
정욱	(연호가 소희 잡고 말리는 사이 여유롭게 차로 걸어가는)
소희	표정욱! 거기 서!! 너 이 새끼 내가 가만 안 둬!!

정욱, 송변호사가 열어준 뒷자리에 올라탄다. 송변도 올라타면,
정욱의 차, 연호와 소희 앞을 유유히 빠져나간다.
그제야 소희를 놔주는 연호.
소희, 씩씩대며 본관으로 빠르게 가면, 연호가 뒤따른다.

S#51. 남강경찰서 서장실 (낮)

구서장, 소파에 앉은, 난처한 표정, 옆에 고과장,
반대편 소파엔 소희, 연호.

소희	표정욱이 이병찬 윤미진과 입을 맞췄을 가능성이 커요.
	정황상 불리해지니까 이병찬을 아예 자수시킨 거고.
	분명 금전적인 보상을 약속했을 거예요.
구서장	그니까 돈을 줬으면 계좌 내역이 있든가, 증거가 나와야 할 거 아냐.
연호	그건 저희가 찾을게요. 일단 지금 나온 증거들 가지고 표정욱 씨
	구속영장부터 신청하죠.
고과장	이게 좀, 아까 수사심사관이랑도 얘길 해봤는데, 정황상 의심이 가
	긴 하지만, 확실한 물증은 아니라서. 만약 검찰에서 '증거불충분으
	로 혐의 없음'이라도 나오면, 오히려 남강서만 더 난처해진다 이거야.
구서장	(몰라서 그래?) 다른 사람도 아니고, 표청장님 아들이잖아.
소희	(답답) 증거가 이렇게 확실한데, 왜 검찰에서 반려를 해요!
구서장	범인이 자백했잖아! 유죄 인정!
소희	(깊은 빡침, 하지만 무력한)

S#52. TCI 주차장 (밤)

소희, 본관에서 나와 별관으로 향하는, 그러다 멈춰 선다. 아랫입술
무는, 부르르 떠는, 분노가 출구를 모르고 온몸을 휘감는다.
따라 나온 연호, 그런 소희를 본다.

연호	죄송합니다… 표정욱, 풀려난 거, 제 잘못입니다. 이병찬이 자수할
	가능성도 생각했어야 했는데…
소희	차주임이 왜 미안해요. 죄지은 인간은 저렇게 아무렇지도 않은데.
연호	…
소희	화가 나서 미치겠어요. 명색에 내가 경찰인데 내 가족을 다치게 한
	범인을 앞에 두고도 아무것도 못 하는 게 화가 나요!

연호	(소희 가만히 보는) …제가 꼭 잡겠습니다.
소희	?
연호	표정욱, 저한테도 잡아야 할 이유가 있습니다.
소희	?? (보는)

S#53. 연호의 빌라 방 (밤)

소희, 들어오면 한쪽 벽에 수사 기록처럼 도열된 사진들,
맨 위에 목격자, 피해자, 가해자, 가해자 가족, 피해자 가족 등으로
분류.
그 밑에 사진과 인물 간 관계성. 재영 밑에는 사망 일자 등등.

소희	?? 이게 다 뭐예요?
연호	제 과거 사건 관련자들이에요.
소희	이걸 왜,
연호	협박을 받았어요. 저를 포함해서, 여기 있는 인물들 모두.
소희	?? (다시 사진들 보는, 목격자 사진이 눈에 띄는) 양재영… 한경수… 표정욱?
연호	당시 사고 목격자들이에요.
소희	이 셋이 차주임 사건 목격자들이었다고요? 어떻게 이런…
연호	그중 양재영은 살해됐고, 한경수는, 현재 실종상태예요.
소희	!! 실종?

- 연호의 플래시백 (8부 S#66 유흥가 도로 옆 소희의 차)
소희와 함께 유흥업소 앞에서 잠복 중이던 연호에게 걸려 온 전화.

경수	(필터, 다급) 도와주세요!! 표정욱이 저를… (충돌음)
연호	여보세요? 한경수 씨! (끊어진, 뭐지?)
연호E	그날, 한경수한테 전화가 왔었어요. 표정욱에게 쫓기고 있다고.

- 다시 현재

연호	다음날 집에 가봤더니, 잠깐 외출한 흔적만 있었어요. 그 후론 계속 연락 두절 상태고.
소희	…그럼 설마 표정욱이 한경수를…
연호	그럴 가능성도 있어요. 아니면, 양재영을 죽인 범인일 수도 있고. 양재영이 사망한 현장에 선팅된 검은 차가 있었어요. 상산휴게소에 서 한경수와 마주쳤을 때도 비슷한 차가 있었고요. 팀장님이 그 차를 수사 중입니다.
소희	(심각) 도대체 과거에 무슨 일이 있었던 거예요? 누가 왜 목격자들 을, 아니, 표정욱은 도대체 왜 한경수를…
연호	내가 아는 건, 당시 고등학생 세 명이 면허도 없이 차를 끌고 나왔 고, 우연히 제 사고를 목격했단 거예요. 그리고 119에 신고를 했고.
소희	그럼, 당시 운전자가 표정욱?
연호	아니요. 운전은 한경수가 했다고 했어요. 차는 표명학 청장 차였고.
소희	(수상한) 표청장 차를 한경수가 운전했다? 뭔가 익숙한 패턴이네요. 운전자 바꿔치기. 설마 그래서 표정욱이 한경수를…
연호	만에 하나 그렇다 하더라도, 사람을 죽일 이유는 못 돼요. 결국 사고를 낸 건 나였으니까.
소희	(끄덕끄덕) 그럼 그날, 뭔가 일이 더 있었단 얘기네요. 특별히 기억 나는 건 없어요? 수상했던 점이라든가.
연호	기억을 제대로 할 수 없어요. 애써 떠올리려고 해도…
소희	(이해 가는) 차주임에겐 쉽지 않은 기억이겠죠.
연호	어렴풋하긴 하지만, 반복적으로 떠오르는 기억이 있긴 합니다.

소희	?

- 연호의 회상 (사고 당일/밤)
사고 직후, 이마에 피를 흘리고 핸들에 기대 의식을 잃은 연호.
희미하게 눈을 뜨면, 보이는 좌측 사이드미러. 사이드미러로 반사되
는 불빛!

- 다시 현재

소희	불빛? 사고 직후에요?
연호	확실하진 않아요.
소희	불빛이라면 헤드라이트 불빛일 텐데. (뭔가 번뜩) 차주임 사고 당시에 표정욱이 뭔가 일을 저질렀던 거 아닐까요? 그걸 감추기 위해서 공범들을 죽이고 있다면,
연호	그렇다면 표명학 청장은 왜 팀장님한테 양재영 사건을 맡겼을까요? 협박 편지는 왜 보냈고.
소희	(듣고 보니) 그럼, 도대체 누가… 그 편지 어딨어요?

연호, 서랍에서 자신과 한경수가 받은 편지 꺼내 내려놓은,

연호	이쪽은 제가 받은 거, 이쪽은 한경수가 받은 편지. 여기 보면 인쇄 패턴이 똑같아요. 같은 프린트에서 뽑힌 거겠죠.
소희	동일범 소행이 확실하단 얘기네요.
연호	(끄덕끄덕) 분명한 건 표정욱이 과거 뭔가 일을 저질렀단 거예요. 그게 누군가 양재영, 한경수를 해한 이유일 테고.
소희	(눈이 반짝)

S#54. 양회장의 호텔, 밀실 (낮)

명학, 양회장, 태주가 앉은, 차 마시는, 심각한 분위기,

명학   이정섭이 알리바이 확인됐어?

태주   한경수가 사라진 시간대에 병원에 있던 걸로 확인되는데, 동선이
확실하진 않습니다. 눈을 피해 병원을 빠져나갔을 가능성도 있고.

양회장   그놈이 우리보다 선수를 쳤네. 이걸 다행이라고 해야 할지.

명학   (눈빛 쏘는)

양회장   (큼!)

태주   양재영에 한경수까지, 그럼 다음은… (명학 보는, 차마 말로는)

명학   (다음 타겟은 정욱이겠지, 심각한)

양회장   이정섭이는 저한테 맡기시죠. 제가 처리하겠습니다. (어금니 무는) 재
영이 그렇게 만든 놈이 맞다면, 그냥 쉽게 보내면 안 되죠.

명학   (답답) 지금 처리하고 자시고, 그럴 상황이 아니잖아!
(몰라?) 나 서울경찰청장이야. 법적으로 해야지, 법적으로!

양회장   (찌그러지는, 분한)

태주   근데, 한경수 실종신고를 한 사람이 차연호입니다.

명학   (뭐? 보는)

태주   한경수가 실종 직전에 차연호와 통화한 기록이 있었습니다.

양회장   !! 한경수가 차연호에게 입을 연 거 아닐까요??

명학   (고민스러운, 손가락 까닥까닥)

태주   (명학 눈치 살피다가) 청장님, 단수(單手)를 한번 치시죠.

명학   (보는) ?

S#55. TCI 주차장 (낮)

검은 세단 두 대 멈춰 선다.
태주, 차에서 나와 양복 단추 잠그고 별관으로 향하면
뒤따르는 서울청 직원들.

S#56. TCI 사무실 (낮)

소희   (놀란) 그게 무슨 말이에요? 회피성 수사라뇨?

들이닥친 서울청 직원들. 뒤편에 태주.
팀원들 놀란 표정, 채만은 자리에서 예상한 상황인 듯 침착.

서울청 직원 자세한 얘기는 징계위원회에서 하세요. 가시죠.

소희   팀장님!

채만   (천천히 일어나, 걸어 나가는, 태주 앞에 멈춰서서) 표명학 청장이 짜낸
            게 이건가? 나를 쳐내고, 자네를 이 자리에 심는 거?

태주   그딴 소설 쓰시기 전에, 본인 잘못부터 살피시죠. 양재영 사건 수
            사, 왜 머뭇거리시는 겁니까? 범인이 잡히면 안 되는 이유라도 있나
            보죠?

연호   (둘 보는)

채만   (씁쓸한 미소) 근묵자흑… 자네도 점점 표명학 청장을 닮아가는군.

태주   (빠직, 하지만 침착하게) 팀장님 모시고 나가.

직원들, 채만 데리고 사무실 나서면,

태주	(팀원들에게) 당분간 TCI 팀장은 제가 맡습니다. 앞으로 모든 수사 진행 상황은 빠짐없이 저한테 보고하세요.
동기/현경	(황당한)
연호	(태주 보며 표정)
소희	(태주에게 다가와, 도전적) 도대체 왜 이러는 건데? 또 뭘 감추려고!
태주	(건조) 청장님 지시사항이야. 난 거기 따를 뿐이고.
소희	지금 자기가 무슨 일을 하고 있는지, 알기나 해?
태주	(굳게 다문 입술)

S#57. 남강경찰서 서장실 (낮)

구서장, 난처한 얼굴. 옆에 고과장.
소희와 연호가 채만의 징계위원회 회부에 대해 항의하러 온,

소희	왜 징계위원회를 서울청에서 해요? 소속 기관장은 서장님이시잖아요!
구서장	표청장님한테 연락이 왔어. 본인의 하명 수사 건으로 회부된 징계위라 서울청으로 올려보내라고.
연호	징계위원회 회부를 하더라도 최소한 방어권을 준비할 시간은 주셔야 하는 거 아닙니까. 출석통지서도 없이 이렇게 막무가내로,
고과장	원칙적으론 그렇지, 그런데, (구서장 보는, 도움 요청)
구서장	(배 째라) 나보고 뭘 어쩌라고. 청장님이 막 그렇게 하시겠다는데! 거기다 대고 내가 뭐! 막! 응? (들이받아?) 나도 힘들어!
소희	(한숨)

S#58. TCI 사무실 (밤)

연호와 소희. 사무실에 남아 채만을 기다리는, 벽시계 보면 10시가 넘은,

소희   늦으시네. 도대체 뭐가 어떻게 되는 건지.

이때, 채만이 지친 얼굴로 들어온다.

소희   팀장님!

채만   (차분) 아직 있었네. (자리로 가서 앉는, 고된 하루였던 듯 한숨)

소희   징계위원회에선 뭐래요?

채만   정직 3개월. 직무 태만, 과잉수사, 경찰 위신 손상, 별 같잖은 이유를 다 갖다 붙이더구만.

소희   (한숨)

연호   도대체 표명학 청장이 팀장님에게 이러는 이유가 뭡니까?

채만   (연호 보는)

연호   팀장님에게 왜 양재영 사건을 맡겼고, 왜 이 사건으로 징계를 내리는 건지… 도대체 두 사람, 어떤 관계입니까?
            적입니까? 아님, 동지입니까?

소희   (궁금한 듯 채만 보는)

채만, 서랍 제일 밑단에 숨겨뒀던 과거 형사 수첩과 기사 스크랩을 소희와 연호 앞에 내려놓는다.
연호, 열어서 보면 과거 연호의 사고와 관련된 수사 기록들.

연호   !!! (채만 보는)

채만	자네 사고 당시, 은동서에서 내가 조사한 자료들이야.
소희	?!! 팀장님이 왜…
연호	팀장님이 과거 제 사건 담당 수사관이었어요.
소희	!!! (채만 보는) 팀장님. (진짜예요?)
채만	(끄덕끄덕)
소희	(둘 번갈아 보며) 두 사람 그걸 서로 알고 있었으면서도, (어떻게)
채만	차주임만큼이나 나에게도 가슴에 묻어둔 사건이었어.
	의혹의 시작은 119 신고였지.
연호/소희	?
채만	첫 번째 신고는 한경수의 휴대폰이었어. 전화가 왔지만 아무 말이 없이 끊겼고, 119 접수 요원이 이상하게 생각해서 여러 차례 콜백을 했어. 그리고 4분 후에 다시 한경수가 전화를 받았지.
	4분의 텀. 그 사이에 무슨 일이 있었을까. 그게 수상했어.
연호	…
채만	자네가 진술한 중앙선 침범 차량의 행방도 묘연했지. 흔적이 어디에도 없었으니까. 만약 자네 얘기가 사실이라면 중앙선 침범 차량이 될 수 있는 차량은 딱 하나, 표명학의 차였어.
연호	!!! (추궁하듯) 그걸 알았으면서 왜 더 수사하지 않았습니까.
채만	나도 그러려고 했어. 근데, 그 직후, 난 외직으로 전근돼버렸어.
소희	전근이요?
채만	말이 좋아 전근이지, 일종의 좌천이지. 불법 수사를 했단 이유로, 아마 당시 은동서 서장이었던 표명학의 입김이 작용했겠지.
	거기다, 뺑소니 사고로 아내까지 세상을 떠나서…
소희	(그때였구나, 안타까운)
연호	… (착잡한 표정)
채만	자네에겐 면목이 없네.
소희	… (인화된 현장 사진들 보는) 근데 이 사진들은 어디서 구하신 거예

요? 감식반 사진 같진 않고.

채만, 기사를 모아둔 스크랩북을 열어서 보이는, 연호와 소희, 보면
"은동네거리 신혼부부 사망사고, 피해자 몸에 역과흔, 누구의 것인가?"
…사망사고를 일으킨 운전자 차씨는 중앙선 침범 차량을 피하려다 이와
같은 사고가 발생했다고 주장하는 가운데, 사고 목격자인 고등학생 3인
의 행적에 의문…

- 하부영 기자

채만　가서 이 친구 만나 봐. 이 사진도 이 친구한테 구한 거고,
　　　　나만큼이나 사건에 관심이 많았던 친구야.

S#59. 은동신문사 (낮)

전경.

S#60. 은동신문사, 보도 사진 아카이브실 (낮)

하부영 기자(40대 후반), 연호와 소희를 지하 사진 아카이브실로 안
내하는,
문 열고 들어오면, 먼지 쌓인 아카이브실, 연도별로 과거 보도 사진
들 잔뜩 쌓인,

부영　그때도 사고 관련해서 의혹이 있었는데, 데스크에서 후속기사를
　　　　다 거둬냈어요. 기삿거리가 안 된다는 이유였는데, 나도 그땐 이해

가 안 갔지. 어디서 무슨 압력이 들어왔길래 갑자기 이러나,
가만있어보자, 2014년이니까…

2014년이라 적힌 서류 서랍 뒤적뒤적, 누런 사건 봉투 꺼내 드는,

부영　(확인하고) 어, 여기 있네. 당시 사진 자료.

연호와 소희, 사진들 꺼내 테이블 위에 펼치면, 사고 당시 현장 사
진(부서진 연호 차와 사망자 핏자국, 흔적들… 그리고 목격자의 차(명학
차))와 3인방 사진들. 연호, 과거 사고 기억 떠오르는 듯, 파편적 이
미지들이 점멸한다.

소희　취재하시면서, 이상했던 부분은 없으셨어요?
부영　당시 목격자 아이들 진술이 좀 수상했어요. 아이들마다 진술도 엇
　　　갈렸고. 현장 사진이랑 진술이 안 맞는 것도 있었고.
소희　(끄덕끄덕) 이 사진들, 저희가 좀 가져가도 될까요?
부영　그래요. 근데 이 사건, 왜 다시 들추는 겁니까?
연호/소희　?
부영　몰라요? 그 애들 아버지가 누군지. 한 명은 현 서울경찰청장이고, 한
　　　명은 조폭 출신 YSC 그룹 회장이고, 몸조심하는 게 좋을 거예요.
연호/소희　…

S#61. TCI 사무실 (낮)

태주, 사무실로 들어오면, 동기와 현경, 목례하는, 어색한.

태주	(자리로 가다 힐끗, 소희와 연호의 빈자리) 민반장이랑 차주임은요?
동기	(현경과 시선) 그게, 손목 치기 신고가 들어와서 현장에 나가셨습니다.
태주	현장이 어딘데요?
동기	(당황)
현경	그게, 직접 연락받고 나가셔서 저희는 잘…
태주	(이것들이 장난하나) 이 팀은 그런 자잘한 사건도 선임들끼리 나가나 보네요.
동기/현경	… (눈치 보이는, 다 꿰뚫고 있구나)
태주	(경고의 시선, 민소희에게 전화하는, 받지 않는, 미간 좁히는)

S#62. 주차장, 소희의 차 안 (저녁)

한강 둔치 같은 한적한 주차장. 소희와 연호, 차 안에서 실내등 켜
놓고 당시 현장 사진들 보는,
소희, 태주의 전화 오지만, 받지 않는,

연호	(보면)?
소희	이태주요. 신경 쓰지 마요.
연호	… (사진 내미는) 여기, 스키드마크요. 사고 지점 뒤편에 남아 있던 건데 반대편 차선에서 오던 차량의 타이어 자국 같아요.
소희	(사진 보고는) 그럼 혹시 차주임이 얘기한 중앙선 침범 차량이,
연호	그 차량이 남긴 흔적이라면 말이 돼요. 근데 이 사진 (표명학의 차 사진, 타이어 확대) 타이어 이름이 정확히 찍혔어요. (태블릿 보이며) 인 터넷에 찾아보니까 타이어 트레드가 이런 패턴이에요. 이거랑 이거, (스키드마크와 표명학 차 사진 나란히 놓는)
소희	(들여다보는) 똑같은 타이어 아니에요? 팀장님 말대로 당시 중앙선

침범 차량은… (표명학의 차?) 가해자가 목격자로 둔갑이 됐네요.

연호 …

소희 이 사진이요.

연호 (보면 이현수 몸에 남은 타이어흔)

소희 이현수 씨 몸에 남은 타이어흔 같은데…

- 플래시백 (은동네거리, 사고 당시 / 밤)
연호, 핸들에 고개를 처박고 정신 잃은, 머리에 출혈 있는,
어렴풋이 눈을 뜨면 운전석 사이드 미러에 비치는 헤드라이트 불빛.
천천히 다가오는, (이전 기억보다 조금 또렷한)

- 다시 현재

연호 사고 현장에 가봐야 할 것 같아요.

S#63. 사고 현장 (밤)

크게 바뀐 게 없는 거리. 한산한, 연호, 오랜만에 사고 현장에 섰다.
순간순간, 사고 당시 고통스러운 이미지가 파편처럼 떠오른다.

소희 괜찮아요?

연호 (끄덕끄덕)

소희 그럼 시작할까요?

(몽타주) 당시 현장 사진과 진술 기록을 토대로 당시 상황을 재구성
해보는…

Dissolve

연호E   (당시 사진과 배경과 이리저리 맞춰보며, 추리하는) 당시 표정욱 일행의 차가 멈춰 섰던 위치는 저기 건너편.

진술대로라면 목격자 차량은 사고 지점 건너편 앞쪽에 있어야 하는데. 왜 사고 지점과 같은 방향에 표정욱의 차가 있었을까?

연호   (고통스럽게 그때 기억 떠올리는)

– 연호 플래시백 (사고 시점)

연호, 중앙선 침범한 불빛을 보고 핸들을 좌측으로 꺾는, 요마크를 그리며 크게 회전해서 교차로 너머 우측 인도로 돌진, 순간, 불빛 앞에 나타난 부부!

– 다시 현재

연호, 고통스러운 듯 질끈 다시 눈 감는,

– 연호 플래시백 (사고 시점)

사고 직후 연호의 차 안, 운전석에 피 흘리고 쓰러져 있는 연호, 의식 희미한, 파편적 기억, 백미러에 반사되는 헤드라이트 불빛! 천천히 연호의 차 옆을 지나쳐가는,

– 다시 현재

연호, 번쩍 눈을 뜨면, 어느새 주변이 당시 현장으로 변한, 스스로 자신의 기억 속 목격자가 되어, 당시 현장을 바라보는, 교차로 건너편에 있던 정욱의 차량이 교차로를 넘어 사고 지점으로 다가오는, 차량이 다가오는 지점 끝을 바라보면, 현수, 바닥에 쓰러져 있다!

연호	!!!

순간, 배경이 바뀌고, 다시 현재가 된다.

연호	(혼잣말처럼) 목격자가 가해자.
소희	?! …그럼 이현수 씨 사체에 남은 타이어 자국이,
연호	표명학 청장 차예요.
소희	!!!

S#64. 고속도로, 소희 차 안 / 병원 일각 (밤)

운전하는 소희. 조수석 연호. 소희 블루투스 스피커폰으로 채만과 통화.

소희	표정욱 일행이 사고 직후, 역과로 이현수를 살해했어요!
연호	범인은 이 사실을 알고 있는 거 같습니다.
채만	(그랬었구나) …
소희	표정욱이 한 짓 아닐까요? 자신의 범행을 목격한 양재영과 한경수를 정리하는 거라면요?
채만	표정욱은 아니야.
소희	어째서요?
채만	두 사람한테 얘기 안 한 게 있어.
소희	(연호와 눈 마주치는)
채만	검은 차를 모는 범인은… 다리가 불편한 사람이야.
연호	!!! (뭔가 떠오른 듯) 설마,

S#65. 병원 복도 (밤)

채만, 전화 끊고, 손에 쥔 서류 본다. 누군가의 출입국 사실 증명서. 뭔가 결심이 선 채만이 무겁게 걸음을 옮긴다.

S#66. TCI 사무실 (밤)

텅 빈 사무실, 연호와 소희가 사무실로 들어온다.
연호, 황급히 팀원들 책상 뒤진다. 소희, 왜 저러나 보는.

소희   지금 뭘 찾는 거예요?

연호   (정신없이 뒤지는) 국과수 자료들이요. 뭐든 좋아요.

소희   (영문 모르겠는, 자신이 가지고 있던 국과수 자료들 찾는)
이거, 박성진 성폭행범 역과 사고 때 타이어 분석한,

연호, 박성진 역과 타이어흔 감정서와 자신의 가방에 있던 협박 편지 프린트 가져와 비교해 본다.

연호   !!!!

프린트된 종이의 진한 부분, 흐린 부분이 일치한다!!
소희도 다가와 보고는, 눈이 동그래져 연호 본다.

소희   (영문 몰라) 이게 어떻게,

S#67. 병원 복도 (밤)

채만, 누군가를 찾아 빠르게 복도를 걸어간다.

S#68. 어느 복도 (국과수 교통과 복도 / 밤)

연호, 어두침침한 복도를 걷는, 복잡하고 침통한 표정.

S#69. 어느 사무실 (국과수 교통과 사무실 / 밤)

불 꺼진 어느 사무실.
화면, 책상 밑에 놓인 의족을 비춘다. 의족을 집어 다리에 끼우는 손.
바지로 덮고 천천히 일어나는 남자(얼굴 보이지 않고).

S#70. 병원 복도 (밤)

병실에서 절룩거리며 나오는 사람, 정섭이다.
그러자 채만, 기다렸다는 듯 정섭 앞에 서고.

채만 사위분 지금 어딨어요? 김민성 씨요.
정섭 (굳은 표정으로 채만 보는)

S#71. 국과수 교통과 (밤)

화면, 천천히 몸을 훑고 올라가면 'NFS' 적힌 국과수 연구원 가운
에 이름 '김현민'.
이윽고 얼굴 드러나면, 국과수 교통과 김현민 분석관이다!
김분석관, 종이상자에 책상 짐을 정리하는데,

연호   *(OFF)* 김민성 씨…

김분석관   (돌아보면)

연호   아니, 이제 김현민 씨라고 불러야 하나요?

연호와 김분석관(민성), 뜨거운 시선이 마주친다.

9부 끝

10부

««««««« 10 부 »»»»»»»

S#1. 병원 복도 (밤)

나란히 앉아 얘기 중인 정섭과 채만.

채만 (서류 한 장 내려놓는) 김민성 입국 기록을 확인했더니,
1년 반 전에 한국에 들어왔더군요.

정섭 (흔들리는 동공, 하지만 놀란 기색은 없다. 알고 있었다는 듯)

채만 김민성, 만나셨죠?

정섭 (어렵게 끄덕끄덕) …죽은 줄 알았는데, 살아 있더군.

채만 지금 어딨습니까?

정섭 (덤덤하게) 말해줄 수 없네.

채만 선배님!

정섭 아직 할 일이 남았다더군. 그게 뭐든 난 그 아일 지킬 생각이야.

채만 !!

S#2. YSC 건설 본부장실 (밤)

정욱, 방을 나서려는 듯 옷 챙겨입는데, 휴대폰 진동음.
책상 위 휴대폰 집어 보면, 발신번호제한 표시, 뭔가 느낌이 불길한,

정욱 (조심스럽게 받는) …여보 …세요?

누군가 (필터, 거친 숨소리만)

정욱	?? …여보세요.

이윽고 들리는 누군가의 음성.

경수	(필터, 거칠게) 저는 그러지 말자고 했어요 …근데 정욱이가… 그냥 놔두면 안 된다고… 자기 얼굴 봤다고… 죽여야 한다고…
정욱	!!! (목소리 알아듣고) 한경수?? 너 맞지?!
경수	(필터, 거칠게) 진짜예요… 전 끝까지 말렸어요… 근데 정욱이 그 새끼… 한번 눈 돌면 아무도 못 말려요… 어떻게든 끝장을 봐야 해요…

이제야 정욱, 이게 녹음된 소리인 거 알게 된다.

경수	(필터) …그렇게 말렸는데도 차로 가더니… 그 여자를… 그렇게… (녹음 꺼진다)
정욱	(소리 없자, 조심스럽게) 여보세요? 당신 누구야!
민성	(필터, 가라앉은) 장소 보낼 테니까 혼자 와. 다른 사람한테 알리면, 바로 인터넷에 올린다. (끊는)
정욱	여보세요? (끊긴, 불안한, 어떡하지? 판단이 안 서는)

S#3. YSC 건설, 양회장 방 (밤)

양회장, 자리에 심각한 표정으로 앉아 있고, 정욱, 전화 통화 얘기한 듯, 양회장의 의중을 살피고 있다.

정욱	그냥 두고 보실 거예요? 재영이 죽인 새낀데, 복수해야죠!

양회장	씹어먹어도 모자랄 판인데, 청장님이 자꾸 법! 법! 하시니까.
정욱	(답답) 아저씨, 아니, 양회장님. 언제부터 법 지키고 사셨어요?!
	까놓고, 우리 아버지한테 양회장님 필요한 거, 이런 이유 아니에요?
	법 지킬 거 다 지키고, 무슨 일을 해요!
양회장	(기분 나쁘지만, 틀린 말은 아닌)
정욱	됐어요! 내가 간다고요. 재영이 복수, 내가 해요! (가려는데)
양회장	정욱아.
정욱	(보면)
양회장	애비가 돼서 부끄럽네. 친구만큼도 재영이 생각을 못 해서.
	(무겁게 일어나며) 어디서 만나기로 했다고?
정욱	!!!

S#4. 국과수, 교통과 복도 (밤)

연호, 어딘지 모를 어두침침한 복도를 걷는, 복잡하고 침통한 표정.

– 플래시백 (국과수 교통과, 7부 S#26)

김분석관	(제법) 잘 아시네요. 카이스트 출신이란 얘긴 들었는데.
	저도 거기 나왔습니다.

– 시간 경과

연호, 이병찬 EDR 분석 결과 보고 걷다 돌아보면, 지금 막 절룩거리
며 복도를 빠져나가는 김분석관의 뒷모습. (따로 촬영해야 하는 부분)

S#5. 국과수 교통과 (밤)

화면, 책상 밑에 놓인 의족을 비춘다. 의족을 집어 다리에 끼우는 손.
바지로 덮고 천천히 일어나는 남자,
이윽고 얼굴 드러나면, 국과수 교통과 김현민 분석관이다!
김분석관, 종이상자에 책상 짐을 정리하는데,

연호   *(OFF)* 김민성 씨…

김분석관   (돌아보면)

연호   아니, 이제 김현민 씨라고 불러야 하나요?

연호와 김분석관(이하 민성), 뜨거운 시선이 마주친다.

연호   꿈에도 생각 못 했네요… 이런 모습으로 만나 뵙게 될 줄은…

            다행입니다, 살아 있어서…

민성   (감정 없이 보는) …

연호   (가슴속에서 맴도는 말, 차마 꺼내놓기 힘든, 김현민 이름표 보는)

            김현민… 이름… 이현수 씨랑 본인 이름에서 따온 거, 맞죠?

민성   (자기 가운에 이름 보는) 우리 아기 이름이었어요… 태어날 우리 아기.

연호   !!!

민성   아내 생각이었는데, (씁쓸한 미소) 내가 쓰게 될지 몰랐네요.

연호   처음부터 계획적이었나요? 죽은 것처럼 위장하고… 신분도 바꾸

            고… 국과수에 연구원이 된 거 모두…

민성   김민성이란 사람은… 그날 사고 현장에서 죽었어요… 현수와 함

            께… 난 그저 다 잊고 살아가려 했을 뿐입니다. 비겁하게.

S#6. 과거. 국과수 교통과 몽타주 (낮)

김현민이라 적힌 가운을 입은 민성의 바쁜 국과수 일상.
분석하고… 자료 뽑고… 직원들과 어울려 식사하고… 차 마시고…
웃고 떠들고…

민성E   다른 사람들처럼, 평범하게, 아무 일 없었던 것처럼… 근데…

S#7. 국과수 교통과 (밤)

민성   (씁쓸한 미소) 그럴 수가 없었어요. 내가 알아버렸거든.
연호   ?

S#8. 과거. 국과수, 자료 보관실 (밤)

민성, 과거 사고 자료들 살피고 있는데, 입구 한쪽 카트에 쌓아둔
자료 더미들. 보면 '폐기 대상 자료' 적혀 있고, 연도가 '2014년'이다.
(10년 기한 자료들 폐기하려는 듯)
민성, 익숙한(?) 숫자에 잠시 눈이 머물다, 이내 지나치는가 싶은
데…
다시 돌아와 폐기 자료 앞에 서더니, 정신없이 서류들을 뒤진다.
그리고는 마침내 '대전 은동네거리 교통사고' 기록을 찾아낸다.
민성, 떨리는 손으로, 사고 기록을 펼쳐보는데…
서류 보면 '이현수 역과흔 감정서'.

2. 감정의뢰사항

피해자 역과흔과 의뢰 타이어의 일치 여부

3. 판단

가) 타이어 및 탁본 검사

- 의뢰한 타이어 종류 (연호의 타이어, '레이' 정도의 경차용)

한주타이어 165/60/R14　DOT(제조일자) 3013(2013년 30번째 주)

나) 피해자 역과흔과 사고 운전자 타이어 문양 일치 여부

…인체 역과시 현출될 수 있는 현저한 특이흔이 현출되지 않은 점, 피해자 바지 내측의 타이어 문양과 의뢰한 타이어 문양을 비교하면 메인그루브의 개수 및 간격, 트레드 횡그루브 및 보조커프 형상 및 간격, 좌우측 트레드의 대칭 패턴 및 숄더 문양 패턴의 형상 및 간격 등에 유사성이 없는 점, 피해자와 일치하는 혈흔이나 DNA형이 검출되지 않은 점을 종합적으로 고려할 때, 피해자 가슴 부위에 남은 타이어 문양과 의뢰한 타이어 문양은 일치하지 않는 것으로 확인됨.

감정 담당자 법공학부 진창욱 과장

민성　　　(자료 보고는, 충격) !!!

민성E　　현수 몸에 타이어 자국을 남긴 건 차연호 씨 차가 아니었어요.

S#9. 과거. 민성의 숙소 (밤)

민성, 신문사 온라인 라이브러리로 과거 현수 사건 기록 검색하는,

민성E   근데도… 어째서 보강 수사가 이루어지지 않은 것인지…

기사 내용 일부

…목격자인 고등학생 3인이 몰았던 차는 3인 중 한 명인 표군의 아버지 차량으로, 표씨는 현재 대전 은동경찰서 경찰서장으로 재직 중인 것으로… 한편, 사건을 수사 중인 은동경찰서 교통조사계는 국과수에 피해자 부검을…

현장 사진. 갓길에 세워진 명학의 차(제네시스 G330 정도 느낌).

Dissolve

민성, 다른 기사를 살펴보는, 기사 내용 일부

…은동네거리 교통사고를 수사 중인 은동경찰서 표명학 서장은 중간 브리핑을 통해, '당시 사고 운전자 차씨의 전방주시 태만이 사고의 주요 원인이었고, 국과수 감정 결과, 차씨 차량과의 충돌이 피해자 이씨의 직접적 사망 원인이다'라고 발표…

브리핑 중인 표명학의 사진(정복 입은).

민성   (기사를 읽는 의혹의 시선)
민성E   이유는 간단했어요… 가해자가 수사를 하고 있었으니까.

S#10. 과거. 국과수 교통과 (밤)

민성, 수많은 타이어 트레드 탁본 샘플들과 현수의 부검 사진에 남
은 타이어흔 탁본을 비교하며 일치하는 타이어흔을 검색한다.
그중에 일치하는 타이어 트레드 뜨는데,
성호타이어 245/45R/18
18인치로 꽤나 큰 중형 세단용 타이어.

민성, 기사에 찍힌 명학의 차 찾아보더니,
해당 차종(제네시스 G330) 출고(순정) 타이어 검색해보는데,
성호타이어 245/45R/18로 현수 몸의 역과 타이어와 일치한다!
현수의 사망 원인이 명학의 차 역과에 의한 것임을 알게 된 민성.
얼굴이 분노에 휩싸인다.

S#11. 다시 현재. 국과수 교통과 (밤)

민성	(눈가 붉어진) …타이어흔이 두 번 있었어요… 한 번은 앞으로… 한 번은 뒤로… (증오 어린) 그 아이들이 죽인 겁니다… 살아 있던 현수를 잔인하게… (책상에 엎어진 주먹이 부르르 떠는)
연호	(가슴이 아린다. 애써 담담히) 그렇다고 사람을 죽입니까? 복수를 위해서? 그럼 김민성 씨가 그들과 뭐가 다른데요?
민성	…
연호	(안타까운) 법의 심판을 빌릴 수도 있었잖아요… 왜 이런…
민성	(생각 안 해봤겠니?) 국과수에서 일하면서 수많은 사고를 지켜봤어요. 처벌을 위해선 어떤 증거가 필요한지, 형량은 얼마나 되는지. 물증이 없었어요… 그 타이어가 표명학의 타이언지 증명할 물증.

연호	…
민성	(슬픈 미소) 한경수가 그러더군요… 표명학, 표정욱… 절대 잡을 수 없을 거라고… 어디서 그런 확신이 생겨났을까요.
연호	…
민성	(자문자답) 세상이 알려줬겠죠… 주위에서 너무도 흔하게 봐 왔으니까…
연호	(부정하기 어려운)

S#12. 국과수 정문 (밤)

태주의 차와 서울청 팀원 차 두 대가 정문 앞에 선다.

경비	어느 부서 오셨습니까?
태주	(영장 보이며, 건조) 긴급체포 건이에요. 문 열어요.

경비가 얼른 문 열어주는, 서울청 캐딜락 차량 빠르게 진입하는,
경비, 무슨 일인가 싶은,

S#13. 국과수 교통과 (밤)

민성	차연호 씨… 왜 경찰이 됐습니까?
연호	…
민성	당신도 봤잖아요. 그들이 어떻게 살아가고 있는지… 그런 끔찍한 짓을 저지르고도 저렇게… 아무런 반성 없이 똑같은 일을 계속 반복하고… 저런 인간들을 감옥에 집어넣는다고 뭐가 달라지나요?

가해자가 반성하지 않는 처벌이 무슨 의미가 있죠? 피해자가 동의하지 않는 처벌이 도대체 무슨 의미가 있는 겁니까?

연호 (대답하기 어려운) 가해자가 반성하지 않는다고 해서… 피해자가 동의할 수 없다고 해서… 지금 김민성 씨가 하는 일이 정당화될 순 없어요. 그 누구도… 사람 목숨을 함부로 거둘 순 없습니다.

민성 안타깝네요… 차연호 씨랑은 말이 통할 줄 알았는데.

연호 수백 수천 번 그날 일을 복기했어요… 그날 아침, 조금만 늦게 출발했더라면… CD를 떨어뜨리지 않았다면… 핸들을 조금만 빨리 꺾었더라면… 근데 결론은 항상 같았어요… 아무리 후회해도 되돌릴 수 없다는 거…

민성 …

연호 하지만 잘못된 걸 바로잡는 건 가능해요.
표명학, 표정욱이 얼마나 대단한 인간들인지는 상관없어요.
이현수 씨를 그렇게 만든 진범 제가 꼭 밝힐 겁니다.
그러니… 저를 믿고 그만 자수하세요.

민성 (흔들리는 눈빛) …

연호 저로 인해… 두 분… (감정이 북받쳐 잠시 멈추는) …두 분에게…
무슨 말로… 용서를 빌어야 할지 모르겠지만, 용서 바라지도 않지만…

민성 (진심 느끼는)

연호 늦었지만… 꼭 이 말을 하고 싶었습니다… (천천히 고개 숙이는)
죄송합니다… 죄송합니다… (잦아드는) 죄송합니다… (고개 숙인 연호의 눈에서 뜨거운 눈물이 떨어진다. 차마 숙인 고개를 들 수 없다)

민성, 연호를 처연한 눈빛으로 본다. 뺨에 눈물이 흘러내리는데,

민성 저한텐 아직 할 일이 남았어요.

민성, 선반 위에 놓인 (조사 중인) 자동차 부품(쇠붙이)을 본다.

- 풀썩 쓰러지는 연호. 그 옆으로 툭 떨어지는 자동차 부품.

그 뒤로 서둘러 방을 나서는 민성의 뒷모습 보이고.

S#14. 국과수 교통과 복도 (밤)

뒷머리 매만지며 비틀비틀 복도로 나오는 연호, 민성을 뒤쫓아 가는데.

S#15. 국과수 정문 (밤)

달려와 정문 앞을 지키는 태주의 팀원들 서넛.

달려 나오는 검은 선팅차, 정문을 향해 질주하면,

팀원들, 멈추라고 수신호하는, 민성의 차, 속도 줄이지 않고 그대로

정문 통과하는, 박살 나는 차단봉, 사라지는 민성의 차.

뒤늦게 달려 나오는 태주, 숨 몰아쉬며 분한 듯,

이때, 각그랜저(연호가 운전하는)가 정문을 빠져나간다!

태주 　　뭐 해! 빨리 차 가져와!!

S#16. 도로 추격전 (밤)

질주하는 검은 선팅차… 그 뒤로 거리를 두고 각그랜저가 뒤쫓고…

검은 차, 요리조리 방향을 틀면… 연호, 악착같이 따라붙는다.

운전하는 연호, 속도가 붙을수록 식은땀 흐르고 긴장하는, 하지만
지지 않으려고 핸들 꽉 붙잡는다.

S#17. 외곽 도로 (밤)

한적한 왕복 4차선 도로. 검은 선팅차 질주하면,
잠시 후, 뒤편에서 등장하는 양회장의 수하들이 탄 승합차 십여 대.
선두 차량에서 검은 차 꽁무니를 쫓는 수하1.

수하1   (검은 차 보며, 무전) 찾았습니다.

S#18. 양회장 별장 거실 (밤)

소파에 앉아 있는 양회장과 정욱. 양주 마시는,

양회장   (무전) 자근자근 밟아서 내 앞에 데려와. 숨만 붙어 있게.
마지막은 내가 처리할 거니까. (끊는)

정욱   (양주 한 모금, 양회장 보는)

S#19. 외곽 도로 (밤)

수하1   (부하들에게 무전) 시작해.

수십 대의 승합차들, 속도를 내서 검은 선팅차에 따라붙는다.

뒤에서 박고… 옆에서 밀치고… 검은 차를 공격하는 승합차들…
그때마다 절묘한 운전으로 위기를 벗어나는 검은 선팅차!

수하1   야! 앞에 막아!!

다른 차들이 검은 차와 실랑이를 벌이는 동안, 다른 승합차가 앞으
로 치고 나가더니 검은 차 앞길을 막는다.
독 안에 든 쥐처럼 순식간에 앞/뒤/옆이 꽉 막힌 검은 선팅차.
옆에 붙은 수하1의 차, 회심의 미소를 날리며 검은 선팅차를 밀어
붙이는데…
순간, 쿵! 수하1의 차를 뒤에서 들이받는 5톤 트럭!
육중한 사이즈로 승합차 밀어버리자 그대로 나가 뒹구는,

수하1   뭐야 씨!! (돌아보면)

그때 트럭 뒤로 순식간에 등장하는 각그랜저!
각그랜저, 속도 내서 검은 선팅차 위협하던 차량들 교란하는,

수하1   (각그랜저 보고 발끈) 야 뭐 해! 저 새끼 밀어!

이제 검은 선팅차와 각그랜저, 5톤 트럭까지… 3대의 차량이 각개
전투를 벌이듯 양회장 수하들 차와 도로 추격씬을 펼치고…
뒤늦게 나타난 정체불명의 헬멧 쓴 오토바이가 차량 사이를 헤집
고 다니며 공격을 교란시킨다. 승합차 백미러를 파이프로 깨서 시
야를 교란하자…

수하2   (깨진 백미러로 뒤가 안 보이는, 룸미러로 보려는데 차 안에 덩어리들 때문

에 시야 막힌, 버럭) 야 안 보여! 숙여! 숙여!!

S#20. 도로 (밤)

경광등 울리며 질주하는 태주와 서울청 캐딜락 차량 둘.
태주가 탄 차 안에선 경찰 무전 들린다.

경찰   (무전) 코드1! 코드1! 37번 영산리 방향. 수십 대 차량 폭주 중! 지
         원 바람!! 코드1! 코드1!
태주   (가만히 듣고 있는)

S#21. 외곽 도로 (밤)

검은 선팅차 속도를 내서 도주, 한참을 앞으로 빠져나가는데,
이를 놓치지 않고 쫓는 수하3의 차.
  •
수하3   야! 박아!

검은 선팅차를 공격하는 수하3의 승합차.
위기 상황! 헬멧의 오토바이가 속도를 내서 넘어지듯 오토바이를
승합차 아래로 밀어 넣으면,
요철에 부딪히듯 덜컹하고 튀어 올라 전복되는 수하3의 승합차.
넘어진 헬멧 잽싸게 도로 바깥으로 굴러가서 피하고…
얼른 자리에서 일어나는 헬멧, 상황 살피려 헬멧 벗으면… 현경이다.
현경의 시선에 5톤 트럭이 보인다. 그제야 운전석에 앉은 동기 비

추고.

그때 동기의 트럭 옆을 지나쳐가는 각그랜저. 운전석엔 연호가 앉아 있다.

S#22. 바리케이드 앞 (밤)

바리케이드 친 경찰차들… 그리고 채만이 서 있다.

저 멀리, 수십 대의 차량 불빛이 달려오는 모습, 보인다.

S#23. 다시 외곽 도로 (밤)

검은 선팅차, 승합차에 둘러싸이면 연호의 각그랜저가 끼어들어 틈을 만든다.

검은 차와 나란히 달리는 연호의 각그랜저. 검은 선팅차를 바라본다.

순간 속도를 내는 검은 선팅차.

속도 멈추지 않고 바리케이드를 향해 돌진하는데…

거의 부딪치는 순간! 드리프팅하고 반대로 멈춰 선다.

연호의 각그랜저와 동기의 5톤 트럭, 갑자기 급브레이크 밟고 싹 빠지면, 양회장 수하들, '뭐지?' 하는 표정으로 뒤돌아보다가, 순간 눈앞에 나타난 바리케이드 발견! 선두차, 급브레이크를 밟으며 멈춰 서면, 그 뒤를 바짝 따르던 수하의 승합차들, 연쇄 추돌로 이어지고…

아수라장이 된 승합차들. 그 뒤로 연호의 각그랜저와 동기의 5톤 트럭 멈춰서 퇴로를 막는다. 정신 못 차리고, 차에서 우르르 쏟아지

는 양회장의 수하들,

채만 살인 미수! 난폭운전! 현행범들이야! 싹 다 체포해!

경찰들, 달려가서 수하들 붙잡는다.
뒤를 막고 있던 동기, 연호, 뒤늦게 달려온 현경도 도망가는 수하들
체포하는.

이때, 태주와 서울청 차량, 경광등 울리며 도착한다.
태주, 내리자마자 검은 선팅차로 달려가서 문 벌컥 열고,

태주 김민성 나와, (하는데, 멈칫) ??

운전석에서 나오는 사람은 다름 아닌 소희다!

태주 (놀란) 민소희… (당신이 왜)
소희 (차에서 나와 장갑 벗고, 둘러보는) 야야! 뭐 하냐! 저기 도망간다!
태주 (이게 어떻게) 김민성은?
소희 글쎄. 아마 지금쯤 남강서에 도착했을걸?
태주 ??

씨익 웃는 소희에서 화면 뒤로 감기듯 빠르고 경쾌하게 돌아가고.

S#24. 과거. TCI 사무실 (밤)

어느덧 모두 모인 채만과 소희, 연호, 동기, 현경.

연호, 채만 앞에 박성진 역과 타이어흔 감정서와 협박 편지 프린트를 내민다.

연호	같은 프린트에서 출력된 문서예요.
채/동/현	(보면 프린트된 종이의 진한 부분, 흐린 부분이 일치하고) !
연호	김현민 국과수 분석관이 김민성입니다.
일동	!!
현경	죽은 아내의 복수를 하고 있었던 거네요. 신분까지 세탁해서.
소희	김민성은 곧 표정욱을 노릴 거예요. 그 전에 잡아야 해요.
동기	지금 당장 체포하죠?
채만	…
연호	제가 설득해봐도 되겠습니까? 자수를 권해볼 생각입니다.
일동	(연호 보면)
소희	위험하지 않겠어요?
연호	한 번은 기회를 주고 싶습니다. 그 사람도 알고 있을 테니까요. 자기가 무슨 짓을 하고 있는 건지.
채만	(잠시 생각하더니) 그렇게 해. 차주임이 김민성을 설득하는 동안 우린 그 주변을 포위하고 대기한다.
일동	네. (끄덕)

S#25. 과거. 국과수 사무실, 국과수 일각 (밤)

- 사무실

연호	저로 인해… 두 분… (감정이 북받쳐 잠시 멈추는)… 두 분에게… 무슨 말로… 용서를 빌어야 할지 모르겠지만, 용서 바라지도 않지만…

민성   (진심 느끼는)

출입구 일각에 흩어져 있는 소희, 동기, 현경, 그리고 채만. 인이어
로 둘의 얘기 들으며 착잡한 표정.

연호F   늦었지만… 꼭 이 말을 하고 싶었습니다…
           죄송합니다… 죄송합니다… (잦아드는) 죄송합니다…

이를 듣던 소희, 걸음을 멈춘다. 연호의 자책감이 무겁고 안타깝다.
이때, 인이어로 들리는 몸싸움의 소리.
"쿵!" "윽~"

소희   ?!! (혼잣말) 차주임. (반사적으로 뛰어가는)

S#26. 국과수 교통과 복도 (밤, S#14 연결)

뒷머리 매만지며 비틀비틀 복도로 나오는 연호, 민성을 뒤쫓아 가
는데.
그때 달려오는 소희.

소희   차주임, 괜찮아요?
연호   (그것보다) 김민성이…
소희   !! (인이어로) 김민성이 도주했어!

S#27. 국과수 교통과 (밤)

연호를 공격한 직후, 절룩이며 교통과를 빠져나오는 민성.
저만치 달려오는 누군가의 인기척.
얼른 비상구로 빠져나가는 민성.

S#28. 국과수 교통과 비상계단 (밤)

민성, 비상구 문 벌컥 열고 계단을 내려가는, 서두르는 발걸음이 불
안한, 그러다 삐끗해서 계단을 구르는,

민성   윽~!!

저 아래로 굴러떨어지는 의족. 그때 그 의족을 줍는 손, 채만이다.
채만, 떨어진 의족을 들고는 민성에게 다가간다.
민성, 채만을 보고는 끝났구나, 주저앉는,

채만   (의족 건네는, 착잡한) 김민성… 이제 그만하지.

계단 위에서 뛰어 내려오는 동기와 현경.
계단 중간에 주저앉아 있는 민성 보고 한숨 돌리는,

현경   (짠한 시선, 인이어로) 김현민, 아니 김민성 씨, 찾았어요.

S#29. 국과수 교통과 복도 (밤)

동기와 현경, 민성을 양쪽에서 부축하고 비상구를 나오면,
뒤따르는 채만, 복도를 걸어오던 소희, 연호와 마주 선다.
그러자 민성, 연호를 원망스럽게 노려보며.

민성   왜 하필…! 오늘입니까? 그동안 아무것도 몰랐으면서…
아무것도 안 해놓고… 근데 왜 오늘이냐고…!

연호   …

민성   한경수가 다 털어놨습니다. 표정욱이 현수를 어떻게 죽였는지!

S#30. 과거. 은동네거리, 명학의 차 안 (밤 / 비)

순간, 헤드라이트 불빛! 귀를 찢는 타이어 마찰음! 둔중한 충격음!
정욱도 급브레이크 밟고 반대편 차선에 서고, 무슨 일인가 상황 판
단 안 되는, 재영, 얼른 밖으로 나와서 보면, 네거리 건너편 갓길에
연기 뿜으며 멈춘 차(연호의 차).

재영   (머리 잡는) 야 씨발, ㅈ됐다!!

뒤이어 나오는 경수. 그리고 마지막에 정욱도 나와서 보는,
경수, 동그래진 눈으로 주춤주춤 사고 차량으로 다가가면,
갓길 상점을 박고 멈춰 서 있는 차, 운전석에 기절한 연호 보이고,
그 뒤편 도로 중간에 쓰러져 있는 현수, 그리고 인도에 떨어져 있는
민성.

경수	(놀라서, 돌아보고) 야, 사람을 쳤나 봐!! 1… 119… (허겁지겁 휴대폰 꺼내 신고 전화 돌리는)
119	(필터) 네, 119입니다.
경수	(다급) 네, 여기…

순간, 경수의 휴대폰을 빼앗아 *끄는* 정욱.

정욱	(멱살) 븅신아, 우리 지금 어떤 상황인지 몰라?

경수, 보면, 명학의 차, 면허도 없는 운전자, 술 먹은 고등학생이 보인다.

경수	(난감) 그럼 어떡해…
재영	(명학 차 주위에서 손짓) 야 씨발 뭐 해!! 누가 보기 전에 빨리 튀자!
정욱	빨리 와.

정욱, 경수를 끌고 서둘러 차로 향하는데… 뒤에서 들리는 목소리.

현수	(희미한) …살려주세요.

경수, 돌아보면, 바닥에 쓰러진 여자(현수), 희미한 의식을 차린, 경수, 정욱 뿌리치고 여자(현수)에게 달려가는,

현수	(고통스러운) 살려주세요… (배를 감싸는) 우리 애기…
경수	(헉! 돌아보고) 정욱아! 어떡해! 이 여자 임신했나 봐!

정욱, 표정 싸늘해진, 천천히 다가와서 현수 내려다보는,

현수	(손을 뻗어 정욱의 바지 잡으려고 하면)
정욱	(냉정히 손 뿌리치는, 서늘히 내려다보며) 씨발,

정욱, 돌아서 차로 향하면, 경수, 이상한 기운 느끼고 달려가 붙잡는,

경수	야, 뭐 할라고,
정욱	(뿌리치고 가는) 놔,
경수	(죽이려는구나! 다시 붙잡는) 야! 표정욱! 너 미쳤어!
정욱	(멱살 잡는) 이름 그만 불러! 븅신아!
경수	??!
정욱	우리 아버지가 누군지 몰라? 경찰이야. 씨발, 경찰!!
경수	…
정욱	이게 다 너 때문이야. 니가 내 이름 불러서,

경수 뿌리치고, 차에 올라탄 정욱, 차를 거칠게 돌려세우더니,
현수 위치를 파악하며 천천히 차를 몬다.
경수도 재영도, 바라만 볼 뿐, 어쩌지 못하는데…
가느다란 의식으로 다가오는 차를 바라보는 현수.
아랑곳하지 않고 그런 현수 위를 역과하는 정욱의 차.
그러고는 백미러로 다시 현수를 바라보는. 확인 사살하듯 후진기
어 넣는.
이번에는 뒤로 역과. 그대로 뒤편 갓길에 차를 세우는 정욱.
지켜보던 경수와 재영의 벙찐 표정. 그 자리에서 미동도 하지 않는,

S#31. 국과수 교통과 복도 (밤)

이를 듣던 현경의 황망한 표정. 연호, 소희, 채만, 동기도 말을 잃고.

민성   (어금니 무는) 표정욱이 죽인 겁니다… 살아 있던 현수를 잔인하게… 표정욱 그놈만은… 꼭 내 손으로 단죄하고 싶었는데…
(연호에게) 왜 그런 놈을 구하는 겁니까? 그럴 가치도 없는 놈을 왜…!

연호   표정욱을 구하려고 이러는 게 아닙니다.
우린 당신이 더 죄를 짓지 않길 바라고 여기 온 겁니다.

민성   (입술 꾹)

소희   (다가서서 진심 어린) 김민성 씨… 제 아버지 사고… 알죠?

민성   …

소희   저도 그 누구보다 표정욱 잡고 싶어요. 한 번만 기회를 줘요.
어떻게든… 꼭… 표정욱 잡을게요.

민성, 소희와 주변의 팀원들 보는, 꼭 그러겠다는, 다부진 표정들.
민성의 휴대폰 울린다. 민성, 확인하면 표정욱의 문자,
변경된 장소와 함께, '날 만나고 싶으면 니가 이리로 와'.

민성   표정욱을 만나기로 했어요.

소희   어디서요?

민성   (문자를 보여주며)

소희   파주??

동기   (주소 보더니) 여기 거기네! 양재영이 김민주 씨랑 가려다 사고났던!

현경   아, 그 회사 소유 별장!

채만   함정이군. 잘만 이용하면 표정욱을 잡을 수 있겠어.

팀원	(일제히 채만 보는) !!

이때 사이렌 울리며 태주의 서울청 차량 올라오는,

현경	(얼른 창밖 보더니) 어쩌죠? 이태주 팀장 같은데.
채만	잘 들어. 표정욱을 잡으려면 지금 김민성 씨를 저쪽에 넘겨선 안 돼. 김민성 씨가 약속 장소에 나타나야 저쪽에서도 움직일 거다.
소희	(뭔가 생각하더니 민성에게) 검은색 선팅차, 지금 여기 있죠?
민성	(끄덕)
소희	제가 유인할게요.
채만	오케이. 그럼 민반장이 유인하고 나머지는 퇴로를 막는다.
일동	(끄덕)
채만	오늘 제대로 일망타진 해보자고.

S#32. 다시 현재. 외곽 도로 (밤)

소희	왜, 우리가 김민성 놓쳤을까 봐? 아님, 놓치길 바랐던 건가?
태주	… (날 속였구나, 분한)
동기	(소희에게 뛰어와선) 반장님! 표정욱 위치 파악됐습니다.
태주	표정욱이라니? 그 이름이 여기서 왜 나와?
채만	(다가오더니) 민반장, 얼른 가 봐. 여긴 내가 정리할 테니.
소희	네.

연호와 현경은 이미 형기차에서 소희 기다리고 있다.
소희와 동기, 형기차에 오르면, 차 출발하고.
태주, 급히 어딘가 가려는데, 채만이 앞길을 막아선다.

태주	비키세요.
채만	(붙잡는) 자넨 잠깐 있지. 아직 잡아야 할 쥐새끼가 남아서 말이야.
태주	뭔가 착각하시는 거 같은데, 현재 남강서 TCI 책임자는 바로 접니다. 정팀장님은 지금 대기 발령 상태고요. (바짝 다가서서) 제발 부탁인데 본인 앞가림이나 잘하시죠. 괜한 오지랖 부리다가, 팀원들까지 잃지 마시고.

태주, 돌아서 가려는데, 채만, 태주 어깨를 붙잡아 돌려세우더니, 주먹을 날린다!

태주	으윽!

태주, 바닥에 쓰러지면, 지켜보던 팀원들 달려들려고 하는데, 태주, 손으로 팀원들 멈춰 세운다.

태주	(입가 닦으며 여유) 이런 면이 있으신지 몰랐네요.
채만	내가 얘기 안 했나? 교통과 오기 전엔 강력반에 있었다는 거.
태주	(일어나서 다가서는) 걱정입니다. 이러다 연금까지 못 타실까 봐.
채만	연금 걱정을 해야 하는 건 내가 아니라, 표명학이랑 자네야.
태주	(욱!!)

S#33. 도로, 형기차 (밤)

소희와 연호, 현경과 동기, 몸싸움 대비해서 장비 챙기거나 하는.

소희	(연호에게) 나한테 배운 거 기억하죠? 메치기??

연호	…
소희	아니다. 덩치들 잘못 넘겼다간 디스크 와요.
	그냥 (경찰봉 쥐여 주며) 이거로 내리쳐요.
연호	아니요, 해보겠습니다.
현경	차주임님보단 전 이쪽(동기)이 걱정이네요. 덩칫값은 해야 할 텐데.
동기	야, 내가 몸을 못 쓰는 게 아냐. 치명적일까 봐 안 쓰는 거지.
현경	됐고. 그냥 위험할 거 같음 내 뒤에 있어요. 알았죠?
동기	(그런 현경 든든하고)
연호	(복잡한 표정)
소희	(연호 표정 살피고는) 싹 다 잡아넣고 밥이나 먹으러 가죠?
연호	(한결 마음 가벼워진, 끄덕)

달리는 형기차 위로…

현경E	오예. 근데 우리 뭐 먹어요?
연호E	제육 어떻습니까?
동기/현경	또요? / 우우~

S#34. 양회장 별장, 거실 (밤)

양회장	(술잔 기울이며 시계 보는)
정욱	(초조한) 어떻게 된 거예요? 왜 소식이 없어요.
양회장	(그러게)

이때, 무전기 지지직~!

양회장	(반색, 얼른 받는) 어떻게 됐어?
소희	(무전) 양석찬 회장님?
양회장	??!
소희	(무전) 남강서 교통범죄수사팀 민소희 반장입니다. 문 좀 열어주시죠!
양회장	!!! (정욱 보면)
정욱	에이씨! (커튼 열어 창밖 보면)

이미 대문 앞에서 양회장 수하들과 대치한 TCI.

양회장	(자리에서 일어나며) 정욱이 넌 나가 있어. 여긴 내가 정리할 테니.
정욱	!

S#35. 양회장 별장, 정원 (밤)

연호, 소희, 동기, 현경 일렬로 서 있으면, 웃통 벗고 운동하던 무리, 양복 입은 무리, 추리닝 입은(숫자가 제일 적은) 무리가 삼삼오오 흩어져 있는,

소희	추리닝 손!
동기/현경	(동시에 손, 서로 보는) 가위바위보! (동기 진, 분한)
동기	(아쉽지만) 제가 웃통 갈게요.
소희	그럼 차주임이랑 난 양복!
연호	네.
소희	(다가서며) 야! 양복은 이쪽! 추리닝은 저쪽!

약간, 지시대로 움직이다가, 정신 차리는 덩어리들.

양복1	뭐 하냐! 밟아!!

수십 명의 양회장 수하들과 TCI의 몸싸움.
각자의 스타일로 수하들 제압해 가는…
소희는 주짓수, 동기는 힘, 현경은 발차기로,
거기다 소희에게 배운 격투기로 무장한 연호까지…
무적의 4인조로 양회장 부하들 제압해 나가는…
연호, 집 안으로 향하면, 소희가 연호를 뒤따르는,

S#36. 양회장 별장, 거실 (밤)

연호와 소희, 그 뒤로 현경과 동기까지 거실로 진입하면,
기다리던 부하들이 일제히 그들을 에워싸고.
그때 계단에서 내려오는 양회장과 부하.

소희	왜 혼자지? 표정욱 어딨어요?
양회장	겁도 없이… 꼴랑 셋이서 여길 쳐들어와?
일동	(셋??)
부하	(양회장에게 슬쩍) 넷입니다.
양회장	(넷?? 동기 가리키며) 쟤 우리 애 아냐?
동기	(나??)
소희	우리 애거든?!
동기	(욱) 이씨, 나 경찰이야!!
양회장	뭐 해? 처리해!

그 말에 수하들 한꺼번에 달려들면,

소희와 현경이 주축이 되어 수하들 무찌르고. 연호도 한 명씩 메치기하는.

그사이 동기는 양회장과 1:1로 붙는다. 서로 공격하고 막기를 반복하다가 동기가 쓰러지고 양회장이 그런 동기를 가격하려는데 현경이 이를 막아낸다.

현경 괜찮아요??

동기 (끄덕)

현경 반장님, 여긴 저희한테 맡기세요! 표정욱 잡아야죠!

소희 그럼 부탁한다. (연호에게 신호) 차주임!

연호, 소희 뒤따라 지하 통로로 내려간다. (아니면 별장 밖으로)

현경, 양회장과 대치하다 공격 들어가지만, 양회장에게 안 먹히는 느낌. 하지만 포기하지 않고 연이어 양회장을 공격해대는 현경.

그러다 지쳤는지 헉헉- 가쁜 숨 몰아대면 그때를 기다렸다는 듯 이번엔 양회장이 현경을 공격하려 다가가는 그때 철컥-

양회장 보면, 제 한쪽 손에 수갑 채워져 있다. 보면 쓰러져 있던 동기다.

동기, 유도 기술 걸어서 양회장을 뒤로 넘겨 쓰러뜨리고.

쓰러진 양회장의 나머지 한 손을 현경이 마저 수갑 채운다.

현경 양석찬 씨, 김민성 살인 예비음모죄, 살인 교사 혐의로 긴급체포하겠습니다.

그리고 나서 현경과 동기 하이파이브.

S#37. 양회장 별장, 주차장 (밤)

정욱, 주차장으로 달려 들어온다.
주차된 차량 문 열어보지만, 다 잠겨 있는,
차에 괜한 화풀이, 그러다 '삐빅~!' 차 문 열리는 소리!

정욱   !!

정욱, 어떤 차인가, 둘러보면, 뒤쫓아온 소희가 스마트키로 연 관용차.

소희   표정욱, (관용차 가리키며) 타!
정욱   (짜증 폭발) 아우씨!

도망가는 정욱 앞을 막아서는 연호.
궁지에 몰린 정욱의 악랄한 저항.
하지만 소희와 연호의 협공에 흠씬 두들겨 맞는 정욱.
결국, 손목에 수갑 채워지는 정욱.

소희   표정욱 씨, 김민성 살인 예비음모, 살인 교사 혐의… 이현수 씨 살
             인죄…
연호   그리고, 민용건 씨 도주 치상죄로 긴급체포합니다.
정욱   (허탈하게 웃는) …누구 맘대로… (발악) 누구 맘대로!!!
             니들이 이러고도 무사할 줄 알아? 우리 아버지가 가만둘 거 같
             아?!!
소희   걱정 마. 우리도 당신 아버지 가만 안 둘 거니까.
연호   곧 아버지 만나게 될 겁니다. 철창 안에서.

정욱	??!

S#38. 서울경찰청, 청장실 (밤)

창밖 보고 서서 태주와 통화.

명학	(상황 전해 들은, 눈썹 꿈틀) 살인 교사? 그래서 지금 어딨어?
태주	(필터) 일단 남강서로 옮겼습니다.
명학	(멍청한 인간들) 내가 그렇게 자중하라고 일렀는데… 알았어.
	(끊고 분노를 애써 누르는, 자리에 털썩 앉는)

명학, 전화 끊고 분노 끓어오르는, 순간 가발 잡아 바닥에 내팽개
치는,
명학의 눈에 '서울경찰청장 표명학' 명패 들어온다.

S#39. 민성의 집 (낮)

원주 외곽의 다세대 주택.
문 열리는 소리 들리고, 연호, 소희, 동기, 현경, 들어온다.
18평 규모, 텅 빈 거실엔 TV도 식탁도 없다.

동기	(뒤에 다가와 보며) 살림이랄 게 없네요.
소희	누구 집이랑 비슷하네.
연호	(표정)
현경	(안방에서 부르는) 여기 좀 보세요!

연호, 소희, 동기, 안방으로 가면, 벽에 붙은 수많은 사진.
(목격자 3인방과 연호, 정섭, 채만, 명학 사진들… 민성이 미행해서 찍은)
그리고 사고 관련 기사 복사본들. (협박 편지로 보냈던 그 기사들)
맨 아래, 목격자 3인방의 사진. 그중 양재영 얼굴에 그어진 엑스표.
근데 한경수 얼굴에는 엑스표가 없다. 한경수 사진 들어보는,

F. O

S#40. 남강경찰서 전경 (아침)

화면 밝으면,
몰려든 기자들로 시끌벅적한, 중계 카메라들, 기자들 소식 전하기
바쁜,

기자1   지금 이곳 서울 남강서에는 YSC 건설 양석찬 회장과 표명학 서울
        청장의 아들 표정욱 씨가 살인 예비음모 및 살인 미수 혐의로 수감
        되어 있습니다!

기자2   …두 사람은 어젯밤 양석찬 회장의 아들 재영 씨의 살해 용의자인
        김모 씨를 살해하기 위해 사전 모의하고, 차량 여러 대를 동원해
        김모 씨를 살해하려고 한 혐의를 받고 있습니다.

기자3   …양회장의 아들 재영 씨를 살해한 혐의를 받고 있는 김씨의 살해
        동기는 아직 확실히 알려지지 않은 가운데, 김씨가 과거 교통사고
        와 관련해…

시끄러운 현장 분위기.

S#41. 남강경찰서 서장실 (낮)

구서장, 창밖으로 경찰서 앞 분주한 풍경 걱정스러운 시선으로 내려다보다가,

구서장   (자조적으로) 우리 남강서가 아주 세간의 화제야.
나 이렇게 대놓고 주목받는 거 상당히 부담스러운데.

구서장, 소파로 다가가면 양옆으로 고과장, 소과장, 염과장, 소희, 앉아 있다.

구서장   (가운데 자리에 앉으며) 표청장님 아들에 조폭 출신 기업 회장에… 거기다 뭐야, 김민성인가 김현민인가… 국과수 분석관 출신 연쇄살인범까지… 이거 우리 감당할 수 있는 거야?

소과장   못 할 게 뭐 있습니까. (염과장 보고) 교통과에서 소화 안 되면, 형사과로 넘기시든가.

고과장   지금 그게 중요한 게 아니라, 사안의 중대성, 엄중성을 고려해서, 수사의 방향을 어떻게 잡느냐,

염과장   그 말씀은, 프레임을 짜놓고 수사하잔 얘기처럼 들리네요.

고과장   (정색) 말을 또 그렇게 꽈서, 그니까 제 얘긴요,

구서장   *(OL)* 조용! (답답) 상황 파악이 그렇게들 안 돼? 딴 건 모르겠고, 표청장님 아들, 표정욱, 얘 어떡할 거야?
얘 저번에 민소희 아버지 사건 때도 헛심만 쓰다가, 결국 정팀장만 직무 정지만 됐잖아. 한 번 그런 거, 두 번 그러지 말란 법 있어?

소희   그럼 또 잡아넣어야죠. 어떤 방법을 동원해서라도.

일동   (보는)

소희   표정욱. 저희 아버지 사고 당시 가해 운전자 맞고, 과거 이현수 씨

역과 살해범 맞고, 김민성 씨 살인 예비음모, 살인 미수, 맞아요.
증거도 충분하고.

일동   …

소희   근데 왜 여태 표정욱을 못 잡아넣었을까요. 이유는 하나예요.
우리가 모른 척해서. 알지만 눈감아서.
그래서 김민성 씨 같은 제2의 범죄자가 나온 거고.

일동   …

소희   이번에 또 빠져나갈 수도 있겠죠. 전에 그랬던 것처럼. 그럼 또 잡아
넣어야죠. 저런 범죄자가 거리를 마음대로 활보하지 못하게.

일동   (동의의 시선과 표정) …

- 시간 경과
다른 과장들 자리 비우고, 구서장과 고과장만 남았다. 나란히 창
밖 보는,

구서장   민소희 나 젊을 때 생각나데. 패기가, 요즘 애들 말로, 쩔더라.

고과장   (무슨 개소리, 하지만 사탕발림) 서장님, 지금도 충분히… 쩌십니다.

구서장   (뭘) 근데 민소희 말이야… 저러다 훅 가. 아직 젊어서 저래.

고과장   (그치, 맞장구) 모난 돌이 정 맞죠.

구서장   우린 정 맞지 말자고.

S#42. 남강경찰서 유치장 입구 (낮)

서울청 형사1, 2와 동기, 현경, 연호의 실랑이.

현경   그게 무슨 말이에요! 김민성 씨 접근 금지라니,

서울청	(단호) 이태주 팀장님 지시 없이는 아무도 면회가 안 됩니다.
동기	(어이없는) 아니, 체포는 우리가 했는데 왜, (답답) 하!
연호	(가만히 지켜보며, 표정)

S#43. TCI 사무실 (낮)

서울청 팀원들 김민성 수사자료 챙기고 있는,

동기 자리에 검은 차 블랙박스 USB도 압수되고,

현경	(현경 서랍 열어보는 서울청 직원) 어딜 뒤져요!
동기	아니, 왜 그것까지,
소희	(태주에게 따지듯) 김민성 접근 금지라니, 그게 무슨 말이야?
태주	앞으로 양재영, 한경수 연쇄살인 사건 수사는 서울청에서 맡아. 사안의 중대성도 있고, (연호 힐끗) 여긴 이해 충돌 당사자도 있고, 당분간 TCI는 양석찬 표정욱 보복 운전 수사에만 집중해.
소희	보복 운전? (엄연한) 살인 미수야! 살인 예비음모죄고!
태주	(워워) 아직 혐의뿐이잖아. 밝혀진 건 보복 운전이고.

직원들, 자료 챙겨 나가면, 태주 뒤따르는데,

연호	김민성 씨 입을 막으려는 겁니까?
태주	(뭐? 보는)
연호	(다가서서) 김민성을 꼭꼭 숨겨야 과거 진실이 은폐될 거니까. 그래야 표정욱의 살인 혐의가 감춰질 테니까.
태주	(노려보다가, 표정 부드러워지는) 차주임, 언제부터 심증으로만 수사를 했습니까. 확실한 증거, (가져와) 증거로 얘기합시다. (나가는)

연호   …

S#44. 남강경찰서 취조실 (낮)

민성과 마주 앉은 태주. 노트북으로 양재영 사고 당시 CCTV 영상
보여주는, 양재영 사고를 유발하는 장면.

태주   김현민 씨, 양재영 씨 살해한 거 인정하죠?
민성   …
태주   한경수 씨는 어떻게 했습니까? …표정욱 씨도 살해하려고 했죠?
민성   …
태주   이유가 뭡니까?
민성   당신들이 하지 못했으니까… 당신들이 그 아이들을 처벌하지 못했
       으니까… 내 아내를… 그 아이들이… (감정 흔들리는)
태주   왜 피해자들이 아내를 죽였다고 생각하는 겁니까?
민성   한경수가 똑똑히 증언했습니다.
태주   이거 말씀하시는 거죠?

       노트북으로 동영상 보여주는, 검은 선팅차 블랙박스 영상.

경수   (의자에 포박된) 저는 그러지 말자고 했어요… 근데… 정욱이가…
       그냥 놔두면 안 된다고… 자기 얼굴 봤다고… 죽여야 한다고…
태주   (멈춤) 본인의 범행 차량 블랙박스에 찍힌 영상입니다.
       이거 고문해서 받아낸 진술 아닙니까.
민성   (뜨악한 시선으로 보는)
송변호사E 자백 배제의 법칙.

S#45. 동, 유치장 면회실

정욱이 송변호사와 얘기 중이다.

송변호사   한경수가 찍은 그 동영상, 어차피 증거효력이 없어요. 고문, 폭행, 협
        박 등에 의해 임의성이 의심되는 자백은, (고개 젓는, 증거가 안 돼)
정욱   (그렇구나) 그럼 살인 교사는,
송변호사   안타깝지만, 어차피 양회장님 수하들이 한 짓이잖아요. 먼저 만나
        자고 한 것도 김민성 쪽이었고.
        김민성이 만나자는 얘기를 전해 듣고, 양회장이 발작해서 우발적
        으로 행동했다. 여기다 살인 예비음모를 갖다 대는 건 넌센스죠.
정욱   (회심의 미소, 자세 편해지는)

S#46. TCI 사무실 앞 (낮)

연호 건물에서 나오면, 저만치 정섭이 구부정하게 서 있다.

- 시간 경과
자판기 벤치에 나란히 앉아 있는 정섭과 연호.

정섭   진짠가? …뉴스에 나온 것처럼… 민성이가…
연호   (미안하고 죄스러운) 죄송합니다… 선생님.
정섭   나 때문이야… 내가 그때… 민성이를 막았어야 했는데… 나 때문에…
연호   …
정섭   그 아이가 맞아? …표명학 아들… 우리 현수를 죽인 사람…
연호   (부인 못 하는)

정섭	(서글픈) 왜 우리한테 이런 일이 일어난 거지… 우리가 뭘 잘못했길래…
연호	…
정섭	가해자들은 저렇게 멀쩡히 잘 살아왔는데… 왜 민성이가… 왜 자네가… 그 긴 세월을 죄인처럼 고통을 받고…
연호	(처연한 얼굴)

S#47. 서울경찰청, 청장실 (낮)

명학에게 수사 보고하는 태주.

태주	일단 김민성 살인 예비음모는 양회장 쪽의 돌발행동으로 풀고 있습니다. 한경수 진술 영상도 강압에 의한 진술이라 증거효력이 없다고 봐야 하고. 한경수가 살아 있으면 모를까,
명학	(끄덕끄덕) …양회장에겐 미안하게 됐지만, 이 기회에 관계 정리는 확실히 하고 가자고. 조폭 연루설, 이런 말 흘러나오기 전에.
태주	이참에 양회장 쪽 비리 관련해서 기자들에게 떡밥 몇 개만 던져주면, (여론은 그쪽으로 쏠릴 테니)
명학	(그래) 이팀장이 토끼몰이 잘 해봐. 정욱인 어떻게 하고 있어?
태주	송변호사 만나서 방어 전략 세우고 있습니다. 식사도 잘하고 있고.
명학	(끄덕끄덕) 김민성 관리 잘해. 함부로 입 나불대지 않게.
태주	걱정하지 마십쇼. 저희 팀원들이 24시간 지키고 있습니다.
명학	(든든한, 다가서서 어깨 잡는) 태주야, 거의 다 왔어. 방심하지 말고.
태주	네.
명학	(미소, 창가로 다가가며) 근데 말이야… 진짜 어디 있는 거야?
태주	?

명학　　　(힐끔 돌아보며) 한경수.

S#48. 남강경찰서 경무과, 경무계 (낮)

　　　　　직원들, 뭔가가 신경 쓰이는 눈치.
　　　　　보면 채만, 빈 책상 앞에 우두커니 앉아 있다.
　　　　　책상 위엔 '경위서'라고 적힌 빈 종이 한 장과 볼펜.
　　　　　채만은 미동도 하지 않고 종이만 바라볼 뿐,
　　　　　경무계장, 자리에서 있다가 신경 쓰이는지 일어나 다가오는,

경무계장　　(채만에게 다가와) 대충 적는 시늉이라도 하세요. 형식적인 거니까,
채만　　　　(바라보기만 할 뿐)
경무계장　　(입장 난처한)

　　　　　노크 소리, 문 열리고 소희, 빼꼼히 들어온다.
　　　　　소희, 경무계 직원들에게 연신 인사,

경무계장　　민소희 넌 또 왜, 너도 징계 먹었어??
소희　　　　(손사래) 아뇨, 저희 팀장님 좀 잠깐,

S#49. 경무과 복도, 자판기 앞 (낮)

　　　　　채만과 팀원들, 흩어져 앉고 서 있는, 동기, 자판기 커피 뽑아 건네는,

동기　　　　(왠지 들뜬) 이런 데서 다 모이니까 또 반갑네.

현경	(커피 받아들며) 이게 반가울 일이에요? 발끈할 일이지.
	멀쩡한 사무실 놔두고 팀장님 만나러 경무계까지 원정을 와야 하고,
채만	김민성은?
소희	유치장에요. 이태주가 우린 접근도 못 하게 해요.
동기	뭐 보나 마나, 서둘러 영장치고, 사건 마무리하려고 하겠죠.
	그게 이태주 팀장 특기 아닙니까.
채만	김민성이 말했던 이현수 역과 타이어 감정서는?
소희	김민성 집에도 차에도, 감정서는 없었어요. 국과수에 확인해봤더
	니, 남아 있던 2014년 자료는 올 초에 죄다 폐기했고.
	한경수가 살아만 있으면… 방법이 있을 것도 같은데.
연호	짚이는 게 하나 있습니다.
채만	(보는)
연호	김민성 집에 사고 관련자들 사진이 붙어 있었는데,

- 플래시백 (S#39 민성의 집)
맨 아래, 목격자 3인방의 사진. 그중 양재영 얼굴에 그어진 엑스표.
근데 한경수 얼굴에는 엑스표가 없다. 한경수 사진 들어보는,

| 연호E | 한경수 사진엔 표시가 없었습니다. |

- 다시 자판기 앞

채만	(혼잣말처럼) 김민성에게 다른 은신처가… 김민성 차 블랙박스는?
현경	이태주 팀장 팀에서 관련 자료 탈탈 털어 갔어요.
동기	탈탈은 아니야.
일동	(동기 보는)
동기	(목걸이 USB 목 안에서 꺼내 보이며) 혹시 몰라 김민성 차량 블랙박스
	백업해놨지!

소희	역시!

S#50. 서울경찰청 수사과 (낮)

태주, 자기 자리에 앉아서 김현민 출퇴근 차량 블랙박스 영상 확인
하는,
모니터에는 블랙박스 영상 흐르는데, 가로등도 없는 어두운 길.
그러다 태주 화면 급하게 멈추는,
보면 화면 안, 헤드라이트 불빛에 비친 405번 지방도로 표시판.

태주	(혼잣말) 405번 지방도로…

S#51. 남강경찰서 교통과 조사실 (밤)

연호, 정욱을 취조하는,

연호	표정욱 씨, 김민성 씨 살인 교사 및 살해 혐의 인정하시죠?
정욱	(뻔뻔) 난 변호사 오기 전엔 할 얘기 없거든?
연호	(노려보는) 표정욱 씨, 한경수 씨가 다 불었어요. 그날, 당신이 어떻게 했는지… 어떻게 이현수 씨를 죽였는지…
정욱	한경수? 그거 고문에 의한 거라며. 자백 배제의 법칙. 고문, 폭행, 협박 등에 의한 자백은 증거효력이 없다. 이런 말 못 들어봤어?
연호	(가만히 보는)
정욱	(비릿한 미소)

S#52. 원주 외곽, 문 닫은 주유소 (밤)

태주가 탄 서울청 캐딜락 차량 두 대, 주유소로 들어와 멈춰 선다.
깊은 산중에 버려진 주유소, 노란 페인트 일어나고 벗겨진, 주유소
주변엔 버려진 사무 도구와 캐비닛, 그리고 생활 쓰레기들.
태주, 팀원들에게 사무실 건물로 가보라고 지시하는,
태주 자신은 주변 살피는데, 얼핏 철문 내려진 세차장에 눈이 간다.

S#53. 남강경찰서 교통과 조사실 (밤)

연호, 표정 변화 없이, 일어나는,

연호   변호사 오면 다시 시작하죠. (나가려면)
정욱   (낄낄대는) 그러게, 건드릴 사람을 건드려야지. 차연호 씨.
          세상 참 불공평하죠? 근데, 원래 그래요. 세상이. (재밌다는 듯 낄낄)
연호   (가만히 보는)

S#54. 원주 외곽, 문 닫은 주유소 세차장 (밤)

철문 드르륵~! 열리고, 태주, 세차장 안으로 들어선다.
휴대폰 불빛으로 주변 살피는데. 바닥에 굴러다니는 생수통, 점프
선들…
그리고 바닥과 의자에 남아 있는 핏자국… 고문의 흔적들…
한경수가 고문받았던 바로 그 장소다!
퀴퀴한 냄새 때문인지, 옷깃으로 입 주위를 막고 안쪽으로 들어가

는 태주.
그러다 뭔가를 발견한 듯, 놀란 표정!

S#55. 남강경찰서 교통과 조사실 (밤)

연호, 취조실로 들어오면, 정욱 옆에 송변호사 앉아 있다.
정욱, 의기양양한 표정. 연호, 자리에 앉으면,

송변호사 언제까지 이렇게 시간을 끄실 겁니까? 이거 엄연한 인권탄압이에
요! 48시간 이내에 영장 못 치면 각오들 하세요!

이때, 노크 소리, 문이 열리고 소희가 누군가를 데리고 취조실로 들
어온다.
목발을 짚은 한경수다! (곳곳에 상처)

정욱 !!! (놀란 눈, 믿어지지 않는) 너… 어떻게…

S#56. 원주 외곽, 문 닫은 주유소 세차장 (밤)

태주, 바닥에 떨어진 뭔가 집어서 보면, 명함.
'TCI (교통범죄수사대) 경위 민 소 희'

태주 !!!

순간, 화면 역으로 뒤 감기며, 태주가 도착하기 세 시간 전으로…

- 태주보다 한발 앞서서 405번 지방도로를 지나는 소희와 현경의 차.

- 문 닫은 주유소로 들어서는 소희와 현경의 차.

- 쇠 지렛대로 세차장 자물쇠를 따는 소희.

- 세차장 안, 손발 묶인 채 바닥에 쓰러져 있는 한경수를 발견한 소희와 현경.

- 소희, 세차장을 뜨기 전에 명함을 바닥에 한 장 남기고 사라진다.

Dissolve

- 다시 현재 세차장
소희의 명함을 바라보던 태주, 분한 듯 명함을 꾸깃!!

S#57. 남강경찰서 교통과 조사실 (밤)

정욱	(충격받은, 할 말 잃은)
경수	(힘없는, 처연한) 정욱아… 이제 그만하자…
정욱	(정색) 뭘… 뭘 그만해… 우리가 뭘 어쨌다고!
경수	(울컥한 표정) 니가 죽였잖아… 그 여자…
정욱	(벌떡 일어나 달려들 듯) 입 닥쳐! 이 등신 새끼야!!
소희	표정욱, 앉아!!
연호	(경고하듯) 표정욱… 이제 시작이야… 니가 저지른 죗값, 이제부터 하나하나 빠짐없이 다 물어줄게.
정욱	(털썩 주저앉아, 돌아버리겠는, 송변에게) 뭐라고 말 좀 해요!
송변호사	(난처한)
정욱	(폭발) 왜들 이렇게 사람을 못 잡아먹어서 난리야! (몸서리) 왜!!! 왜!!
소희	일단 데리고 나가.

정욱, 동기와 현경에게 끌려 나가고,

- 시간 경과

정욱이 앉아 있던 자리에 경수가 앉아 있다.

입술이 마르고 갈라진, 초췌한 몰골, 죄인처럼 고개 숙인,

건너편에 나란히 앉아 있는 소희와 연호.

연호는 그날의 기억이 떠오르는지, 입술을 가늘게 떠는,

경수 　…119에 목격자로 신고하라고 시킨 건 정욱이 아버지였어요…
　　　 운전은 내가 했다고 하라고… 그래야 자기가 정리할 수 있다고…

소희 　김민성 씨가 한경수 씨를 왜 살려둔 것 같아요?

경수 　(고개 들어 보는)

소희 　늦었지만, 지금이라도 법정에서 사실대로 진술해요. 그게 죽은 이
　　　 현수 씨와 김민성 씨에게 속죄하는 마지막 방법이에요.

경수 　(고개 숙이는, 사죄의 눈물 뚝뚝)

S#58. 뉴스 몽타주 (낮)

뉴스 앵커의 소리 위로 다양한 풍경 흐른다.

- 대형 전광판, 터미널, 지하철 승객들이 휴대폰으로 보는,
- 남강서 서장실에서 구서장과 고과장이 지켜보는,
- 교통과에서 염과장과 교통과 경찰들이 보는,
- 병원 휴게실에 앉아 뉴스 보는 정섭,
- TCI 사무실에서 소희, 연호, 동기, 현경이 보는,

앵커E 　표명학 서울경찰청장의 아들 정욱 씨가 교통사고 살인 혐의로 서

울구치소에 구속 수감됐습니다. 표씨는 10년 전인 2014년 대전 은
동네거리 교통사고 당시 피해자 이씨를 차로 역과해 살해한 혐의
를 받고 있습니다. 한편, 표씨의 아버지인 표명학 서울청장은 사고
당시 은동서 서장으로 근무하며 아들 표씨의 사고를 은폐한 정황
이 드러나, 추가 수사가 이어질 것으로…

S#59. 서울경찰청, 청장실 (낮)

뉴스 시청 중인 표명학과 태주.

앵커E   방금 들어온 소식입니다. 조금 전 7시 40분경, 인터넷에 '표명학 청
장 부자에 얽힌 10년 전 사고의 추악한 진실'이라는 제목의 새로운
동영상이 올라왔다고 하는데요. 잠시 후, 취재기자 연결해서 자세
한 소식 알아보도록 하겠습니다.

리모컨으로 TV를 끄는 명학. 싸늘한 분위기. 태주, 아무 말 못 하고
죄인처럼 앉아 있는, 명학, 말없이 자리로 돌아가려다, 자기 명패를
집어 던지는, 서랍장이 쨍그랑~!!! 씩씩대는, 태주는 말없이 분위기
살피는,

S#60. TCI 사무실 (낮)

현경, 인터넷 동영상 댓글 확인하는,

@kbob1988 뉘집 자식인가 했더니 서울청장 아드님이셨네 ㅎㄷㄷ

@notorious69890 경찰 아들이 갱스터? 진정한 세대 갈등.
@user03-goodboy 효자다 아버지 빨리 퇴직하고 쉬라는 깊은 뜻
@mercy-omg 그래도 우리 아들보다 낫다. 자기 밥벌이는 하네. 감옥
에서.
@user398-mug 쓰레기통이 인간으로 환생했네.

현경	와, 우리나라 사람들 참 욕 잘해. 어쩜 이렇게 창의적일까.
동기	이게 K-콘텐츠의 저력이지!
소희	(다가와 보며) 근데 이런 동영상은 누가 올린 거니?
연호	(지나가는 말처럼) 아마 반장님도 아는 분일 거예요.
소희	?

S#61. 남강경찰서 현관 앞 (낮)

소희와 연호, 정욱 (모자에 마스크) 양쪽에서 끼고 정문을 나오면,
기자들 달려들고, 플래시 터진다.
동기와 현경이 앞에서 길을 튼다. "비켜요 비켜! 갑시다!"
기자들의 몸싸움에 정욱의 모자가 벗겨진다.
정욱 짜증, '아이씨!' 얼른 모자 대충 눌러쓰는,

부영	여기!
소희	(기자들 사이에 하부영 기자 발견, 반색) 어! 하기자님!
부영	설마, 진짜 잡을 줄 몰랐네. 대단들 해!
소희	(미소) 하기자님 덕분이죠.
부영	(연호 보고는) 타이밍 적절했지?
연호	…네.

소희	뭐야, 설마, 그 동영상 하기자님이 올린 거?
부영	(그렇다는 미소, 연호 보며) 저 양반이 부탁해서,
소희	(번갈아 보는) 둘이, 나도 모르는 사이에… 그거 알려지면 기자님도 곤란해지실 수도 있어요.
부영	(안경 고쳐 쓰며, 미소) 구더기 무서웠으면 애초에 장을 안 담갔지. 조금만 기다려요. 2탄도 준비 중이니까.
연호	(미소)
동기	자자! 갑시다!

정욱 끌고 호송차로 향하는 TCI.

S#62. 서울경찰청 앞 (낮)

표청장의 차, 정문을 나서면, 모여 있던 기자들, 차 앞에 몰려든다.
"청장님, 정욱 군 사건에 대해 한 말씀 해주시죠."
"과거 은동서장 시절에 정욱 씨의 교통사고를 은폐했다는 게 사실인가요?"
"이번 정욱 씨의 살인 교사 혐의에 대해 하실 말씀 없나요?"
터지는 후레쉬. 명학의 차, 겨우 청사 앞을 빠져나간다.

S#63. 구치소 (낮)

명학, 면회실에 앉아 있으면, 잠시 후, 청색 죄수복 입은 정욱, 들어온다.
정욱, 명학을 보고는 뻔뻔한 표정으로 의자에 털썩 주저앉는,

정욱	저 언제쯤 나갈 수 있어요? 답답해 죽겠네.
명학	너 못 나와, 당분간.
정욱	?? (무슨 소리, 보는)
명학	오늘 기자회견이 있을 거다. 난 너의 비행에 대해서 아는 바가 없어. 과거 사고도 그렇고, 그냥 철없는 자식이 약에 취해서, 심신 미약 상태에서 저지른 돌발행동일 뿐이야.
	난 애비로서 자식 교육을 제대로 못 한 부덕한 아버지이고.
정욱	(허! 웃음이 나는) 우리 아버지 부덕한 건 알겠는데, 이제 아들까지 꼬리 자르기를 하시겠다? 제가 마음 다르게 먹으면 어쩌시려고.
명학	그나마 형량 줄이려면, 애비라도 밖에서 버티고 있어야 하지 않겠니?
정욱	(틀린 말은 아닌, 하지만 열받고 야속한)
명학	그니까 넌 잠자코 있어. 쥐 죽은 듯이.
	다 내 잘못이다, 아버진 아무 상관 없다. 앵무새처럼… 알겠냐?
정욱	(새삼 감탄, 자조적인, 박수 짝짝!) 와~ 우리 아부지! 내가 아직 배울 게 많네!

S#64. 구치소 주차장 (낮)

명학, 차에 오르며 태주에게 전화.
신호 가지만 받지 않는다.
명학, 굳어진 채 휴대폰 내리는.

S#65. 서울경찰청 수사과 (낮)

태주, 표명학 청장에게 걸려 온 전화 울리지만, 받지 않는다.
전화 끊어지면, 무슨 생각인지, 뒤편 라커룸으로 가서 문 연다.
안쪽에 놓인 USB, 주변에 보는 사람 없나, 챙기고 문 닫는다.

S#66. 서울경찰청, 기자회견장 (낮)

명학, 단상에 서면, 기자들 후레쉬 터지고,

명학 (고개 숙여 인사) 무어라 드릴 말씀이 없습니다… 국민 여러분께 고
개 숙여 사과드립니다… (다시 인사) 국민의 안전을 책임진다는 핑계
로, 아들을 제대로 가르치지 못한 제 부덕의 소치입니다.
공인으로서 매우 부끄럽고, 아비로서 매우 마음이 아프지만, 잘못
을 저질렀으면, 예외 없이 결과에 책임을 져야 합니다.

S#67. 구치소 안 (낮)

명학 제 아이는 경찰조사에 성실히 임하고, 자신이 지은 죄에 합당한 벌
을 받게 될 것입니다. 있어서는 안 될 일이고 너무나 무거운 잘못입
니다. 이제껏 아들의 잘못을 미처 인지하지 못했던 경찰로서, 애비
로서, 가슴이 무너져 내립니다.

정욱, TV로 아버지의 기자회견 보는, 헛헛한 웃음.

S#68. TCI 사무실 (낮)

명학   저는 국민을 섬긴다는 신념 하나로 30년 넘게 공직에 몸담아왔습니다. 또한 지금은 980만 서울 시민의 안전을 책임지는 치안담당자로서 무거운 책임감을 느낍니다.

팀원들, 명학의 기자회견 지켜보는,

S#69. 기자회견장 (낮)

기자   (질문) 책임지고 자리에서 물러나실 생각은 없으신가요?

명학   아들의 잘못을 생각하면 당장이라도 공직에서 물러나고 싶은 심정입니다만, 이번에 대포차를 타고 다니며 무고한 생명을 해친 사회의 암적인 존재들을 볼 때마다, 서울시 치안담당자로서 조금 더 해야 할 일이 남아 있진 않나 고민하게 됩니다.

기자들 뒤편에서 지켜보는 벙거지모자의 정섭.

S#70. 기자회견장 밖 (저녁)

기자들 질문 세례를 뚫고 차에 오르는 명학,

명학   (피곤한) 집으로 가.

기사   (룸미러, 신분 드러나지 않게) …네.

차, 출발한다.

S#71. 구치소 (저녁)

정욱, 수감소 문을 두드리며 간수 부르는,

정욱　(쾅쾅!) 여기요! 차연호 경위 불러줘요! 할 얘기가 있다고,

S#72. 도로, 명학의 차 안 (저녁)

명학, 뒷자리에서 눈 감고, 생각에 잠긴,
이때, 트렁크에서 들리는 희미한 소음에 눈을 뜨는 명학.
'무슨 소리지?' 그러다 얼핏 창밖을 보는데, 청사로 가는 방향이 아니다.
(막히지 않은, 속도 낼 수 있는 한적한 도로, 일산 방향 강변도로 같은)

명학　지금 어디로 가는 거야? 청사로 가려면,

하다가 운전석 보면, 룸미러에 비친 기사와 눈이 마주친다.
정섭이다!!!

명학　(놀란) 당신…
정섭　(살벌한) 표명학. 허튼짓하면 나랑 같이 강 아래로 떨어지는 거야.
명학　(겁먹은)

정섭이 운전하는 명학의 차가, 강변도로를 빠르게 질주한다.

10부 끝

11부

««««««« 11부 »»»»»»»

S#1. 서울경찰청, 남자화장실 (저녁)

청소녀, 들어와서 바닥 대걸레질하는데,
장애인 화장실칸에서 들리는 둔탁한 소리.
청소녀, '뭐지?' 다가가 귀 대보면, '으으~~' 신음소리!

청소녀   ??

청소녀, 슬쩍 문 열어보면, 잠기지 않은 문.
고개 빼꼼 내밀어 보면,
장애인 손잡이에 손이 묶인 채 누워 있는 남자(명학의 관용차 기사).
재갈 물린 입에서 새어 나오는 신음. '으으으~~'

청소녀   (주저앉는) 옴마야!!

S#2. 서울경찰청, 수사과 (저녁)

방금 팀원에게 납치 보고 받은 태주, 놀라서 일어나는,

태주   납치범 신원은?
팀원   아직…
태주   (머리 빠르게 돌아가는)

S#3. 서울경찰청, 112 종합 상황실 (저녁)

태주의 지휘하에 상황실 모니터로 명학의 관용차 추적하는 분주한 모습들.

S#4. TCI 사무실 (저녁)

현경, 뛰어 들어오며,

현경   (다급한) 반장님! 표명학 청장이 납치됐대요!

동기   (놀라) 뭐, 뭐? 납치??

소희   (반사적으로 연호 보면)

연호   (일어나며 표정)

S#5. 경찰서 안 (저녁)

조사받느라 앉아 있는 기사남.
그때 연호가 기사남에게 다짜고짜 다가온다. 그 옆엔 소희도 있고.

연호   혹시 그 남자, (휴대폰으로 정섭 사진 보여주며) 이 사람입니까?

기사남   (사진 보더니) 어! 맞아요! 이 사람이에요!

소희   !

연호   (낭패) 이 사람이… 확실해요?

S#6. 병원, 입원실 (저녁)

채만, 들어오면, 텅 빈 침대, 정섭처 보이지 않고 짐들 정리된,
때마침, 간호사 병실 앞 지나가다 채만 보고는,

간호사   어떻게 오셨어요?

채만   혹시 여기 환자분,

간호사   연락 못 받으셨어요? (유감스러운) 이틀 전에,

채만   ?!!

S#7. 강변도로, 명학의 차 안 (저녁)

강변을 달리는 차.

명학   당장 멈춰.

정섭   (도리어 속도 높이는. 앞에 있는 차들을 거칠게 추월해 나가는)

명학   (몸이 이리저리 쏠리는) 제정신이야? 이러다 사고라도 나면…!

정섭   (뒷자리에 손 뻗으며) 휴대폰. (내놓으라는)

명학   (망설이는)

정섭   (바로 앞에 1톤 트럭을 들이받을 기세로 속도 높이는)

명학   아… 알았어! (할 수 없이 건네는)

정섭   (건네받아 창밖으로 휙 던져버리는, 창 닫는)

명학   (저런!) 도대체 이러는 이유가 뭐야?!

정섭   이유? 그걸 몰라서 묻는 건가?

명학   기자회견에서 다 얘기했잖아. 난 모르는 일이었다고.

정섭   몰랐다고… 당신 아들이 저 지경이 되도록, 당신은 아무것도 몰랐다?

명학	(당연하지) 내가 알았다면, 그렇게 뒀겠어?

명학의 시선이 운전석 밑에 부착된 GPS 추적 장치로 향한다.

정섭	(명학 시선 눈치채고) 위치추적 장치? 그 정도도 몰랐을까 봐.
명학	!! (이미 껐구나! 일단 진정시키자) 왜 이런 짓을 하는지 잘 모르겠지만, 일단 차부터 세우지. 여기서 멈추면 다 없던 일로 할 테니까.
정섭	(의미심장) 없던 일이 되면 안 되지.
명학	??

정섭, 갑자기 액셀 밟는, 핸들 거칠게 꺾으면 명학 몸이 휘청하는, 조수석에 놓인 정섭의 휴대폰, 진동한다.

S#8. 병원 복도 / TCI 복도 (저녁)

채만, 병실에서 걸어 나오며 정섭에게 전화하지만 받지 않는다.
끊자마자 연호에게서 전화 걸려 오고.

채만	(받고는) 어, 차주임.

- TCI 복도
연호와 소희, 스피커폰으로 채만과 통화한다.

연호	이정섭 선생님이 표명학을 납치했습니다.
채만	!!
소희	표명학 차로 납치했어요. 지금 경찰들이 그 차 수배 중이고요.

채만	아직 휴대폰 켜져 있으니까 위치추적해서 내게 보고해!
소희	네!
채만	차주임은 계속 전화 걸어봐. 차주임 전화라면 받을지도 몰라.
연호	(굳게) 네.

S#9. 강변도로, 명학의 차 안 (저녁)

빠른 속도로 위험천만하게 질주하는 명학의 차.

명학	(침착하게) 대체 원하는 게 뭐야?
정섭	(룸미러로 보는, 서늘한)
명학	(설득조) 이런다고 뭐가 해결돼. 뭐가 바뀌어. 이제 다 지나간 일이잖아. 과거는 그만 잊고, 앞을 봐야지. 언제까지 과거에 목매고 살 거야.
정섭	(룸미러를 통해 경멸의 시선으로 명학 보는) 과거는 잊으라고? 그래. 나도 잊고 싶었어. 근데 그건 당신 입에서 나올 소리가 아니지. 세상 사람이 다 잊더라도, 당신은 잊어선 안 되지.
명학	…
정섭	당신 같은 인간은 그 자리에 있으면 안 돼. 아니, 살아 있어선 안 돼.
명학	!!
정섭	지나간 잘못에 대해서, 일말의 미안함도, 반성도 없는 당신 같은 인간은… 죽어야 해!

정섭, 속도 낸다!

S#10. 강변도로. 채만의 차 (저녁)

채만, 차들을 앞지르기하며 질주한다. 그 위로,

소희E   강변북로예요! 가한대교 북단 지나고 있어요!

S#11. 강변도로, 명학의 차 안 / TCI 사무실 (저녁)

그때 정섭의 휴대폰 울린다. 발신자 '차연호' 떠 있고.
정섭, 순간 망설이는가 싶더니 스피커폰으로 연호 전화 받는다.

연호F   선생님…
정섭   연호야… 표명학은 내가 데려간다. 이 인간이 없어야 그 아들놈한
             테도 제대로 죄를 물을 수 있을 거다.
명학   (그제야 이 인간이 진심이구나… 겁에 질리는) !

     - TCI 사무실
연호   (자리에서 벌떡) 선생님… 그러지 마세요.
             저한테 맡겨주세요. 표명학도 제가 잡겠습니다!

     - 차 안
정섭   아니. 진작 이랬어야 했어. 민성이가 그런 선택을 하기 전에.
             연호야, 우리 현수 억울한 죽음 끝까지 밝혀줘서 고맙다.
연호F   선생님!
명학   (얼른) 나한테 증거가 있어!
정섭   ?

연호E   (전화로 듣다가) 증거?

- 차 안

정섭   (코웃음) 그런 얕은수에 내가 넘어갈 줄 알아?

명학   정말이야! 이대로 내가 죽으면 그 보고서 절대 못 찾을 텐데?

정섭   ! (순간 갈등)

이 틈에 명학, 정섭에게 달려들어 핸들을 붙잡는다.
살려는 자와 죽으려는 자의 몸싸움, 차량이 이리저리 흔들리는데…

- TCI 사무실

연호   선생님?? 선생님?

- 차 안

팔꿈치로 명학을 가격하는 정섭. 명학이 뒷좌석으로 나가떨어지면, 정섭, 한강을 향해 돌진하는데…
채만의 차가 정섭의 차 옆으로 붙는다!

채만   형님!!!

정섭   (채만 보지만 무시하고 계속 질주)

채만, 속도를 내서 겨우 정섭의 차 앞으로 나서고는, 길을 막듯 옆으로 막아선다.
이제 정섭의 차가 추락하려면 채만의 차를 같이 떠밀어야 하는 형세!
정섭, 속도를 내다 결국 마지막 순간에 멈춰 선다!

추락하기 직전에 멈춰 선 두 차량.

명학, 얼른 차 밖으로 나와서 얼른 안전지대로 빠져나오는,

채만, 조수석으로 차에서 내린다.

정섭도 얼른 내려서 명학을 뒤쫓아선 멱살 잡는데.

정섭	증거 어딨어?
명학	(처음 듣는 척) 증거? 무슨?
정섭	네 아들놈에 내 딸 죽였단 증거!
명학	(비열한 미소) 그런 게 있을 리 없잖아.
정섭	이…! (분노, 명학에게 주먹 휘두르려는데)
채만	(얼른 그런 정섭을 잡아 저지한다) 형님, 진정하세요!!
정섭	이거 놔! 저 인간… 내 손으로 죽여버릴라니깐!
채만	형님, 제발요!
정섭	(억울한 흐느낌) 으으으~~!!
채만	(그런 정섭의 어깨를 어루만지는)

저 멀리 사이렌 울리며 달려오는 경찰차들…

S#12. 경찰서 조사실 (밤)

취조실에 마주 앉아 있는 연호와 정섭.

연호	(안타까운 시선)
정섭	(씁쓸한 미소) 마지막으로 애비 노릇 한번 제대로 해볼까 했는데…
연호	(차분히) 정상참작은 되겠지만… 실형을 면하긴 어려울 겁니다.
정섭	알고 있네.

연호	…후회하세요?
정섭	후회하네. 망설였던 거 말이야. 부질없게도 증거가 있단 그놈 말을 믿었어. 그런 걸 남겨뒀을 리 없는데도.
연호	(뭔가 생각)
정섭	자네도 기자회견 봐서 알겠지. 표명학은 어떻게든 빠져나가려 할 거야.
연호	절대 그렇게 두지 않을 겁니다.
정섭	(제발 그러길) 자네 혼자 힘든 싸움 속에 남겨둔 거 같아 미안하네.
연호	…

S#13. 병원, 입원실 (낮)

환자복에서 사복으로 거의 다 갈아입은 명학. 그때 '똑똑' 소리가 나면…

명학	들어와.

그러자 문이 열리며 태주가 들어온다.

명학	어쩐 일인가? 요즘 연락도 뜸하더니.
태주	모시러 왔습니다. (그러고는 가지고 온 휠체어를 명학 앞에 내미는)
명학	(영악한 놈, 보는)

S#14. TCI 사무실 (낮)

뉴스를 보던 연호, 가만 자리에서 일어선다.
채만도, 소희, 동기, 현경도 뉴스 속보가 방송 중인 TV 쪽으로 다가
서는데.

앵커   …표명학 서울청장을 납치 살해하려다 체포된 이모 씨는, 과거 대
         전 은동네거리 사고 당시 표청장의 아들 표군에 의해 살해된 피해
         자의 아버지로 알려진 가운데…

         보면… 차에서 내린 명학, 깁스한 팔에 휠체어에 타고 있는(경찰청 앞).

동기   웬 휠체어?
현경   저 깁스는 또 뭐래요? 누가 보면 사고라도 난 줄!
앵커   오늘 퇴원한 표명학 청장은 가해자를 선처하겠다는 입장을 밝혔습
         니다.
소희   (기막힌) 선처? 누가 누굴!
명학E   납치범도 한때 저와 함께 경찰조직에 몸담았던 제 동료입니다.
         자식을 억울하게 잃은 그 심정이 얼마나 참담할지 알기에…
         사법부의 선처를 구하는 바입니다.
채만   …
연호   (보는)

S#15. 구치소 (낮)

뉴스 보는 정욱의 어이없다는 표정.

명학E	아울러 제 아들이 연루된 이현수 씨 사망사건의 공정한 수사가 이
	뤄지도록 사건을 바로 검찰로 송치할 예정입니다.
정욱	(분기에 뒤틀리는) 고만 쫌… 해요. 어디까지 갈 건데…!

S#16. 서울경찰청, 청장실 (낮)

덩그러니 한쪽에 놓여 있는 휠체어. 테이블 위엔 아무렇게나 빼놓
은 깁스.
명학, 소파에 앉아 있다. 양옆에는 태주와 송변호사 앉아 있고.

태주	여론이 호의적으로 바뀌었습니다. 납치범에 대한 선처도 그렇고
	아드님 사건을 바로 송치한 것도 칭찬 일색이고요.
명학	(비릿한 미소 띠고는 송변에게) 근데 양회장이 검사한테 뭘 줬다고?
송변	그게… (사진 한 장 내미는) 사건 당일 휴대폰으로 찍은 사진입니다.

– 인서트 (휴대폰으로 찍은 사진)
보면, 사고 당일 휴대폰으로 찍은 재영의 셀카 사진.
운전석엔 정욱, 조수석엔 재영, 뒷좌석엔 경수 앉아 있는.

명학	재영이 그 음흉한 놈… 이딴 사진을 여태 보관해둘 줄이야.
	이럴 줄 알았으면 양회장을 잘 달래두는 건데… 너무 성급히 쳐냈어.
	(힐난하듯 태주 보는)
태주	…
송변	그날 정욱 군이 운전한 사실을 부인하긴 어려울 것 같습니다.
명학	그럼? 방법이 없단 거야?
송변	그럴 리가요. 이현수를 역과한 증거는 없어요. 유일한 증인인 한경

수 증언만 무력화시킨다면 문제없을 겁니다.

명학   무력화시킨다… 어떻게?

S#17. 서울중앙지방법원, 법정 (낮)

증인석에 앉아 있는 경수. 검사가 경수 앞에 서 있다.
피의자석엔 정욱, 방청석엔 연호, 소희 보인다.

검사   한경수 씨, 그날 차를 운전하고 역과로 이현수 씨를 죽인 게
저기 앉아 있는 표정욱이 맞습니까?

경수   네.

검사   그런데 사고 당시엔 왜 본인이 운전했다고 한 거죠?

경수   정욱이가… 정확히 말하면 정욱이 아버지가 시킨 겁니다.
그래야 자기가 무마할 수 있다고 했어요. 은동서 서장이셨거든요.

검사   그런데 왜 생각이 바뀐 겁니까? 한경수 씨가 침묵했다면 이 사건은
조용히 묻혔을 텐데요.

경수   그날 제 친구는 사람을 죽였습니다. 전 방관자인 동시에 침묵하면
서 동조자가 됐고요. 늦게나마 속죄하고 싶었습니다.
그게 유가족분들께 제가 할 수 있는 최선이니까요.

검사   이상입니다.

판사   변호인 질문하세요.

송변   (일어나 경수 앞에 서는) 증인, 피의자한테 돈 요구했었죠? 3억.

검사   ??

연호/소희   !

경수   (당황) 돈을 요구한 건 사실입니다. 하지만 그건…!

송변   운전자를 바꿔치기한 대가로 3억을 요구했고, 피의잔 이를 거절했

고. 이에 앙심을 품고 피의자를 모함하는 거 아닙니까?

검사	(벌떡 일어나며) 이의 있습니다. 변호사는 지금 심증만으로…
송변	(말 자르듯 OL) 이상입니다. (자리로 돌아가는)
경수	(어쩔 줄 모르는)
정욱	(송변과 시선 마주치며 비릿하게 웃는)
연호	…

S#18. 서울중앙지방법원 일각 (낮)

함께 걸어 나오는 연호와 소희 그리고 경수.

경수	(면목 없는) 죄송합니다. 저 때문에…
연호	아니요. 한경수 씬 최선을 다해주고 있어요. 고맙게 생각합니다.
경수	고맙다뇨… 저희 때문에 그런 일을 겪어놓고…
연호	…
경수	정말 죄송합니다… 그리고… 감사합니다. 저란 놈을 구해주시고… 사실을 털어놓을 기횔 주셔서요.
연호	(미소)

S#19. TCI 사무실 (낮)

채만, 소희, 연호, 동기, 현경이 모여 앉아 회의 중.

소희	한경수 증언만으론 부족하겠어요. 뭔가… 확실한 증거가 필요한데…
연호	증거 있을지도 모릅니다.

일동	?
연호	…

- 플래시백 (S#11 연호 쪽)
통화 중인 연호에게 들려오는 말소리들.

명학F	(얼른) 나한테 증거가 있어!
연호E	(전화 받는) 증거…?
정섭F	(코웃음) 그런 얕은수에 내가 넘어갈 줄 알아?
명학F	정말이야! 이대로 내가 죽으면 그 보고서 절대 못 찾을 텐데.
연호	분명 보고서라고 했어요.
현경	설마… 역과흔 보고서?
동기	맞네! 김민성 씨 집에서 그 보고서만 감쪽같이 사라졌잖아요!
소희	하지만 그게 표정욱이 범인이란 직접적인 증거는 아냐. 차주임이 범인이 아니란 증거밖에 안 돼.
채만	그럼에도 불구하고 그걸 군이 몰래 챙겨 갔다?
연호	보고서 존재 자체가 문제였겠죠. 그게 공개됐다면 전 일찌감치 누명을 벗었을 테고 그럼 재수사도 이뤄졌을 테니깐요.
채만	자기 허물이 드러날까 가져갔다면 그걸 아직 갖고 있을까?
소희	설령 있다 해도 표명학이 제 손으로 내놓을 리도 없고… (뭔가 생각난) 잠깐…! 그 보고서를 작성한 사람이라면…!

S#20. 구치소 사무실 (낮)

수감자 민성이 교도관의 감시 받으며 사무실 전화로 통화 중이다.

소희F	역과흔 보고서요! 그걸 작성한 사람이 누군지 기억하세요?
민성	…

- 인서트 (10부 S#8 중)

민성이 읽던 감정서에서 '감정 담당자 법공학부 진창욱 과장' 클로즈업.

민성	법공학부에 진창욱 과장…

S#21. 서울경찰청, 청장실 (낮)

책상 앞에 앉아 있는 명학. 태주가 그 앞에 선 채 보고 중이고.

명학	증인 명단에 누가 있다고??
태주	당시 역과흔 감정의뢰서를 작성했던 국과수 진창욱 교수요. 현재 미국에 거주 중이랍니다.
명학	(낭패다!)
태주	(명학 반응 수상한, 뭔가 떠오르는) …

S#22. 과거. 민성의 집 (밤)

불 꺼진 방. 후레시 불빛에 의존해 역과 보고서를 살펴보며 통화하는 태주.

명학F	뭐가 있다고?

태주	이현수 몸에 남은 역과흔에 관한 보고서요.
명학F	그거 당장 챙겨! 당장!
태주	(명학의 과민반응이 의아하고) …

S#23. 현재. 서울경찰청, 청장실 (낮)

태주	혹시 제가 모르는 뭔가가 있는 겁니까?
명학	…

S#24. TCI 사무실 (낮)

미국에 있는 진창욱과 노트북으로 영상통화 중인 채만.
그 주변에서 연호와 소희, 현경, 동기가 통화내용 함께 듣고 있고.

창욱F	아… 그 보고서! 제가 국과수에서 마지막으로 작성한 보고서라 똑똑히 기억해요. 그때 어느 형사님이 직접 보고서를 찾으러 왔었는데…
채만	(형사?) 누가요?

S#25. 과거. 국과수 진창욱 사무실 (밤)

짐을 싸는 중이라 여기저기 흩어진 박스들로 어수선하다.
역과흔 보고서를 읽어보는 누군가의 손.

창욱	(짐 정리하며) 피해자를 역과한 건 용의자 차량이 아니에요.
	(현장 사진 하나를 남자에게 내밀고는) 현장에 남아 있던 이 차부터 조사해봐요. 그 차 출고 타이어랑 일치하니깐.
	보면 목격자 차량인 명학의 차와 그 옆으로 정욱, 재영, 경수도 함께 찍혀 있고.
	사진 보던 남자, 굳은 듯 아무 말 없더니 문득…
명학E	근데… 어디 가십니까?
창욱	(짐 정리하며) 아, 좀 어수선하죠? 미국으로 떠나게 돼서 말입니다.
명학	(그제야 고개 드는, 명학의 안도하는 눈빛) 그래요…

S#26. 서울경찰청, 청장실 (낮)

명학	날 기억하진 못할 거야. 시간도 많이 지났고.
태주	글쎄요. 진창욱을 증인으로 내세운 걸 보면… 장담할 수 없습니다.
	어쨌든 역과흔 보고서의 존재가 드러날 거고.
	잘못했다간 청장님이 사건을 은폐하려 했다 여길 겁니다.
명학	(심각)
태주	이왕 공개될 보고서라면… 선수 치시죠.
명학	?
태주	폭로당하느니 폭로하는 주체가 되시란 말입니다.
명학	지금 나더러 그 보고서를 공개하란 소리야?
태주	어차피 그게 아드님이 범인이라는 직접적인 증거는 안 됩니다.
	지금에 와서 그 역과흔이 청장님 차 타이어흔이란 증거도 없고.
	아들에게도 가차없이 혐의를 물을 줄 아는 경찰청장, 국민들이 사

회 고위공직자들에게 바라는 미덕 아니겠습니까?

명학　(일리 있는… 하지만 망설여지는데) …

태주　진창욱은 제가 막겠습니다.

명학　(제 책상에 놓인 명패 본다. 어떻게 얻어낸 건데… 결심 굳힌 눈빛)

S#27. 공항 입국장 (낮)

입국자 중에 진창욱의 모습 보인다.
소희, 그에게 다가가며…

소희　진창욱 교수님?

창욱　(보는) ?

S#28. 도로 / 소희의 차 (낮)

운전석에 소희. 창욱은 옆 조수석에 앉아 있다.
룸미러, 사이드미러 살피던 소희 시선에 수상한 검은 차1, 2 보이고.

창욱　근데, 제 증언이 도움이 될까요?

소희　(차들 살피며) 그럴 겁니다. 분명.

그때 검은 차1이 공격적으로 소희 앞으로 끼어들어 '끽!' 급정거한다.
가까스로 부딪히지 않고 차를 멈춘 소희.
그러자 검은 차2가 소희 차 뒤를 의도적으로 들이받자
밀리면서 앞 검은 차1까지 부딪히게 되고.

| 소희 | !!! 괜찮으세요? |
| 창욱 | 네… |

차에서 내리는 소희. 검은 차1, 2에서도 운전자가 뒷목 잡으며 나오는데.

운전자2	(소희에게) 아 씨! 거기서 차를 그렇게 세우면 으뜩하나?
운전자1	어이, 아가씨. 가만히 선 차를 왜 박아?
소희	(눈치채고) 연기가 영 어설프네. 아까부터 따라온 거 다 봤거든? 니들 누가 보냈냐?
운전자1	(당황) 방구 뀐 놈이 성낸다더니! 사고는 네가 냈잖아?
소희	됐고. (명함 건네며) 시간 없으니깐 경찰서로 와라. (가려는데)
운전자1	(붙잡는) 야, 그냥 가면 안 되지.

그러자 앞뒤 차에서 우르르 내리는 양복들. 소희를 에워싸고.

| 창욱 | (양복남들에 겁 먹은) … |
| 소희 | (빤하다) 좁은 차에 많이도 탔네. 이럴 거면 처음부터 이렇게 나오지. 사고 난 척은, |

그러면서 소희, 순식간에 운전자1, 2를 동시에 공격하는데.

S#29. 서울중앙지방법원, 법정 (낮)

피고인석에 여유 있게 앉아 있는 송변호사와 정욱.
연호, 누가 들어올 때마다 뒤돌아보지만… 소희가 아닌 다른 사람이다.

검사, 연호에게 눈짓으로 '증인은?' 물어보면, 말없이 고개 젓는 연호.

판사	검사 측 증인은 아직입니까?
검사	네, 조금만 기다려주시면…

그때 검사 측 일행이 검사에게 다가가 메모 한 장을 건넨다.
메모를 살피던 검사의 얼굴에 의구심이 떠오르고.

연호	(뭐지?)
검사	(방청석에서 누군가 찾듯 살핀다. 그러다 명학 보이고)
명학	(검사 향해 믿으라는 듯 고개 끄덕)
검사	(망설이다가) 재판장님, 그 전에 표명학 경찰청장을 증인으로 신청하고자 합니다.
정욱	(아버지를?)
판사	증인 명단엔 없네요?
검사	하지만 피의자의 아버지인 만큼 그날 사건에 깊이 관련된 사람입니다.
판사	변호인도 동의하나요?
송변	(명학 보면, 동의하라는 제스처) 네.
판사	알겠습니다. 증인 앞으로 나오세요.

S#30. 도로 / 관용차 (낮)

여전히 양복들을 상대하고 있는 소희.
그때 관용차 한 대가 끼익 서더니 현경과 동기 내려선다.

현경, 양복남들을 공격해 쓰러뜨리며.

현경　반장님, 바톤 터치!

동기는 조수석에 탄 창욱을 관용차로 에스코트해서 태우는.

소희　(운전석에 오르며) 그럼 수고.

창욱을 태운 소희의 관용차가 쌩- 하고 떠난다.
양복남 둘이 붙잡아보려 하지만 이미 늦었고.

현경　(그제야 마음 편히) 니들 오늘 다 죽었어!
동기　진짜야. 니들 이제 얘한테 죽었다!

소희가 모는 관용차, 차들 사이를 능숙하게 앞지르며 시원하게 달리고.

S#31. 서울중앙지방법원, 법정 (낮)

증인석에 앉아 있는 명학. 그 앞엔 검사 서 있고.

검사　증인은 제게 직접 요청하셨죠? 사건에 대해 꼭 할 얘기가 있다고요.
명학　네, 그렇습니다.
검사　그게 뭡니까?
명학　(보고서 내밀며) 며칠 전 익명의 누군가 제게 보내온 겁니다.
검사　(문서 확인하더니) 국과수에서 작성한 문서네요.

명학	거기엔 피해자 이현수를 역과한 타이어 종류가 특정돼 있습니다.
정욱	!
연호	(표정)
명학	피해자 이현수의 몸에 남은 타이어흔 탁본과 일치하는 타이어는 용의자였던 차연호의 차 타이어가 아니란 내용입니다.
검사	이걸 며칠 전에 익명으로 전해 받았다고 하셨는데 증인은 이전에 이 보고서를 보고 받은 적 없습니까?
명학	네.
검사	어째서 당시에 이 보고서가 공개되지 않았던 거죠?
명학	저도 그게 궁금합니다. 한 가지 더. 보고서엔 피해자 이현수 몸에 흔을 남긴 타이어 종류가 특정돼 있는데… (망설이다) 당시 제 아들이 몰고 나간 제 차 타이어와 같은 종류입니다.
정욱	!!
연호	!
방청석	(웅성웅성)
검사	이게 증인의 아들인 피의자에게 불리한 증거인 건 아시죠?
명학	압니다. 하지만 전 한 아이의 아버지이기 전에 이 나라 치안을 책임진 경찰청장입니다. 그게 이 보고서를 제출하는 이유입니다.
정욱	(품… 하더니 코미디라도 보듯 웃음 터뜨리는)
송변	(당황, 조용히) 진정하세요.
판사	피의자 여긴 법정입니다. 예의를 갖추세요.
정욱	아… 죄송합니다. 재판이 너무 감동적이어가지구 심금을 울리네. (자리에서 일어나며) 존경하는 판사님, 그리구 검사님… (명학 노려보며) 그냥 제가 다 깔게요!
명학	(저놈이?!)

S#32. 과거. 정욱의 플래시백 (은동네거리 + 은동경찰서 서장실 / 밤 / 비)

사고 직후 명학에게 전화 건 정욱.

정욱   (떨리는) 아버지… 저, 저 좀 도와주세요… 저 사고 쳤어요.

명학F   ?? 사고라니, 무슨 얘기야?

정욱   아버지 차 끌고 나왔다가… 사람을…

- 서장실

명학   (표정 서늘해지며) 119에 전화했어? (사이, 신경질) 아니, 그쪽에서 받
았냐고. (사이, 한숨) 그쪽에서 받았으면 계속 콜백이 올 거야.
계속 안 받으면 더 의심하니까, 일단 받아. (머리 굴리는) 그리고…
니들은 이제부터 그냥 목격자야. 지나가다가 우연히 본, 호기심에 집
에 있던 차 끌고 나왔다가 사고 현장 지나치기 힘들어서 신고했다.
그 외에 허튼소린 하지 말고. 나머진 아버지가 알아서 할 테니까…

- 은동네거리

멀리서 경찰 사이렌 소리. 전화받는 정욱, 눈빛 요동치는.

명학F   정신 똑바로 차려! 시킨 대로만 하면, 아무 일 없을 거야.

S#33. 서울중앙지방법원, 법정 (낮)

증인석에 앉아 있는 정욱, 덤덤하게 이야기하는 중.
그때 법정으로 들어오는 창욱과 소희, 보면…
다들 정욱의 발언에 집중하는 분위기.

정욱	목격자 행세하라고 시킨 것도 아버지입니다. 나머진 아버지가 다 알아서 한다고. 국과수 기록을 숨긴 것도 아버지고요.
소희	!
명학	(애써 차분) 존경하는 재판장님, 제 자식놈이 지금 제정신이 아닙니다. 마약에 절어 살던 놈이라 지금 심신이 아주 미약한,
정욱	(비죽) 아버지… 이제 다 끝났어요. 시발, 아버지 같은 사람이 무슨 경찰이야! 자기 살자고 자식까지 팔아먹는 인간이 청장은 무슨,
명학	야, 표정욱 너 입 안 다물어??
정욱	아버지 아니었음, 나도 여기까진 안 왔어. (어금니 꽉) 나도 (씨발) 피해자라고.
	(검사에게) 나 그때 미성년자였어. 애가 뭘 알아? 안 그래요? 이거 정상참작 되는 거죠?
검사	…
명학	(자리에 털썩 주저앉는)

뒤에서 이를 지켜보던 태주는 말없이 나가려다 소희와 시선 마주치고. 하지만 태주 그냥 나가버린다.

S#34. 서울중앙지방법원, 법정 앞 (낮)

안에서 조용히 나온 태주, 주머니에서 뭔가 꺼내 본다. 10부 S#65의 그 USB.
마음 굳힌 듯 USB를 손에 꼭 쥔 채 걸어가는 태주의 뒷모습.

S#35. 서울중앙지방법원 앞 (낮)

검사, 기자들에게 둘러싸여 기자회견 중.

검사 오늘 재판에서 과거 표명학 청장의 증거인멸 혐의가 명확해졌습니다.

- 인서트 (법정)
증인석에 앉은 창욱의 증언.

창욱 그날 제게 역과흔 보고서를 받아 간 사람은
(앉아 있는 명학 가리키며) 저기 있는 표명학 씨가 확실합니다.

명학 !

- 인서트 (20년 전 창욱의 사무실)
창욱, 컴퓨터 모니터로 은동서 경찰 조직도에서 표명학 사진 찾아
보며 갸웃.

창욱E 알고 보니 서장이더라고요. 서장이 왜 직접 찾아왔나 저도 의아했
었죠.

- 다시 현재
검사 증거인멸, 공권력 남용 등의 혐의를 적용해 곧바로 기소할 예정입
니다.

S#36. 서울중앙지방법원, 남자화장실 (낮)

세면대에 물을 틀어놓고 넋 나간 듯 서 있는 명학.

명학   내가 어떻게 여기까지 왔는데…
(분노로 세면대 쾅 내리치며) 내가 어떻게!!

그때 누군가 물을 잠근다. 그제야 보면… 거울 속으로 옆에 선 연호가 보이고.

연호   당신이 어떻게 그 자리까지 왔는지 잘 알겠더군요.
명학   (노려보는)
연호   제 죄를 덮기 위해서라면 하나뿐인 아들까지 버리는 그 비정함.
당신 아들이 옳아요. 당신 같은 사람은 그 자리에 있으면 안 됩니다.
명학   애송이 같은 놈이… 입만 살아선. 아직 끝난 건 없어.
연호   아니, 당신은 이제 끝났어. 다행히 당신 아들이 당신을 닮았더라고.
자기 형량 줄이려고 어떻게든 책임을 아버지한테 지울 작정이던데?
명학   !!

S#37. 서울중앙지방법원, 뒤쪽 (낮)

정욱, 호송차로 걸어가는 내내 기자들에게 쉴 새 없이 떠든다.

정욱   정말이에요. 고등학생이 뭘 알겠어요! 다 아버지가 시켜서 그런 겁니다! 운전자를 바꿔치라고 한 것도 아버지였어요!
내가 진짜 이런 말까진 안 하려고 했는데 그 인간! 인간이 아니에요!

S#38. 서울중앙지방법원 일각 (낮)

연호, 걸어와 보면… 저 앞에 소희, 동기, 현경이 기다리듯 서 있고.

연호, 새삼스레 저 앞에 서 있는 팀원들을 가만 본다.

여기까지 올 수 있었던 게 다 동료들 덕분이다. 고마운 마음…

그때 가만 서 있던 연호를 발견한 소희, 동기, 현경.

연호에게 얼른 오라고 손짓하고.

연호, 미소로 화답하며 그쪽으로 걸어간다.

S#39. 경찰청 감사관실 (낮)

감사관(현경모, 50대 후반, 사복 정장), 자리에서 서류 검토하는,

그 앞에 감찰담당관(총경) 서 있다.

감사관	이 투서, 출처가 어디라고요?
감찰	그게, 내부 인물 같은데, 누구인지는 아직,
감사관	(서류 보며 심각한)
감찰	(눈치 살피며) 괜한 긁어 부스럼 만드시지 않는 게,
감사관	(치켜뜨며) 무슨 의미예요?
감찰	(겸연쩍은) 잘 아시잖습니까. 어차피 청장님한테 올라가봐야 내부 단속 못 했다는 얘기나 들을 테고, 어디 제대로 감사나 되겠습니까. 어차피 이거 아니더라도 표명학이는 알아서 나가리 될 판이고요.
감사관	경찰청이 공공기관 청렴도 조사에서 매년 최하위 등급 받는 이유가 있었네.
감찰	(보는)
감사관	(결연한) 투서에 적힌 표명학 서울청장 비위 사실 꼼꼼히 확인하시

고, 사실로 판명되면 수사로 전환합니다.

감찰　　(난처한)

S#40. 서울경찰청, 청장실 (낮)

명학, 노크 소리, "들어와." 잠시 후, 우르르 몰려 들어오는 감사관
실 직원들.

명학　　?? 뭐야??

감찰담당관　(명학에게 깍듯한 인사) 본청 감사관실에서 나왔습니다. 투서가 들어
와서,

명학　　투서?? 누가?!!

감찰담당관　(대답 없이 직원들에게 눈짓하면 책상 서랍이며 이곳저곳 압수 수색하는)

명학　　(발끈) 이것들이, 여기가 어디라고!

그때 태주가 안으로 들어오는데.

태주　　청장님 결재가 떨어진 사항입니다.

명학　　(태주 노려보며) 네놈 짓이지?

태주　　(감찰담당관에게) 잠깐 자리 좀 비켜주시겠습니까?

감찰담당관　(직원들에게 눈짓 주면 나가는, 마지막으로 본인도 나가고)

명학　　도마뱀 새끼처럼 자기 꼬리를 자르시겠다?

태주　　뭔가 오해하신 거 같은데, 감사실에서 확보한 정봅니다.

명학　　나 혼자 죽을 거 같나?

태주　　한번 해보시든가요. 전 누구완 다릅니다.
　　　　위기를 확실히 기회로 만드는 법 보여드리죠.

명학   (욱!!)

S#41. 대학병원, 중환자 대기실 (낮)

벤치에 앉아 용건 면회를 기다리는 소희. TV에서 명학의 구속 수
감 소식이 흐른다. 화면엔 기자들을 뚫고 법원으로 들어가는 명학
과 변호인단.

앵커   표명학 서울경찰청장이 오늘 새벽 구속 수감됐습니다. 법원은 구
속영장 심사를 시작한 지 9시간 만에 증거인멸 우려가 있다며 영장
을 발부했습니다. 표청장은 살인 청부 혐의로 구속된 YSC 건설 양
석찬 회장의 입찰 비리와 폭력 사건 수사를 무마해주는 대가로 거
액의 뒷돈을 챙긴 혐의를 받고 있습니다.
한편, 이번 표청장의 비위 사실은 경찰 내부에서 익명의 제보가…

소희, '익명의 제보?' 심각한 표정으로 지켜보는데,

간호사   (달려 나와) 민용건 님 보호자분!!
소희   (일어나는) 전데요, 무슨? (불안한)

S#42. 대학병원, 중환자실 (낮)

소희   (손 잡는) 아빠… 나야, 소희…
용건   (가느다란 눈으로 보는, 새어나오는 소리) 소… 희… 야…
소희   응… 아빠… 나 여깄어…

용건	(어느새 눈이 촉촉해진)
소희	(눈물이 글썽) 고마워… 아빠… 고마워… (손 꼭 잡는)

S#43. 대학병원 재활센터 (낮)

용건이 재활치료사의 도움을 받아 재활 훈련을 하고 있다.
옆에서 용건을 거드는 소희. 중심 잃고 쓰러지려고 하면 얼른 부축
하는 소희. 용건 괜찮다는 듯 소희 무르고 다시 훈련 시작한다.
입구에 연호를 비롯한 TCI 다가와 선다.
소희가 팀원들을 발견하고 미소 짓는다.
용건도 부자연스럽게 인사한다.
동기와 현경, 인사하고 파이팅! 주먹 불끈 쥐어 보인다.
연호, 너무 다행인 표정. 채만도 뒤편에서 흐뭇한 미소.

S#44. 대학병원, 복도 (낮)

소희와 팀원이 소파에 앉아 얘기 중,

연호	재활 치료는 얼마나 더 받으셔야 합니까?
소희	일단 기본은 2, 3개월인데, 아버진 더 길어질 것 같아요.
동기	아까 보니까 금방 일어나시겠던데요. 뭐.
	이 재활은 본인 의지가 제일 중요하다고 하더라고요.
현경	(포장 건네며) 이거, 영양제예요. 아버님 챙겨 드시라고.
소희	고마워. (두루두루) 고마워요.
팀원	(별거 아닌데, 미소)

소희	근데 표명학 청장, 어떻게 된 거예요? 내부고발이라고,
채만	그동안 비위 행위가 죄다 까발려진 거 같던데, 그 정도 정보력 가진 게 누구겠어. (이태주밖에)
소희	(역시)
동기	이번 사건 수사 이태주 팀장이 맡은 건 아시죠? (한심) 수사받아야 할 사람이 누굴 수사하겠다는 건지, 본인도 도긴개긴이면서,
현경	(툭! 그만하라는) 솔직히 표명학 청장, 구속 수사까지 갈 줄 몰랐는데.
동기	얘기 들어보니까 본청 감사관님이 엄청 깐깐하시다던데. 성함이… 신소정 감사관인가, 여자분이신데, 별명이 신소신! 이거다 싶으면 앞뒤 안 가리고 소신 있게 밀어붙이는, 게다가 사진 보니까 엄청 미인이시던데.
현경	(좌불안석) 뭐 그런 것까지,
동기	아니야! 배우 뺨 때리겠더라니까. (휴대폰으로 사진 찾아서 현경에게 들이미는) 이거 봐. 장난 아니지. (사진보다 문득) 가만, (현경 얼굴 옆에 비교해보는) 뭐냐, 이게 왜 닮았냐,
현경	(난처한) 닮긴 뭐가요.
채만	(의미심장한 미소)

S#45. 서울중앙지방법원 앞 (낮)

법원을 배경으로 기자의 브리핑.

| 기자 | 표명학 전(前) 서울경찰청장과 아들 표씨에 대한 선고 공판이 잠시 후 이곳 서울중앙지방법원에서 있을 예정입니다. 표 전청장 측은 전직 대법관 두 명이 포함된 초호화 변호인단을 꾸린 것으로 알려져, 실형 선고 여부에 귀추가 주목되고… |

S#46. 서울중앙지방법원, 피고인 대기실 (낮)

변호사(50대), 명학 앞에 물잔 놔주고 앞에 앉으며.

변호사   걱정 마세요. 전직 서울청장한테 실형을 때리기엔 재판부도 상당히 부담스러울 겁니다. 법도 결국 사람이 하는 일 아닙니까.

명학   (포승줄 감긴 손으로 물 한 모금) 그래야지.

S#47. 서울중앙지방법원, 명학 / 정욱 / 양석찬의 법정 (낮)

피고인 명학, 정욱, 양회장, 나란히 피고인석에 앉아 있다.
정욱, 방청석에 앉아 있는 연호, 소희(채만도 있다)와 눈이 마주친다.
다소 상기된 표정의 연호와 소희, 반면에 정욱은 여유 있는 미소.

판사   선고하겠습니다.

명/정/양   (자리에서 일어나는)

판사   …피고인 표정욱은 피해자 이현수가 임신 상태임을 인지하고도 극단적인 인명경시 살인을 저질렀고, 이는 양형의 심각한 가중요소에 해당한다. 또한, 피고인은 2023년 9월 *일에 발생한 피해자 민용건 뺑소니 사고의 가해자로서, 민용건을 차로 충격하여 심각한 상해를 입히고도, 피해자를 구호하는 등의 후속 조치 없이 도주한 사실이 인정된다. 다만…

정욱   (이에 미소)

판사   재판 중 범행 일체를 인정하고 자백한 점, 그리고 일부의 범행 당시 미성년자였던 사실을 참작해 징역…

연호/소희   (긴장)!

S#48. 서울중앙지방법원, 앞 (낮)

구치소 직원들에 이끌려 나오는 정욱, 혼자 뭔가 생각하며 히죽 웃는다. (마치 재판 결과에 만족해 보이지만 사실 어이없고 현실감 없는) 그때 저만치 서 있는 연호와 소희를 발견하고 멈추어 서는 정욱.

소희　　(다가와서) 기분 좋아 보인다? 재판 결과가 아주 만족스러웠나 봐?

정욱　　(뚱한 표정)

소희　　하긴 우리 정욱이가 큰일 했지. 아버지도 제 손으로 잡아넣고… 나중에 출소하면 내가 밥 살게. 가만, (계산해보며) 그게 언제야?

S#49. 소희 플래시백. 서울중앙지방법원 법정 (낮)

판사　　피고인 표정욱을 징역 20년에 처한다.

정욱　　(혼이 나간 듯 멍한 얼굴)

Cut to.

판사　　피고인 표명학을 징역 12년 및 벌금 15억 원에 처한다.

명학, 놀라서 털썩 주저앉는, 이게 어떻게 된 거냐는 듯 변호인단 슬쩍 보는, 변호사도 난감한 표정, 명학은 하늘이 무너지는,

Cut to.

판사　　…피고인 양석찬을 배임횡령, 뇌물공여, 살인교사 혐의로

징역 10년 6월에 처한다.

양회장 (두 눈 질끈 감고)

분할화면으로 명학, 정욱, 양회장 위로 각자 징역 내용이 쾅- 박히는.

S#50. 서울중앙지방법원, 앞 (낮)

정욱 나 항소할 거야. 법정에서 내가 한 말 뒤집으면 그만이야.
　　　심신미약이었다고 주장하면 다 먹혀.

소희 (연호 보더니) 했어요?

연호 (휴대폰 녹음 상태 보이며) 네, 깔끔하게 녹음했습니다.

정욱 (뭐야? 이 새끼들?)

소희 어디 해봐. 쉽진 않겠지만.
　　　근데 너 사과 안 하니? 이 사람(연호)한테 사과해야지.

정욱 (비죽 웃으며) 사과하면… 선처해주나?

연호 …사과 필요 없습니다. 부디 성실히 형 잘 살고 나오세요. 거기서
　　　개과천선할 거란 기대 안 합니다. 나와서 또 나쁜 짓 하려면 해요.
　　　내가 또 당신 잡아넣을 거니깐.

정욱 (욱!)

직원들, 정욱을 이끌면, 정욱, 끌려가면서도 소희와 연호에게 시선
못 떼는,

S#51. 서울중앙지방법원 주차장 (낮)

직원들 손에 이끌려 법무부 호송차 버스로 향하는 명학.
수의 입고, 양손은 포승줄, 가발 없이 대머리 그대로인,
기자들 후레쉬 터지면, 부끄러운 듯 얼굴 가리는 명학,
"심정이 어떠십니까?" "항소하실 계획인가요?" "그동안 가발 쓰신
겁니까?!"
명학, 얼굴 붉으락푸르락하는데, 저만치 사람들 틈에 있는 채만을
발견한다.
명학, 잠시 멈칫하다가, 도망치듯 "비켜!" 차에 오르는,

S#52. 서울중앙지방법원 주차장, 호송버스 안 (낮)

명학, 분한 표정으로 겨우 차에 올라 보면, 구석 자리에 넋 빠진 사
람처럼 앉아 있는 양회장이 있다.
명학, 양회장과 거리를 두고 건너편 자리에 털썩 주저앉는다.
반대편 창밖을 바라보고 있는 두 사람의 처량한 투샷.

S#53. 서울중앙지방법원 전경 (낮 / 다른 날)

전경 위로,

판사E   피고인 이정섭을 징역 6월 집행유예 2년에 처한다.

변호인과 건물을 빠져나오는 정섭, 초췌한 모습.

정섭, 무언가를 보고는 멈추어 선다. 저만치, 연호와 채만이 기다리고 있다.

채만	형님.
정섭	…뭐 하러 왔어. (연호 보면)
채만	차주임이 고생 많았어요. 이리저리 형님 탄원서 받으러 다니느라,
연호	…
정섭	(애틋한 표정) 고마워.
연호	다행입니다.
채만	고생하셨는데 어디 가서 식사나 하시죠.
정섭	그 전에… 가볼 곳이 있는데.
연호	(어딘지 알겠는) 제가 모시겠습니다.

S#54. 구치소 접견실 (저녁)

정섭과 민성이 유리벽을 두고 마주 앉았다.
민성, 표현은 안 하지만 정섭을 보고 다행인,

정섭	몸은 어떠냐? 어디 불편한 덴 없고?
민성	…괜찮습니다.
정섭	(끄덕끄덕)
민성	저 이제 걱정하지 마세요.
정섭	(보는)
민성	저, 잘 살 겁니다… 어떻게든. 재판 잘 받고… 죗값 치르고… 현수에게 부끄럽지 않게,
정섭	(그렇게 마음먹어줘서 고마운, 글썽) 그래… 그래야지… 살아야지.

현수가 이제야 맘을 놓겠다.

민성   (눈가 뜨거워지는, 고개 숙이는)

S#55. 경찰청, 청장실 (낮)

정복 차려입은 태주, 경찰청장 앞에 서면, 어깨에 무궁화 네 개(총경)
계급장 달아주는 청장. 진급 참석자들의 박수.
태주, 경례 올려붙이는,

S#56. 경찰청 복도 (낮)

태주 걸어오면, 복도에서 만난 직원들이 축하 인사 건네는,
악수하며 의례적인 답례 인사하는 태주.
저만치 연호와 소희가 걸어온다.
복도 한가운데서 태주와 마주친 소희, 그냥 지나치려는데.

태주   (소희에게) 축하한단 인사 정도는 해줄 줄 알았는데,
소희   이게 축하해야 할 일인가 싶네.
태주   (말에 뼈가 있네) 여긴 무슨 일이야?
소희   감사관실에 볼일이 있어서, 표청장 비위 사건 수사에 빠진 게 있길래,
태주   ?
소희   콜뛰기 사건,
태주   !!
소희   뭘 그렇게 놀라. 누가 보면 도둑이 제 발 저리는 줄 알겠네.
      비위 사건 수사, 시작했으면 끝을 봐야지. 기대해. (가는)

태주, 그런 소희를 돌아보는,

S#57. 서울경찰청 수사과장실 (낮)

태주, 들어오면 명패에 '수사과장 이태주' 있고,
명패를 만지던 태주의 고민스러운 표정. 그러다 문득 어디론가 전
화 거는데.

태주   이태줍니다. 보고드릴 게 있습니다. 남강서 교통범죄 수사팀 임시
팀장으로 있으면서 느낀 바가 많거든요.

S#58. 남강경찰서 전경 (아침)

전경.

S#59. 남강경찰서, 로비 게시판 (아침)

'남강서 교통범죄수사팀(TCI), 교통과 수사과에 흡수 통합안'
인력 운용 효율성을 높이기 위한 조치로 아래와 같이 조직을 개편한다.
:
정채만 경감은 정직 3월, 남강서 교통관리계,
민소희 경위는 남강서 교통조사계,
우동기 경사는 남강서 교통과 112 상황실,
어현경 경장은 남강서 교통 순찰대,

차연호 경위는 충남 조령시 화평도(일선) 치안센터로 각각 전출 발령,
교통범죄수사팀(TCI) 업무는 기존 교통조사계와 수사계로 흡수 통합한다.

직원들 나와서 게시판 공고문 보는, 수군대는,
그 틈에 고과장, 소과장, 염과장 있다.

소과장	상은 못 줄망정, 팀 해체라. 이게 뭐 하는 짓인지.
고과장	공이 있으니까 이 정도로 끝난 거예요. 어찌 됐건 서울청장 모가지를 날린 건데. 조직에서 반가워할 리 있겠어요? 게다가 정팀장님도 대기발령 상태였고.
염과장	그래도 이건 아니죠. 정팀장님이 어떻게 꾸려온 팀인데.
소과장	(눈 흘기며) 왜 이래? 언제는 팀원 빼간다고 뭐라 그러더니.
염과장	그건 그런데, (암튼) 그래도 이런 식은 아니죠.
소과장	근데, 왜 차연호만 혼자 섬이야? 유배도 아니고,
고과장	유배도 아니고가 아니라, 유배죠.

S#60. 남강경찰서 서장실 (낮)

구서장을 중심으로 양옆에 둘러앉은 채만과 연호, 소희, 동기, 현경.
구서장, 애써 침통한 표정.

구서장	요즘 하도 뒤숭숭한 사고가 많아서, 본청에선 치안 중심으로 업무 강화를 하자는 취지인 거 같은데, 암튼 그렇게 됐어요. 정팀장님도 그동안 고생 많았고,
채만	(굳게 다문 입) …
소희	그렇다고 이렇게 수사 인력을 감축하면, 교통 범죄 관련해서 수사

공백이 생길 텐데. (한숨)

구서장   알잖아. 조직이라는 게 그때그때 상황에 따라 바뀌는 거.

팀원들   …

채만   (긴 말 할 거 없다) 그럼, 이만 나가보겠습니다.

구서장   (일어나며) 그래, 다들 고생했어.

팀원들, 인사하고 나가는데,
현경과 마주쳐 들어오는 고과장. 현경, 고과장에게 인사하고 나가면,

고과장   (앉으며) 그나저나, 표청장님도 가고, 감사관님까지, 이제 누굴,

이때, 고과장 전화 울리는, 구서장이 테이블에 놓인 휴대폰 힐끔.
얼핏 '이태주' 이름 본 거 같다.
고과장, 얼른 눌러 끊는다.

구서장   이태주?

고과장   (얼버무리는) 자꾸 연락이 와서, 조만간 밥이나 한 끼 먹자고,

구서장   (이제 그쪽에 줄을 대시겠다? 어이없다) 이태주?!

S#61. 현경의 집, 거실 (밤)

(2층 단독 주택이나 고급 아파트 정도)
감사관, 소파에 앉아 돋보기 끼고 내사 서류들 검토하는데,
그때 문 열리며 외출복의 현경 들어온다.

현경   다녀왔습니다.

감사관	이제 오니?
현경	(소파에 푹 앉으며) 엄마, 나 부서 옮겨. 싸이카 순찰대로.
감사관	(조금 심각) 수사과가 아니라, 싸이카 순찰대.
현경	그렇게 됐어요. 근데 우리 부서 왜 해체되는 거야?
감사관	(서류 보며) 그걸 왜 나한테 물어?
현경	뭔가 구린내가 나는데… 엄마 절대 일찍 퇴직하지 마!
	이 바닥에서 치워야 할 적폐가 아직도 몇 트럭이니깐.
감사관	(피식)
현경	표명학 청장 구속시킬 때 엄마 진짜 멋졌는데.
감사관	어떻게? 너네 부서 일 엄마가 함 알아볼까?
현경	아니, 내 힘으로 할 거야. 우리가 어떤 팀인데.
감사관	(그런 현경 대견하게 보는)

S#62. TCI 사무실 (낮)

팀원들, 각자의 자리에서 짐 싸는, 연호는 보이지 않는다.

동기	(짐 싸다 말고 사무실 둘러보는) 이 좁아터진 곳, 언제 벗어나나 했는 데 이렇게 벗어나네.
현경	왜요. 속이 시원해요?
동기	(억지로) 그럼! 속 시원하지! 속이 시원하다 못해! (급 다운) 섭섭하다. 반장님, 우리 왜 이러는 거예요. 왜 항상 일은 일대로 하고, 그 끝은 항상 징계예요? 우리가 잘못된 거예요? 세상이 잘못된 거예요?
소희	(씩씩) 좋게 생각해. 그만큼 우리가 아직도 할 일이 많다! 라고. (채만 보는, 조용히 식물에 물 주는) 그건 다 어쩌시게요?
채만	가져갈 건 가져가고, 나머진 동기한테 맡겨야지. (보는, 괜찮지?)

동기	걱정하지 마십쇼. 제가 팀장님 돌아오실 때까지 두 배로 키워놓겠습니다! 그나저나 팀장님은 3개월 쉬는 동안 뭐 하시게요?
채만	나? 글쎄… 3개월을 쉴지, 앞으로 쭈욱 쉴지, 고민해봐야지.
소희	(채만 보는, 착잡한)
현경	(연호 자리 보고) 차주임님 심란하겠다. 혼자서 섬으로,
소희	(자리 보는)

S#63. 남강경찰서 별관 옥상 (낮)

연호, 난간에 기대서 우두커니 풍경 본다.
소희, 올라와 다가선다.

소희	뭐 해요? 혼자서,
연호	그냥, 있었습니다.
소희	괜찮겠어요? 배 타고 꽤 들어가던데,
연호	오히려 잘됐습니다. 잠시 떠나 있고 싶었는데,
소희	뭐야… 난 서운해 죽겠구만…
연호	(보는)
소희	뭐 우리야 여기서 계속 얼굴 볼 텐데, 차주임만, (혼자 멀리)
연호	그동안 고마웠습니다. 덕분에 여기까지 버틸 수 있었습니다.
소희	왜 이래 또, 영영 안 볼 사람처럼,
연호	…
소희	나야말로 고마워요. 차주임 아니었음 나도 여기까지 못 왔을 거예요. 아빠 그렇게 만든 표정욱도 못 잡고,
연호	…
소희	한번 TCI는 영원한 TCI다! 잊지 마요. 우리 아빠 김치도 잊지 말고.

연호	(미소) 아버님 퇴원하시면 제가 모시러 가겠습니다.
소희	언제 퇴원할 줄 알고요. 섬에서 여기까지 오겠다고요?
연호	언제건, 어디에 있건, 모시러 가겠습니다.
소희	진짜죠? 저 진짜 연락합니다!
연호	네. 꼭이요.
소희	(미소)

두 사람, 뒷모습 위로 하얀 뭉게구름.

S#64. 화평도, 일주도로 (낮)

파란 하늘 위로 자막 '6개월 후'
화면 천천히 내려오면, 시골길을 천천히 달리는 경찰차.
운전석에 경찰 조끼 입은 신순경(20대 남).
조수석에 차연호(경찰복, 조끼) 있다.

신순경	아무리 섬 치안센터라지만 근무 인원이 총 네 명. 2인 1조 맞교대라 근무 끝나도 항상 대기상태. 그렇다고 대기 수당이 나오는 것도 아니고, 이 정도면 노동착취 아닙니까.
연호	(뭔가 주시하더니) 멈추세요.
신순경	네? 왜요? (일단 차 멈추는)

신순경 보면, 맞은편에서 털털털! 경운기 오고 있다.

신순경	경운기가 왜요?
연호	저 어르신 아까 막걸리 드시는 거 제가 봤습니다.

신순경	(차 멈추며 한숨) 저 노인네, 또 낮술 자셨네. (귀찮지만 나서는)

연호, 손 흔들며 경운기 세우는,

연호	어르신, 약주하셨죠?
노인	막걸리 한잔했어. 왜, 단속하게? 농기계는 단속 안 되잖여.
연호	(미소, 친절히) 농기계는 음주운전 단속 대상이 아닌 건 맞는데요. 만에 하나, 술 드시고 사고나면 도로교통법상 처벌받게 돼요.
노인	사고 안 나. 40년째 안 났어. (막무가내로 가려는데)
연호	(그 앞 막아서선) 안 됩니다. 못 가십니다.
신순경	(둘 다 고집부리는 모습에 쩝…) 일찍 안 끝나겠는데…

S#65. 해돋이 펜션 앞 (밤)

일 마친 연호, 펜션(숙소)으로 걸어간다.
보면, 저 앞에 펜션 주인집 딸 승아(17, 교복)가 펜션으로 들어가는
게 보이고.
승아부(50대, 수염 자국 뚜렷) 계단에서 내려오다 승아 보고는,

승아부	너 여태 뭐 하다 이제 들어와! 다 큰 기지배가, 시간이 몇 신데!
승아	(짜증 섞인) 남이사, 어디서 뭘 하건, (쌩하고 들어가는)
승아부	저놈 자식이, (속상한 한숨, 들어오는 연호 의식) 펜션 한다고 섬에 들어온 후부터는 영, 말을 들어 먹질 않아서,
연호	(꾸벅 인사하고 제 방으로 들어가는)
승아부	…

- 시간 경과

어느덧 평상복으로 갈아입은 연호가 평상에 앉은 채 밤바다 보며 앉아 있다.

그때 안에서 나오는 승아(역시 평상복), 그런 연호 보더니 다가오는데.

승아	뭐 해요? 청승맞게.
연호	일찍 다녀. 밤늦게 혼자 다니면 아빠가 걱정하시잖아.

연호 옆에 털썩 앉는 승아, 빨간 캔버스 운동화 구겨 신은 채 다리 꼰다.

승아, (연호 쪽) 평상 위에 핑크색 곰돌이 키링이 달린 휴대폰 놓고는.

승아	걱정은 무슨. 아빠 그럴 시간 없어요.
연호	(보는)
승아	펜션이요. 엄마랑도 이혼하고, 아빠한테 남은 건 이제 저 펜션 하나인데. 저거 신경 쓰느라 전 있는지 없는지도 몰라요.
연호	(무슨 말을 그렇게)
승아	펜션 잘하고 싶으면 마을 사람들이랑 싸우지나 말지, 맨날 소리 지르고, 싸우고. 엄마랑 이혼한 것도 그 버럭하는 성질 때문에,
연호	마을 사람들이랑은 왜 싸우는데?
승아	몰라요. 무슨 돈을 내라 마라, (한숨 섞인) 하! 깝깝하다! 아저씨, 우리 술 마실래요? 제가 꼬불쳐둔 술이 있는데. 손님들이 두고 간,
연호	나 술 못 마시는데. 알코올 분해효소가 없어서.
승아	(뭐야 이 사람) 아저씨 친구 없죠.
연호	아저씨, 친구 있다. (미소)

S#66. 남강경찰서 112 상황실 (낮)

동기, 정복 차림에 헤드셋 낀 채,

동기　　코드제로 코드제로! 동구 초등학교 앞에서 교통사고 발생!
　　　　교통사고 발생! 인근 순찰차 지원하라!

S#67. 도로 (낮)

도심을 질주하는 교통 순찰대 싸이카(순찰용 오토바이).
선글라스 끼고 도로를 누비는 경찰은 현경이다.

현경　　(인이어로 듣고) 순 스물, 동구 초등학교 사건 접수! 종발!

사이렌 울리며 빠르게 출발하는 현경의 싸이카.
- 학교 근처에서 빠져나오는 앰뷸런스 두 대. 현경이 수신호하며
따라오라는, 현경 앞장서서 달리며 네거리에서 수신호와 사이렌 소
리로 차량 통제하고 길 터주는,
- 병원 입구까지 이송 지원 마치고 물러나면, 구급요원들 감사하단
손 인사, 다시 거리로 나서는 현경의 싸이카, 뿌듯한 표정.

S#68. 스쿨존 (낮)

노란 조끼 입은 채만, 횡단보도 앞에서 교통안전 지킴이 하며 아이
들 하굣길 봐주는, 아이들 "감사합니다!" 하고 시끌벅적하게 횡단

보도 건너면 이를 바라보는 채만의 흐뭇한 표정.

S#69. 다른 도로 (낮)

오픈카 타는 30대 남, 급하게 끼어들기 하려다가 뒤따라오던 경차와 부딪칠 뻔한, 경차 운전자, 경적 울리고 차선 변경해 빠져나가는데, 오픈카, 경차를 따라와 앞지르기, 위험 운전하며 길을 막는다!
차 세우라는 손짓, 거친 욕설, 경차 운전자(30대 여성) 무섭기도 하고 무시하고 가려는데, 집요하게 길을 막아 세우는 오픈카남.
차에서 내려 경차 유리창을 주먹으로 퍽! 퍽!
"나와! 나오라고! 씨**아!"
겁에 질린 경차여 112에 신고하려는데,
이때 어디선가 나타난 검은색 각그랜저. 소희, 차에서 내려 행패 부리는 30대 남에게 다가간다.

소희	(한심) 그런다고 유리창이 깨지니?
오픈카남	넌 뭐야! (씨발!)
소희	통성명은 가서 하자.
오픈카남	뭐라는 거야, 미친년이,

오픈카남, 소희 멱살 잡으려는데, 소희, 주짓수 기술로 오픈카남을 제압하는,

오픈카남	아아! (탭하는) 아파! 아파!
소희	아프라고 하는 거야. (팔 꺾어서 수갑 채우는, 한심한) 보복 운전 인정하지? 긴급체포다. 변호사 선임할 수 있고,

오픈카남	(버럭) 내가 변호사야! 내가 변호사라고!!
소희	(헐! 황당) 자랑이니!!

그때 소희의 휴대폰에 도착한 메시지. 채만, 소희, 연호, 동기, 현경의 단톡방이다.

현경E	우리 내일 진짜 보는 거 맞죠? 빠지는 사람 없는 거 맞죠?
소희	(메시지 보고는 씨익) 내일이네.

S#70. 치안센터 (낮)

면장 이하 남2리(신태웅, 60대), 남1리, 동포리 이장들,
부녀회장(임지숙, 50대), 모여 있고, 신순경이 음료수 돌린다.
마현우 센터장(경위, 50대, 시골 사람 느낌)이 전달사항 얘기하면,
뒤편에 연호 서 있다. 그때 메시지 오자 짧게 답변하는.

연호E	내일 뵙죠. (얼른 휴대폰 주머니에 집어넣는)
마경위	내달 1일부터 산림청이랑 합동으로 산나물이랑 약초 불법채취 단속이 있을 예정이니까, 허가증 꼭 지참하시고, 다들 아시겠지만 산나물 뿌리째 뽑는 일 없게 두루두루 전달 좀 잘 해줘유. (태웅 보며) 이장님, 뭐 허실 말씀 있다고,
이장	(일어나) 에, 곧 'K 관광섬' 선정위원들이 섬 곳곳을 돌아다니면서 둘러본다니깐 다들 마주치면 따뜻하게 환대해주시고, 다시 말씀드리지만, 선정만 되면 섬 발전기금이 무려 백억이유! 백억!
승아부	(일어나 전화 받고) 아 예, 오셨어요. 금방 갑니다! (휴대폰 끊고) 먼저 가보겠습니다. 손님들이 와서, (인사하고 나가는데)

부녀회장	(승아부 보며 궁시렁) 재주는 누가 부리고, 돈은 애먼 놈이 벌어가네.
승아부	(멈칫) 예? 지금 저한테 그러신 거예요?
부녀회장	내 말이 틀려?! 섬에 있는 물 누가 다 갖다 쓰는데. 펜션이다 뭐다,
	우후죽순으로 들어오고서부터 저수지에 물이 남아나질 않잖여!
	그렇다고 마을 발전기금을 제대로 내길 하나.
승아부	(발끈) 아니, 무슨 마을 발전기금을 5백씩이나 내라고 해요?
	한두 번도 아니고 번번이. 솔직히, 이주민들 역차별 아니에요?
이장	역차별이라니! 지금 누구 때문에 섬에서 돈 벌어 먹고사는데!
	펜션 들어오기 전에 이 섬 가꾸고 관리한 게 다 누군데!
마경위	(진정시키는) 자자, 그만 진정들 하시고, 그만 돌아들 가셔유!

흩어지는 주민들, 저마다 자리 뜨며 신경전, 불평 늘어놓는,
이를 지켜보는 연호.

S#71. 해돋이 펜션 (저녁)

손님들, 펜션 주변에서 사진 찍고, 식사 준비하는,
승아부는 일각에서 토치로 바비큐 숯불 만들고 있는데,
승아(사복 차림), 가방 메고 숙소에서 나온다.

승아부	(승아 보고는) 넌 이 시간에 어딜 가게?
승아	(건조) 생일파티. (가는)
승아부	생일? 누구 생일인데? 학교 친구야?
승아	(건성) 있어.
승아부	친구 누구? 응? (이미 사라진)
손님	*(OFF)* 사장님, 아직 멀었어요?!

승아부   네, 곧 가요! (멀어지는 승아 힐끔)

S#72. 해돋이 펜션 (다음 날 아침)

연호, 사복 차림으로 간소하게 짐가방 챙겨 방에서 나온다.
보면, 승아부 심각한 표정으로 전화하고 있는,

연호   (이상한 낌새) 무슨 일 있으세요?
승아부   승아가 안 들어왔어요. 어제 친구 생일파티 간다고 나갔는데,
           전화도 안 받고,
연호   …그 생일파티 갔다는 친구 이름은 모르시고요?
승아부   학교 친구라고는 했는데 이름은, (걱정) 도대체 어딜 간 건지,
연호   ?! 배편은요? 혼자 육지에 나갔을 수도,
승아부   그러잖아도 여객터미널에 알아봤는데, 명단에 승아 이름은 없다
           네요.
           (고개 젓는) 도대체 이 기지배가 어딜, 맞다. 오늘 서울 가신다 했죠?
연호   (짐 툭 내려놓고는) 지금 그게 문젭니까? 애부터 찾아야죠!

S#73. 화평도 내륙도로 (낮)

논밭길을 달리는 경찰차. 신순경 운전하고 연호가 동승.
중간중간 차 세우고, 주민들에게 탐문도 하고,

S#74. 비구봉 절벽 (낮)

연호와 신순경의 경찰차가 절벽 초입에 멈춰 선다.
둘, 차에서 나와 절벽 주변을 살피는데,
연호, 절벽 끝에 놓인 뭔가를 발견한다.
다가가 보면 가지런히 놓인 빨간색 캔버스 운동화.

-플래시컷(S#65 펜션)
연호 옆에 털썩 앉는 승아, 빨간 캔버스 운동화 구겨 신은 채 다리
꼰다.

연호	!!!
신순경	(다가와선) 뭐예요, 그게?
연호	승아 운동화예요.
신순경	예??

S#75. 해돋이 펜션 벤치 (낮)

승아부, 침통한 표정. 테이블엔 승아의 빨간색 운동화 놓여 있고,
근처에 연호와 신순경.

승아부	(금방이라도 무너질 듯) 그럼 설마 승아가,
연호	아직 확실한 건 아닙니다. 해경 쪽에서도 인근 해변 수색하고 있으니까 조금만 기다려보시죠.

S#76. 호프집 (밤)

오랜만에 둘러앉은 채 맥주 마시는 채만, 소희, 동기, 현경.

현경　　오늘은 다 모일 줄 알았는데. 차주임님만 없네.

소희　　섬에서 여고생이 실종됐대. 그래서 비상인가 봐.

현경　　실종이라니. 거기 범죄 없는 청정 마을이라고 하지 않았어요?

동기　　그런 덴 CCTV도 별로 없어서 수사가 쉽지 않을 텐데.

현경　　발로 뛰어야겠네. 완전 노가다.

소희　　근데 거기 경찰 인원이 4명밖에 없다고 하지 않았어?

채만　　(무심코) 수사하기 힘들겠군.

일동　　(우리가 갈까??)

S#77. 화평도 여객터미널 (낮)

도착한 페리호에서 쏟아져 나오는 차량, 승객, 오토바이, 사이클 관광객들.
그들 틈에 모습을 드러내는 소희, 동기, 현경. 두리번,

동기　　(반색) 저기요!

경찰차에서 내리는 연호와 신순경.
"차주임님~!!!"
동기와 현경, 달려와 포옹하고 악수하는, 신순경과도 인사.
소희도 다가와 연호 앞에 선다.

소희	(위아래로 보는) 근무복 잘 어울리네요.
연호	(미소) 먼 길 오시느라 고생하셨습니다.
소희	자, 회포는 나중에 풀고, 일단 애부터 찾죠.
동기/현경	(끄덕)

S#78. 치안센터 (낮)

연호와 소희, 동기, 현경, 모여서 모니터로 섬 CCTV 기록 확인하는,

연호	여객터미널에 확인했는데 섬 밖으로 나간 흔적은 없어요. 그리고··· 절벽 위에서 승아의 운동화가 발견됐고요.
소희	휴대폰은요?
연호	여긴 기지국이 하나라 안에선 휴대폰 위치추적은 의미가 없어요.
현경	CCTV는요?
연호	군청에서 설치한 CCTV인데 총 6대고, 대부분 항구랑 바닷가에 몰려 있어요. 섬 주민들이 개인적으로 설치한 CCTV는 어차피 일일이 확인해야 하고.
현경	이 정도면 우형사님 혼자 금방 확인하겠는데요.
동기	맡겨주세요.

    - 시간 경과
CCTV에 찍힌 승아의 모습. 선착장 주변을 어슬렁거리는,
모니터 주변에 연희, 소희, 동기, 현경과 신순경.

| 동기 | 실종된 날, 오후 4시 반경에 찍힌 모습이에요. |
| 소희 | 여기 위치가 어디야? |

연호   (지도로 가서) 진막 선착장 근처, 비구봉으로 가는 길목이에요.

              승아가 항상 걸어 다니는 길이에요.

S#79. 북로 (낮)

비구봉 절벽에서 바닷가 펜션까지 내려오는 굽이치는 도로를 실종 자 수색을 하듯 도로 양옆 갓길에 세 명씩 일정한 거리를 두고 수 색해 내려가는 연호, 소희, 동기, 현경, 신순경.

갓길에 떨어져 있는 사소한 것도 집어서 확인하는,

동기   반장님, 그 얘기 기억나죠. 그 강희 삼거리 사고 때 무당이 한 말.

소희   뭐가??

동기   차주임님 먹구름이 잔뜩 꼈다고. 근처에 있다 벼락맞는다고.

소희   아, (기억나지)

동기   아무래도 그 무당 용한 거 같아요. 가만 보면 차주임님이 가는 데 마다 사건 사고가 끊이질 않잖아요.

소희   (난 또 뭐라고)

동기   아니, 이 섬이 3무(無), 도둑, 범죄, 공해가 없기로 유명하다는데, 차주임님이 와서 그걸 엎은 거잖아요. 그 먹구름이! 그 기세가!

짜 맞춘 듯, 하늘에서 천둥소리.

동기   이봐라 이봐라, 말하기가 무섭게 몰려온다! 먹구름!

소희   (슬쩍 하늘 보는, 불안한)

연호   *(OFF)* 여기요!

소희   깜짝이야!

팀원들, 연호에게 몰려가면,
도로 갓길에 흩어져있는 하얀 플라스틱 조각들.
연호, 그중 제법 큰 걸 집어서 보이면,

현경	이거 차량 범퍼 조각이네! 맞죠!
동기	어! (맞다!)
소희	차종은 뭔지 알겠니?
동기	(갸웃) 이것만 봐선,

연호, 불길한 예감. 주변 풀밭을 살핀다.
다른 팀원들도 하나둘씩 흩어져서 주변 살피는데.

연호	!!

연호, 수풀 틈에 떨어져 있는 무언가 주워 든다. 핑크색 곰돌이 키링.

- 인서트(11부 S#65)
승아, 평상 위에 핑크색 곰돌이 키링이 달린 휴대폰 놓고는.

- 다시 도로

소희	그게 뭐예요?
연호	승아 양 휴대폰에 있던 거예요.
소희	?!! (직감) 그럼 여기서,
연호	사고가 있었던 것 같아요. 이 도로에서,

연호와 팀원들, 새삼스럽게 도로 주변을 보는,

11부 끝

12부

«««««« 12 부 »»»»»»

S#1. 화평도 근처, 여객선 위 (낮)

바닷바람 맞으며 여객선 난간에 선 남자의 뒷모습, 채만이다.
채만, 휴대폰으로 기사 검색하고 있다.

'화평도가 발칵! 여고생 실종 3일째' '자살인가, 뺑소니인가'
지난 4일 화평도의 유일한 치안센터에 실종신고가 접수됐다.
화평도 남리 해수욕장 근처에서 펜션을 하는 이씨(50)의 딸 이모 양(17)
이 전날 밤 귀가하지 않았다는 신고…

저 멀리 화평도 선착장이 눈에 들어온다.

S#2. 화평도, 여객터미널 (낮)

도착한 페리호에서 쏟아져 나오는 차량, 백패커, 등산객, 사이클 관
광객들.
선착장 주변에 걸린 플래카드들.
'평화로운 섬 화평도에 오신 걸 환영합니다!'
'축! 화평도, 한국에서 꼭 가봐야 할 섬 100곳 선정!'
근처에 순찰차와 신순경 차 정차해 있고, 그 앞으로 연호, 소희, 동
기, 현경과 신순경이 채만 기다리며 서 있다.

소희	(들어서는 관광객들 보며) 관광객들이 꽤 많네요?
신순경	그러게요. 몇 년 전만 해도 낚시꾼이랑 약초꾼밖에 안 오던 섬인데.
현경	근데요?
신순경	몇 년 전에 주민회의를 해갖고 외지인들한테 땅을 좀 팔았거든요.

신순경 그다음부터 외지인들이 섬에다 펜션도 만들고, 카페도 내고,
요즘엔 또 SNS가 있잖아요. 관광객들이 별스타에 올린 사진들 때
문에 유명해져 갖고. 솔직히 우리 섬이 풍광이 좋잖아요.

동기 인정. 이런 델 휴가로 왔어야 하는 건데.

남1리 이장과 어촌계장(김봉석, 50대)이 섬관광 위원회 3인(공무원 느
낌)을 마중 나왔다. 굽신거리며 차로 모시는,

신순경 저 양반들 또 왔네.

연호 누굽니까?

신순경 문체부에서 서해안 섬 5개를 선정해서 100억을 지원해준다잖아요.
K-관광섬 사업인가 뭔가. 저 양반들이 그 평가위원들인데, 지금 섬
전체가 난리여요. 저 사업권 따내려고.

연호 (그렇구나)

채만, 사람들 틈에서 걸어 나오자,

동기 어? 저기 팀장님이요!

현경 (손 흔들며) 팀장님 여기요!

채만, 저만치 일렬로 도열한 연호, 소희, 동기, 현경에게 다가가 선다.

채만 (연호 보고 새삼스러운) 오랜만이야, 차주임.

연호   이렇게 먼 곳까지 오시게 해서 죄송합니다.

채만   나야 오랜만에 바람 쐬고 좋지.

S#3. 치안센터 (낮)

연호, 채만에게 브리핑하는, 소희, 동기, 현경 있고 신순경도 조금
뒤편에 있다.

연호   실종 당일, 승아 양은 친구 생일파티에 간다며 집을 나섰습니다.
그런데…

S#4. 플래시백, 동포리 고등학교 일각 (낮)

연호, 여고생에게 승아에 관해 묻는데…

여고생   승아가 친구 생일파티에 갔다고요? (그럴 리가 없다는 표정)
승아 친구 없는데,

연호   ?

여고생   아마 학교 친구는 아닐 거예요. 걔 학교에서 애들이랑 얘기 안 해
요. 밥도 혼자 먹고. 왕따까진 아닌데, 유별나게 군다고 애들도 쌩
까는 분위기?

연호   학교 친구가 아니라면 누구?

여고생   저야 모르죠. (뭔가 생각난 듯) 아!

연호   ?

- 인서트 (항구 인근/밤)

길을 가던 여고생, 문득 보면 저 멀리 승아가 한 남자(아르민)와 사이좋게 걸어가는 모습 보이고.

여고생E 승아가 어떤 남자랑 있는 걸 본 적이 있긴 해요.

- 다시 현재

여고생 꽤 친해 보이던데?

연호 혹시 얼굴 봤니?

여고생 아니요. 너무 어두워서…

S#5. 치안센터 (낮)

채만 남자라…

소희 사건 당일 승아 양 신발이 발견된 곳은 섬 가장 (서쪽) 끝에 있는 비구봉 절벽이에요. 사고 흔적이 남아 있는 도로는 이 아랫길 해안도로(동쪽)고요.

소희 휴대폰은요?

연호 여긴 기지국이 하나라 안에선 휴대폰 위치추적은 의미가 없어요.

소희 (그렇구나)

연호 승아 양 집이 있는 해돋이 펜션이 이곳 남리 해수욕장(섬의 남쪽 중간) 근처에 있어요. 아마 집에 가던 길에 사고를 당한 것 같아요.

채만 (고민스러운) 만약 그렇다면 누가 일부러 승아 양 신발을 이곳에 유기했다는 건데,

동기 자살로 꾸미려고 그랬겠죠. 절벽 아래로 뛰어내린 것처럼 꾸미려고,

현경 해경이 근처 해안을 수색하고 있는데 승아 양은 아직 발견 안 됐

어요.

채만	해경 말로는 해류에 떠밀려 멀리 떠내려갔을 수도 있다고는 하는데, 현장에 남아 있던 사고 차량 흔적은?
현경	(하얀 플라스틱 조각 가져오는) 흰색 범퍼 조각이에요. 이것만 봐선 차 종을 특정하긴 어렵지만, 암튼 흰색 차량은 확실하죠.
채만	흰색 차라… 그럼 당시 해안도로를 지난 흰색 차량들을 조사하면.
연호	일단 그날 밤, 섬 안에 있던 외지 차량부터 확인했는데, 총 7대 중 4대는 렌터카였고, 업체 확인 결과, 사고 흔적은 없었습니다.
현경	나머지 3대도 관할 경찰에 협조를 구해 확인했는데 멀쩡했어요.
채만	그렇다면 섬사람들 중에 누군가가,
소희	그래서 섬주민 차량들도 살펴봤는데,

S#6. 과거. 동포리 마을회관 앞 (낮)

마을회관 앞마당에 정렬한 5대의 흰색 승용차. 승용차 3대,
SUV 1대, 용달 1대.
차량 범퍼를 자세히 살펴보는 연호, 소희, 동기, 현경. 신순경.
조각난 범퍼를 맞춰보기도 하고… 하지만 이곳저곳에 흠집은 있어
도 범퍼가 부서지거나 사고 흔적은 보이지 않는다.
주변에서 이 모습을 불편하게 바라보고 있는 이장(신태웅)과 부녀회
장(임지숙, 58), 그리고 차주들 중에 기형수(53)과 강상훈(45)도 있다.

이장	(불만스럽게) 뭘 그렇게 들여다봐. 딱 봐도 다 멀쩡하구먼. 얘기 들어 보니까 비구봉에서 그랬다더만, 왜 멀쩡한 섬주민들을 괴롭힌대,
지숙	그러게, 사고를 냈어도 외지인이 냈것지. 여기 섬사람들 다 형님 동 생 하는 사인데, 누가 그런 짓을 한다고, 참,

상훈	(언짢은, 담배만 뻐끔)
형수	센터장! 이거 언제까지 사람을 붙잡아놓을 거여! 우린 일 안 햐?
마경위	(난처한) 알았어요, 거 참. (연호에게 다가와) 이제 그만혀. 뭐 암것도 안 나오잖여.
현경/동기	(왜 사고 흔적이 없지? 서로를 보며 이해 안 가는 표정)

소희와 연호도 미심쩍게 섬 주민들 살펴보는데.

S#7. 치안센터 (낮)

채만	사고 흔적이 없었다고?
연호	깨끗했습니다.
동기	섬 내에 있는 공업사 세 군데도 다 확인했는데, 흰색 승용차 중에 최근 범퍼 교체나 수리, 도색 맡긴 차량은 없었대요.
현경	그리고 만에 하나, 범퍼나 앞유리를 교체했다면 교체 흔적이 남았을 텐데, 그런 흔적도 전혀,
채만	(난감한) 외지인 차량도 아니고, 섬주민 차량도 아니다,
연호	근데, 실종 당일 밤 11시 20분경에 비구봉 근처, 북2리 마을 초입에 있는 CCTV 카메라에 흰색 승용차 한 대가 찍혔어요. 1시간쯤 후에 다시 마을에서 돌아 나오는 모습까지,
채만	?! 차량 번호는 확인됐고?
동기	아니요. 화질이 워낙 나빠서, 근데, (연호 보면)
연호	(태블릿으로 사진 보이는, CCTV에 찍힌 흰색 차량 영상 스틸컷) 여기, 오른쪽 헤드라이트요. 흐릿하긴 하지만 깨져 있어요.
채만	?!!

화면, 천천히 흐릿한 차량의 깨진 헤드라이트로 다가간다.

S#8. 북2리 마을 초입 (낮)

나란히 서서 산비탈 마을 올려다보는 채만과 연호, 소희, 동기, 현경, 신순경.
드문드문 있는 민가들, 묘지들, 그리고 우거진 수풀들…

신순경　동네가 워낙 외지다 보니까 그 흔한 방범용 CCTV 하나 없더라고요. 그나마 있던 건 죄다 고장 났는데, 여기 주민들이라고 해봤자 다 노인분들이라 고칠 생각도 안 하시고,

마을, 뒤편 돌아보면 도로 건너편으로 논밭 펼쳐진다.

채만　저 길 건너편 쪽은 살펴봤나? 시골에선 가끔 비닐하우스 근처 농로에 CCTV를 설치하는데,
소희　농로에 뭐가 있다고 CCTV를 설치해요?
채만　서리. (앞장서는)
팀원들　(그렇구나, 뒤따르는)

S#9. 북2리 농로 (낮)

채만, 앞장서서 노랗게 익은 들판 사잇길을 걷는다. 뒤따르는 팀원들과 신순경. 저 멀리 비닐하우스 너머 산비탈에 북2리 마을이 보인다.

동기	(뒤따르며 불만) 이런 도서 지역도 이제 방범 CCTV 신경 좀 써야 해.
	이거 뭐 수사를 하려고 해도, 뭐 딸 게 있어야지.
	서울 같았으면 이런 사건은 반나절이면 상황 종료다.
신순경	근데 우리 섬이 지인~짜루 평화로운 섬이거든요. 뭐든 이름 따라간
	다고 섬 이름을 화평도로 바꾼 이후론 정말 그렇게 되더라고요.
현경	원래 이름은 뭔데요?
신순경	수정도요.
현경	그 이름도 이쁜데 왜 바꿨어요?
신순경	어른들 말로는 여기가 날씨가 궂어서 배 사고도 많고 그랬다네요.
채만	(주변 둘러보는… 하지만 이 내용 듣고 있다)
신순경	암튼 여태 살인사건은 고사하고 그 흔한 강도 사건 한 번 없었고,
	제 생각에도 승아 양이 스스로 극단적인 선택을 하지 않았을까,
현경	어, 저기, 팀장님이 뭐 찾으셨나 봐요. (발걸음 재촉하는)

채만, 컨테이너 농막 앞에 멈춰 서서 위를 올려다본다.
팀원들도 다가와 보면, 농막 끝에 매달려 있는 먼지 쌓인 카메라.
카메라 방향 보면 저만치 500미터 정도 떨어진 산비탈 마을을 향해 있다.

| 현경 | 대박! (카메라 각도 확인) 이 각도면 마을이 한눈에 들어오겠는데요! |
| 연호 | 작동만 된다면요. |

마침, 근처 비닐하우스에서 나오던 볏짚 모자를 쓴 노인.

| 소희 | (얼른 다가가서) 어르신! 여기 이 농막 누구네 집 건지 아세요? |
| 노인 | (뚱하게 보는) |

- 시간 경과

소희, 노인 휴대폰 어플 켜고 사고 당일 밤 영상 빠르게 확인한다.
11시 20분 이후 영상을 빠르게 검토하는데, 11시 23분경,
옆에서 노인, 혼잣소리,

노인 외지인들이 많이 들어온 다음부터, 가끔 포도밭에 함부로 들어오
는 인간들이 있더라고. 근데 설치만 하고 한번 켜본 적도 없어.
뭘 누르라는데 어떻게 하는지도 모르겠고,

소희 어! 여기,

일동 (동그랗게 모여서 보면)

어두침침한 마을 원경. 마을 어귀 가로등 불에 흰색 승용차 한 대
가 마을 위로 올라간다. 어둠 속에서 간간이 드러났다 사라졌다를
반복하는 차량. 주변이 칠흑같이 어두워서 어디로 향하는지 확인
불가능하다.

동기 이거 뭐 너무 어두워서, 위치가 어딘지,

소희, 마을과 영상을 번갈아 보다가, 무슨 생각인지 주변 살핀다.
저만치 짐을 쌓아둔 곳에 사다리 있다.

소희 잠깐만, (두리번) 어르신, 저기 사다리 좀 잠깐 쓸게요.

노인 (퉁명) 쓰든가 말든가,

소희, 사다리 가져다가 농막 위 CCTV 카메라 위로 올라간다.
노인 휴대폰 영상에 담긴 화면 사이즈를 확인하고는, 자신의 휴대
폰으로 화면 사이즈와 비슷한 구도의 사진을 찍는다.

소희, 사다리에서 내려와 휴대폰 두 대의 화면을 나란히 보여주는,

소희	어때요?
현경	(비교해보고는) 이렇게 보니까, 대충 위치가 어딘지 알겠는데요?
동기	(감탄) 반장님, 어떻게 이런 신박한 생각을,
연호	한번 재현해보죠.
일동	(보는)
연호	이 차가 어디로 간 건지,

S#10. 농막 위 / 북2리 마을 (낮)

농막 위에 올라앉은 연호와 소희, 채만과 현경.
연호는 자신의 태블릿에 뜬 영상(노인의 영상 카피한)을 보고 있고,
소희, 무전기 들고,

소희	아아, 동기야 들리니?

- 북2리 마을 입구
경찰차 조수석에 앉은 동기, 운전석엔 신순경.

동기	(무전) 네, 잘 들립니다.
소희	그래 그럼, 천천히 출발해.
동기	(신순경에게 가자는 신호)

- 경찰차, 천천히 마을을 오르면,
- 연호의 태블릿 화면 속 흰색 승용차도 어두운 길을 올라간다.

연호	너무 빨라요.
소희	(무전) 너무 빨라! 천천히,

경찰차, 속도 줄이는,

연호	(화면 속 차량과 현재 경찰차 위치를 비교해가며) 좌회전이요.
소희	(무전) 잠시 후 좌회전.
동기	(신순경) 좌회전… 좌회전 돼요?
신순경	여기, 이 길인가 보네요. (좌회전하는)

동기가 탄 경찰차가 방향을 틀고,

연호	계속 직진.
소희	(무전) 계속 직진.

화면 속 불빛이 사라졌다가 그 위쪽 길로 우회전하는 불빛.

연호	우회전.
소희	(무전, 얼른) 우회전, 길 있니?
현경	(일어나서 보는, 우회전하는 경찰차) 어! 저기 보여요!

경찰차, 이제 비포장도로로 진입,

동기	(무전) 이제부터 비포장길이에요.

동기가 탄 경찰차가 이제 수풀에 가려져 잘 보이지 않는다.

소희	동기야, 천천히 가. 속도 유지하면서,

경찰차, 한참을 비포장 길을 오르는데…
연호, 화면에서 멈춰 서는 차 불빛 확인하고.

연호	스톱!
소희	(무전) 스톱!

소희, 멈춰 서는 경찰차.

소희	(마을 쪽 보면 경찰차는 안 보인다, 무전) 동기야, 거기가 어디야?
동기	(무전) 반장님, 제대로 찾아온 거 같은데요.
소희	? (무슨?)

경찰차가 서 있는 곳.
동기, 조수석에서 내리며 보는,

동기	여기서부턴 차가 올라갈 수 없는 야산이에요.
소희	?!! (연호 보는)
연호	(뭔가 불길한)
채만/현경	(표정)

S#11. 야산 입구 (저녁)

동기가 서 있던 야산 입구에 모인 채만, 연호, 소희, 동기, 현경과 신
순경.

뒤편에 경찰차와 신순경의 승용차.

신순경	여기가 보기엔 야트막하지만, 저기 선착장까지 섬을 따라 쭉 이어진 산이에요. 여기 수색하려면 못해도 대대 병력은 있어야 할걸요.
소희	누구 땅인지 아세요?
신순경	여기가 '기'씨네 선산일 텐데…
연호	(기씨? 신순경에게) 그날 해안도로 CCTV에 찍힌 차량 운전자 중에 기씨가 있었던 거 같은데,
신순경	기형수 씨요. 굴양식장에 일하는,

S#12. 치안센터 (밤)

컴퓨터 모니터에 기형수 사진과 신원조회 떠 있다.
주변에 모여서 보는 채만, 연호, 소희, 동기, 현경과 신순경, 마경위.

마경위	(어딘가와 통화중) 네… 네… 알았슈. (끊는) 선착장에 확인했는데 기형수 씨 차는 실종 당일 전후로 섬 밖으로 나간 적이 없어유. (신순경에게) 그때 차도 다 확인했잖여.
신순경	네, 앞 유리고 범퍼고 깨끗했었는데,
현경	기형수 씨는 당일 알리바이도 확실했어요.

S#13. 플래시백, 동포리 횟집 (밤)

문체부 평가위원들 배웅하는 이장, 어촌계장, 부녀회장, 상훈.
평가위원들, 차에 올라 숙소로 떠나면,

긴장 풀어진 섬주민들, 취기 올라오는 듯 흐느적,

이장	오늘 고생들 했어! 가만 집에는 다들 어뜨케 간대?
어촌계장	난 요 코앞인디 뭐… 먼저 가유. (걸어가고)
상훈	(흐느적) 나 안 취했슈. 내 차로 가유.
부녀회장	(부축) 안 취하기는, 제대로 서지도 못하는구만.
이장	가만, (돌아보며) 형수야, 너 술 안 마셨지?

이장의 시선이 향한 곳 보면… 형수가 마침 횟집을 나서고 있고.

현경E	승아 양 실종 당일 밤, 선착장 근처 횟집에서 회식이 있었는데, 밤 11시경에 횟집을 나와 같은 동네에 사는 이장 신태응과 강상훈 씨, 임지숙 씨를 태우고 남2리에 있는 집으로 돌아왔대요.

S#14. 다시 치안센터 (밤)

채만	회식을 했는데 술 한잔 안 마셨다?
마경위	(겸연쩍은) 여기가 섬이다 보니까 인력도 턱없이 부족하고, 음주단속은 꿈도 못 꿉니다. 뭐 한두 잔 했을 수도 있고,
채만	…
현경	사고 지점은 여기쯤(동포리와 남2리 중간 지점)인데, 그랬다면 집까지 오는 동안 동승한 세 사람이 모를 리가 없었겠죠.
동기	그걸 떠나서 차가 멀쩡하잖아. 차가,
채만	기형수 알리바이를 확인해볼 필요가 있겠는데. 먼저 부녀회장님부터.
연호	신순경이 모시고 가줄래요?
신순경	네? 네, 그럴게요.

소희	차주임은 어디 가려고요?
연호	전 기형수 씨 좀 만나보겠습니다.
소희	같이 가요!
연호	반장님껜 부탁드리고 싶은 일이 있어요.
소희	?

S#15. 펜션 앞 (밤)

펜션 앞에 나와 있는 승아부.
소희와 동기, 펜션으로 들어가는데 그런 승아부 보이고.

소희	…
연호E	승아 아버님 좀 들여다봐주시겠습니까?
소희	(왜 그런 부탁 했는지 알겠는) 왜 나와 계세요.
승아부	혹시 우리 승아는,
동기	(괜히 죄송스러운) 아직 못 찾았어요.
승아부	(어두워지는, 실낱같은 희망) 그럼 혹시, 어딘가 살아 있을 수도, 저는 아무리 생각해도 얘가 지 엄마 만나려고 섬을 나간 거 같아서,
소희	모든 가능성을 열어두고 찾고 있으니까, 힘드시겠지만 조금만 더 기다려보시죠. 승아가 집으로 돌아올 수 있게 최선을 다해보겠습니다.
승아부	아, 예… 우리 승아 좀 꼭 찾아주십시오.
소희	(꾸벅)
승아부	(시무룩하게 들어가면)
동기	이제껏 나와서 기다리셨나 보네.
소희	기다리는 사람 마음이 그렇지. (승아부 뒷모습 보며 마음 안 좋은)

S#16. 남2리, 지숙의 집 (밤)

멀리서 개 짖는 소리. 지숙이 대문 밖에서 신순경과 채만, 현경과 얘기 중이다.

지숙   그런 걸 왜 거짓말을 해. 기씨 차로 왔다니까.

현경   오는 길에 승아 양을 못 본 것도 확실하고요.

지숙   글쎄 난 못 봤어. 취해서 눈 떠보니까 집 앞이던데.

채만   …

S#17. 남2리, 이장집 (밤)

양옥집, 방에서 남2리 이장(태웅)과 얘기 중인 신순경과 채만 그리고 현경.
질문은 현경이 주로 하고 채만은 집 안 구경하듯 살피는.
문득 채만 눈에 들어오는 벽에 걸린 빛바랜 단체 사진 한 장.
이장을 중심으로 부녀회장, 어촌계장, 형수, 상훈 등 어느 건물 앞에서 찍은 사진. 수정원 간판이 살짝 가려져 있다. (글씨는 알아보기 힘든)

이장   (까칠) 그때 다 얘기했잖여. 형수가 태워다줬다고,

현경   혹시 오던 길에 이상한 일은 없었나요?

이장   적당히 허지.

현경   네?

이장   지가 살기 싫어 죽은 애를 놓고, 왜 자꾸 마을 사람들을 의심하는 겨. 그동안 암 일 없이 사이좋게 잘만 살아온 사람들을,

신순경   (중재하려는) 이장님, 왜 또 말씀을 그렇게…

이장   *(OL)* 넌 조용히 혀! 내가 마을 발전기금 못 내겠다고 버틸 때부터 알아봤다니께. 마을 사람들이랑 화합할 생각은 않고 그냥 섬에서 돈만 벌어보겠다고. 그니까 마누라가 도망가지!

채만   이만 가지. 실례가 많았습니다.

S#18. 남2리, 기형수의 집 (밤)

마을에서 조금 외진 곳. 가로등도 없어서 더욱 음침한,
연호, 골목을 돌아서 보면 저만치, 형수 집 앞에 주차된 흰색 승용차.
낮은 담장 너머 집 안 보면, 불이 꺼져 있다.
연호, 차로 다가가서 휴대폰 라이트 켜고 범퍼와 오른쪽 헤드램프 살핀다. 멀쩡하다.
운전석으로 다가와 차 안 이리저리 비춰보다가, 운전석 앞 유리 아래 뭔가를 발견하고는,

연호   !! …설마,

형수   *(OFF, 나지막이)* 거기서 뭐 하는 거여.

연호, 돌아보면 형수 서 있다. 손에 든 막걸리 봉다리, 천천히 다가오는,

형수   (위협적인) 내 차 앞에서 뭐 하는 거냐고 묻잖여.

연호   물어볼 게 있어서 들렀습니다.

형수   (말하라는)

연호   그날, 이장님이랑 태우고 귀가하신 이후에 계속 집에 계셨습니까?

형수	그건 왜 묻는데?
연호	혹시 차 가지고 딴 곳에 가신 적 없습니까?
형수	(다가서며) 딴 곳 어디, 비구봉?
연호	?!! (자기 입으로? 긴장한)
형수	(피식) 그 시간에 가긴 어딜 가. 잤어. 집에서. 못 믿겠으면 마을 사람들한테 물어보든가. (집으로 들어가면)
연호	(형수를 의심 어린 시선으로 보는)

S#19. 펜션 거실 (밤)

이제 막 안으로 들어선 연호, 안에는 편한 복장의 채만, 소희, 동기, 현경 있고.

연호	그 차 기형수 씨 차가 아니에요.
현경	예? 그게 무슨,
채만	(간파한) 번호판을 바꿔치기했네. 쓰던 차 번호판을 새 차에,
연호	(끄덕)

S#20. 연호의 플래시백, 형수 집 앞 (밤)

연호, 휴대폰 불빛으로 범퍼와 헤드라이트를 살피는,

연호E	아무래도 수상했어요. 분명 승아 양에게 사고가 있었다면 기형수 씨 차밖에 없는데, 왜 사고 흔적이 없을까,

연호, 운전석 앞 유리 살피다 유리 밑부분에 차대번호 보인다.
차대번호로 다가가는 화면, 그 위로,

연호E   그렇다면 혹시 쌍둥이차는 아닐까,

S#21. 연호의 플래시백, 치안센터 (밤)

연호, 컴퓨터로 형수의 차량번호 조회해서, 휴대폰으로 찍어 온 형
수의 차대번호와 조회하는데, 차대번호가 다르다.
뒤에서 지켜보던 신순경, 어떻게 된 거냐는 듯 연호 보면,
연호는 예상이 맞았구나, 그 위로,

연호E   차량번호를 조회해보니 차대번호가 달랐어요.

S#22. 펜션 거실 (밤)

연호   사고 차량을 은폐하려고 똑같은 중고차를 구입해서 번호판을 갈
         아 끼운 겁니다. 외견상으론 아무 일도 없었던 것처럼,
팀원들   (표정)
동기   그럼 사고 차량은,
소희   어딘가 숨겨뒀겠지. 아님, 바다에 버렸거나,
연호   공범이 있어요.
현경   그게 누군데요?
연호   그건 아직 모릅니다. 분명한 건 쌍둥이차를 구매한 건 기형수가 아
         니었어요. 그럼 기형수의 자동차등록증이 두 개여야 하는데 하나

밖에 없었습니다.

채만　쌍둥이차를 구매한 사람이 공범이란 소리군.

소희　공범부터 찾죠. 쌍둥이차를 만들었다면 분명 사고 직후였을 거예요.

현경　우리가 흰색 차량 전수 조사했을 때 이미 쌍둥이차로 바뀐 뒤니깐 차를 섬에 들여온 건 그 사이겠네요.

채만　동기와 현경인 그때 이곳에 들어온 차 중에 기형수 차와 똑같은 게 있나 찾아봐.

현경/동기　네.

소희　아직 사고 차량을 처리 못 했을 수도 있어요. 저랑 차주임은 사고 차량을 숨겨놓을 만한 곳을 찾아볼게요.

채만　가장 유력한 곳은…

연호　기형수의 선산이겠죠.

채만　(끄덕)

S#23. 형수네 선산 앞 (낮)

경찰차에서 내린 채 형수네 선산 입구를 바라보는 연호와 소희.

소희　(넓은 선산을 보며) 뭔가를 숨기기엔 적합한 장소긴 하네요.

연호　사유지에다 인적이 드문 곳이니 만약 숨겨놨다면 여기일 겁니다.

소희　함 가보자고요.

연호와 소희, 선산으로 걸어 들어가는데.

S#24. 선산 일각 (낮)

연호와 소희, 주변 살피며 좁은 산길을 천천히 오른다.

소희   승아랑 친했다던 그 남자는 누굴까요? 설마 기형수는 아니겠죠?

연호   저도 잘 모르겠습니다. 가까이 살았는데도 승아에 대해 아는 게 없
네요. 제가 본 승아는 늘 혼자였어요.

S#25. 과거. 해안도로 (밤)

퇴근하는 연호, 걷다 보면 저 앞에 홀로 무선이어폰 낀 채 걸어가
는 승아 모습 보이고…

연호E   혼자 이어폰을 꽂고 다녔죠.

S#26. 현재. 선산 (낮)

소희   승아란 애 외로웠겠어요. 한창 친구들과 어울릴 나인데.
(뭔가 발견한) 잠깐…

연호   ?

소희   승아가 늘 하고 다녔단 게…
(땅바닥에서 뭔가 주워 보이는) 혹시 이건가요?

연호   (보면 한쪽 이어폰이다) !!

S#27. 펜션 앞 (낮)

승아부, 비닐에 싸인 한쪽 이어폰 들여다보며…

승아부　맞아요. 승아 거랑 똑같은 기종. 제가 사준 거라 똑똑히 기억해요.

연호　혹시 승아가 실종된 날에도 이어폰을 가지고 나갔나요?

승아부　아마도요. 맨날 들고 다녔거든요.

그때 승아 방에서 나오는 소희, 둘에게 다가가며…

소희　방에 무선이어폰은 없어요. 가지고 나간 게 분명해요.

연호　그럼 이게 정말 승아 것일지도 모르겠네요.

그때 소희의 휴대폰 울린다. 발신자 현경이고.

소희　(받으며) 어, 현경아. (사이, 연호 보며) 찾았어??

연호　!

S#28. 치안센터 (낮)

선착장 CCTV로 뭔가 보여주는 동기.

동기　여기. 승아 양 실종 다음 날 오후에 섬에 들어온 흰색 차량이에요. 기형수 차량 똑같은 차종이요.

소희　차량번호 조회해봤어?

현경　임지숙 부녀회장 명의의 차예요.

연호	(신순경에게) 부녀회장님이랑 기형수, 무슨 관젭니까?
신순경	둘이 사촌간이긴 한데…
마경위	그게 뭐요? 부녀회장도 차 한 대 뽑았나 보지.
동기	그럴 수 있죠. 근데 여길 보시죠.
일동	?

동기, 다른 CCTV 녹화 영상을 모니터에 띄운다.
보면… 앞 범퍼가 나간 흰색 차량이 배에 오르는 영상인데.

소희	어?? 범퍼가…!
동기	부녀회장님이 새로 뽑은 차가 며칠 만에 아작이 나버렸네요.
연호	이게 언젭니까??
동기	오늘 새벽이요.
연호	!!

S#29. 선착장 (저녁)

배에서 내리는 지숙의 모습.
그러자 연호와 신순경이 다가서고.

연호	임지숙 씨.
지숙	?
연호	잠깐 저희랑 함께 가 주셔야겠는데요.
지숙	(신순경에게) 뭐야? 왜 이래?
신순경	(달래듯) 잠깐이면 돼요. 잠깐.

S#30. 치안센터 (밤)

연호   오늘 새벽 섬 밖으로 가지고 나간 차 지금 어디 있습니까?

지숙   그 차는 왜…

소희   (휴대폰으로 CCTV 영상 띄워 보여주며) 그 차. 앞 범퍼가 나갔던데.

지숙   (시치미) 아 그거… 그 차 뽑자마자 사고가 났지 뭐야. 찜찜해서 용한 무당한테 물어봤더니 그 차 몰다간 제명에 못 죽는다잖아.

소희   그래서요?

지숙   그래서는 뭐, 폐차시켰지.

연호   !

소희   (헛웃음) 앞범퍼 좀 나갔다고 폐차요?

지숙   그럼 그런 숭한 물건을 남한테 팔까. 나 그런 사람 아냐.

연호, 지숙 앞에 자동차등록증 두 장을 보여주며.

연호   이건 임지숙 씨 자동차등록증이고. 이건 기형수 씨 겁니다. 확인해 보니 임지숙 씨 자동차등록증 차대번호가 기형수 씨 차대번호와 일치하더군요. 이게 뭘 뜻하는지 아십니까?

지숙   글쎄…

연호   두 사람의 차가 뒤바뀌었단 뜻입니다.

지숙   에?

연호   폐차시킨 차… 기형수 씨 차 맞죠. 기형수 씨가 차로 승아 양을 쳤고 증거 인멸하려고 임지숙 씨가 쌍둥이차를 만든 거 아닙니까?

지숙   나참 도통 뭔 소린지 모르겠네.

소희   임지숙 씨 시치미 떼도 소용없어요.

이장E   이게 다 뭐 하는 짓거리여?

일동, 보면…
이제 막 치안센터로 이장, 형수, 상훈 등이 들어서는데.

이장	내가 말혔지? 혼자 죽은 애 때문에 섬에 분란 일으키지 말라고. 지금이 어느 땐데 이딴 일로 시끄럽게!
연호	이딴 일이라뇨! 어쩌면 살인사건일지도 모릅니다.
이장	살인은 무슨 살인! 우리 섬에서 고딴 일은 없어!
소희	그렇게 믿고 싶으시겠죠. 한 동네에서 한평생 이웃처럼 지낸 사람들이 살인이라니. 하지만 정황이 그래요. 그렇지 않으면 두 사람 차가 뒤바뀐 게 말이 안 되잖아요?
이장	형수, 니가 말혀라.
형수	네, 원장님. 그게… 내가 누이 몰래 차를 바꿔치기한 거유.
채만	(그 말에 형수 보는) !
소희	뭐요??
현경/동기	(기막힌)
형수	아니… 누이가 새 차 뽑았다는데 보니깐 내 차랑 똑같잖아. 장난 삼아 번호판이랑 차키 바꿔쳤는데 그것도 모르더라고.
지숙	뭐어?
형수	좀 장난치다 되돌려놓으려고 했지. 근데 고새 사고가 날 줄 알았나.
소희	(기막힌) 그 말을 지금 믿으라고요?
상훈	내가 증인이요! 형이 차 바꿔치기할 때 옆에 있었응게. 그땐 여자애가 이미 실종된 후였고 여자애 사고랑은 상관없당게.
소희	(헛) 당신들 지금 뭐 하는 짓인지 알기나 해요? 범죄 은폐! 이러면 다 공범이란 소리밖에 안 됩니다?
이장	공범은 누가 공범! 죄없는 사람 몰아가는 게 누군데! 형수가 설명했잖여. 야(상훈)가 증인이라잖여!
연호	이장님!

이장	센터장 뭐 혀? 외지인들이 우리 주민들 핍박하는 거 안 보여?
마경위	자자, 오해가 있는 모양인데 오늘은 이만들 하시고. 그만 돌아가시죠.

강건한 마을 사람들 태도에 채만, 연호, 소희, 동기, 현경 할 말을 잃고.

S#31. 치안센터 앞 (밤)

안에서 나오는 이장/지숙/형수/상훈, 배웅하는 신순경과 마경위에 게 투덜대는.
신순경과 마경위가 그런 마을 사람들을 달래고.

지숙	나원참! 별 재수가 없으려니깐! 지금 누굴 죄인으로 몰아!
신순경	기분 푸세요. 다 필요해서…
지숙	(OL) 너 지금 같은 경찰이라고 저것들 편드냐??
신순경	…
마경위	에이. 신순경한테 왜 그래요.
이장	이 일로 백억 날아가기만 해? 나 정말 가만 안 있을 겨.
마경위	거참 알았다니깐요.
일동	(서로 안도의 눈짓들 주고받고)

S#32. 치안센터 안 (밤)

창문으로 마을 사람들과 신순경, 마경위를 지켜보는 연호와 소희, 채만, 동기, 현경.

연호	공범이 임지숙 씨 한 명이 아닐 수도 있겠네요.
채만	사건 날 기형수 알리바이를 댄 모두가 공범일지도 모르지.
현경	어쩌죠? 사고 난 차도 폐차되고 없는데.
동기	저렇게 서로 입을 맞춰버리면 정황 증거만으론 구속은커녕 수사도 제대로 못 하겠는데요.
소희	이제 남은 방법은 하나야. 승아를 찾는 것. 오늘 선산에서 이걸 주웠어. (비닐에 담긴 이어폰 한짝 보여주며) 감식해봐야 알겠지만 아무래도 승아 거 같아.
동기	(!) 그 선산, 빨리 수색해야 하는 거 아니에요?
연호	지금 선산을 수색하려면 해경뿐 아니라 군부대의 지원도 받아야 해요. 종친회를 비롯해서 섬주민들 반대가 심할 겁니다. 섬주민들은 섬 이미지가 나빠지는 거에 극도로 예민해요. 그리고 만에 하나 아무것도 찾지 못하면, 더 큰 반발이 생길 테고.
소희	그럼 뭐, 다른 방법이라도 있어요? 수색을 안 할 순 없잖아요.
연호	우리가 움직이지 말고, 본인이 스스로 움직이게 해야죠.
일동	?? (무슨 소리?)

S#33. 마을회관 (낮)

회관 앞마당에 모여 있는 주민들. 연호가 주민들 앞에 선다.
채만을 비롯한 팀원들, 마경위, 신순경, 뒤에 서 있고.

연호	그동안 이승아 양 실종 수사 때문에 주민 여러분께 불편을 끼쳐서 죄송합니다. 도와주신 덕분에 조만간 수사가 마무리될 것 같습니다.
이장	마무리라니, 뭐 시신이라도 찾은 겨?
연호	곧 찾게 될 것 같습니다.

어촌계장	곧이라니, 찾았으면 찾았고 못 찾았으면 못 찾은 거지 곧은 뭐여?
연호	(주머니에서 무선이어폰(승아 거 아님) 꺼내 들어 보이며) 이게 무선이어폰이란 건데 승아 양이 늘 가지고 다니던 무선이어폰이 신호가 잡혔어요. 내일 서울에서 전문가가 내려오기로 했는데, 아마 곧 정확한 위치를 파악할 수 있을 거 같습니다.
주민	바다에 뛰어들었으면 떠내려갔어도 한참 떠내려갔을 텐데 그걸 무슨 수로 찾는디야.
주민여	말하면 안대유? 뭔 방법이 있겠쥬.
연호	그동안 협조에 감사드립니다! 이제 돌아가셔도 좋습니다!

웅성이는 주민들, 삼삼오오 흩어지면, 이장, 지숙, 상훈, 형수의 표정.
채만, 소희, 동기, 현경, 그런 사람들 시선을 살핀다.

S#34. 북2리 선산 (밤)

우거지 수풀, 기괴한 새 울음소리, 음산한 풍경.
울창한 나뭇가지 사이가 꿈틀, 그 사이로 모습을 드러내는 연호와
소희.

소희	(으스스) 어째 이 풍경 낯이 익지 않아요?
연호	(보는) ?
소희	아니 왜, 우리 강희삼거리 사건 때, 산에서, 소복,
연호	아, (생각나는)
소희	그때 차주임 기절할 뻔했잖아요. 나 때문에 놀래가지고,
연호	(태연) 그런 적 없습니다.
소희	이것 봐라, 목격자가 이렇게 있는데, 그냥 놀래서 주저앉더만,

연호	(더 말을 말자, 주변 둘러보는)
소희	(연호 놀래려는 듯 툭!) 어!
연호	그만하시죠. 왜 장난을 치고, (느닷없이 소희 뒤 가리키며) 어 저기!
소희	(화들짝, 연호에게 달라붙으며) 어마야!! 뭐예요! 뭐예요!
연호	(태연) 동백나무네요. 여기도 군락지가 있나,
소희	(뻘쭘, 짜증) 아 뭐야~ 사람 놀라게,
연호	(몸 낮추며) 어, 저기,
소희	이제 그만해요.
연호	(소희 주저앉으며, 어딘가 가리키는) 저기요.
소희	(수풀 사이로 보면)

저만치, 손전등 불빛 하나가 올라온다. 점점 다가오는 불빛,
가까이 와서 멈춰 서면 다름 아닌, 형수다! 한 손에 들려 있는 삽.

연호/소희 !!!!

형수, 주변을 두리번거리다, 걸어 올라온 뒤를 보며,

형수	(오라는 듯) 여기!

잠시 후, 또 다른 불빛 하나 나타난다. 그러더니 둘… 셋… 넷…
늘어나는 불빛. 그리고 등장하는 인물들…
남2리 이장 신태웅, 부녀회장 임지숙, 그리고 강상훈까지…
저마다 손에는 삽이 한 자루씩 들려 있다.

이장	(숨 헐떡) 여기 맞어?
형수	여기. (삽을 힘껏 꽂는)

일행	(그 주변을 둘러서고)
연호	역시 저 네 명이 맞네요.
소희	더 기다릴 것도 없겠네. 가서 잡죠.
연호	(뭔가 발견한) 잠깐만요.
소희	?
신순경E	거기 아니라고.

소희, 그 소리 돌아보면…
이제 막 오르막을 올라선 누군가의 실루엣 보인다.
달빛 아래에 서면… 삽을 든 신순경이다.

신순경	더 위쪽이라니깐요.

S#35. 과거. 횟집 앞 (밤 / S#13 다른 버전)

상훈	(흐느적) 나 안 취했슈. 내 차로 가유.
부녀회장	(부축) 안 취하기는, 제대로 서지도 못하는구만.
이장	가만, (돌아보며) 너 술 별로 안 마셨지?

이장의 시선이 향한 곳에… 방금 횟집에서 나오던 신순경 있고.

S#36. 과거. 치안센터 (밤 / S#32 이후)

채만	임지숙이 하필 오늘 차를 폐차한 게 우연일까?
연호	경찰 중에 조력자가 있단 말씀이세요?

소희	수상하긴 하네. 하필 차주임이 쌍둥이차인 걸 알아낸 직후에.
채만	단정지을 순 없지만 조심은 해야겠지.
일동	(끄덕)

S#37. 선산, 일각 (밤)

연호와 소희, 앞장서 산을 오르는 신순경과 마을 주민들 보며…

소희	팀장님 예감이 맞았네요.
연호	…
소희	차주임… 괜찮아요?
연호	우리도 일단 따라가보죠.
소희	(끄덕)

S#38. 선산, 일각 (밤)

삽질하는 형수, 상훈, 신순경, 바깥에서 손전등 비추고 있는 이장과
지숙.

이장	(숨 돌리고) 근데 묻은 위치를 뭘 어떻게 찾는다는 겨?
신순경	그 이어폰이 인터넷으로다가 (어떻게 설명할까) 암튼 그런 게 있어요.
지숙	이게 뭔 난리래유.
이장	그러게 내가 애초에 바다에 던져버리자고 했잖여.
형수	거 좀 똑바로 좀 비춰요! 거 하나도 안 보이네!
지숙	(조용하고, 비추면)

상훈   (다시 삽질하는데, 뭔가 발견) 어, 나왔다!

삽 내려놓고 손으로 파헤치는 신순경.
지켜보던 상훈과 형수도 손으로 땅을 파헤치기 시작하는데,
이때, 신순경 얼굴을 비추는 후레쉬 불빛,

신순경   (눈 가리며 짜증) 아이, 왜 내 얼굴을,

보는데 지숙의 손전등 불빛이 아니다. 불빛 비추는 곳 보면,
저만치서 손전등을 비추며 걸어오는 소희와 연호.

소희   (손전등으로 이장 일행 얼굴 하나씩 비추며) 많이도 왔다.
연호   (손전등으로 신순경 비추는, 믿어지지 않는)
신순경   (젠장)
형수   (두리번) 니들 둘이 왔어?
소희   왜요, 우리도 묻으시게요?
형수   (구덩이에서 나오며) 어차피 묻을 거, 몇 명 더 묻는 거 어렵지 않지.
            (다가서려는데)

이때, 숲속에서 하나둘씩 나타나는 불빛들. 동기와 현경이다.
이제 이장 일행을 포위하듯 둘러싼 팀원들.
신경질적으로 삽 집어 던지는 형수.

지숙   (정색) 나, 난 진짜 그냥 도와달라고 해서,
상훈   (뿌리치는) 놔유, 나도 피해자유! (이장 보면)

다 끝났구나! 털썩 주저앉는 이장. 흐느끼는,

연호, 천천히 구덩이로 걸어와 손전등으로 비춰보면,
젖은 흙 속에 희미하게 드러난 시체.
승아가 아닌 웬 젊은 외국인 남자(아르민)다.
이를 보는 연호, 이미 알고 있었던 듯, 침통한 표정.
거기서 필름이 거꾸로 돌아가고…

S#39. 과거. 마을회관 / 낮 (S#33과 동일)

연호 내일 서울에서 전문가가 내려오기로 했는데, 아마 곧 정확한 위치를 파악할 수 있을 거 같습니다.

이때 앉아 있던 상훈, 형수, 지숙 그리고 이장의 굳은 표정 한 번씩 지나가고.

S#40. 과거. 폐건물 앞 / 낮

인적 드문 산속, 어느 폐건물 앞에 서는 형수의 차.
차에서 내린 형수, 주변 한번 둘러보더니 정문에 감겨 있는 쇠사슬을 푼다.

S#41. 과거. 폐건물 안 창고 / 낮

어느 창고 문을 여는 형수.
그 안엔 이불이나 생수 같은 게 아무렇게나 놓여 있고…

한구석에 웅크리고 앉은 소녀에게 다가가는 형수,

그 앞으로 우유와 빵이 담긴 봉다리를 툭 떨군다. 이에 고개 드는 소녀, 승아다.

형수   너 무선이어폰인가 뭔가 그거 어쨌어?

승아   ?

S#42. 과거. 폐건물 앞 / 낮

- 다시 정문에다 쇠사슬을 칭칭 감아대는 형수.
- 이윽고 형수의 차가 떠나고. 형수를 미행해 온 채만이 어디선가 나타난다.
- 담을 넘어 폐건물 앞에 서는 채만, 보면 낡아빠진 '수정원' 간판 보인다.

S#43. 과거. 폐건물 안 창고 / 낮

갇혀 있던 승아, 누군가 밖에서 무슨 소리 들리자 순간 긴장한다. 뭔가 열쇠고리 찍어내는 소리 들리고는 문이 끽- 열리며 채만이 나타나는데.

채만   네가 승아구나?

승아   (모르는 사람이라 경계하는) 누구세요?

채만   경찰 아저씨. 얼른 가자, 아버지가 기다리셔.

승아   (그제야 경계심 사라지고 힝- 눈물 흘리는)

S#44. 과거. 바닷가 어딘가 / 낮

어딘가에 앉아 먼바다 바라보는 승아, 귀에는 이어폰 꽂고 있고.
그때 승아 눈에 누군가 들어온다.
멀찍이서 승아처럼 먼바다 보고 있는 아르민이다.
승아, 쓸쓸해 보이는 아르민의 모습에서 뭔가 동질감 느껴지는
듯…
그때 시선을 느꼈는지 아르민이 승아 쪽을 돌아본다.
승아, 그런 아르민에게 살짝 손 들어 보이고.

승아E   아르민은 여기서 만난 친구예요.

S#45. 과거. 항구 어딘가 / 밤

승아, 촛불이 켜진 생일케이크를 아르민 앞에 내민 채 생일축하송
부르면…
아르민이 쑥스러워하면서 초를 끈다.

승아   생일 축하해, 아르민!
아르민   (활짝 미소)
승아E   그날은 아르민 생일이었고요.

S#46. 과거. 해안도로 / 밤

함께 나란히 걷는 승아와 아르민.

아르민	승아 덕분에 이번 생일은 안 외롭다. 고마워, 승아.
승아	외로울 땐 나한테 꼭 전화하기다? 무슨 일 생겨도 꼭! 알겠지?
아르민	승아한테 전화하면 좋은 노래 나온다. 그래서 기분이 좋아진다.
승아	아, 그 노래? 들려줄까?

무선이어폰 꺼내 아르민 양쪽 귀에다 하나씩 꽂아주는 승아.
음악을 듣던 아르민 활짝 웃는다.
그때 뒤쪽에서 비춰오는 자동차 헤드라이트.
돌아보는 아르민, 차 한 대가 돌진해오자 얼른 승아 안아서 보호하는.
끼익-! 쿵!
바닥에 떨어지는 승아의 핑크색 곰돌이 키링.
그리고 10미터쯤 지나쳐서 멈춰 서는 흰 승용차.
차에서 내리는 형수, 상훈, 이장, 지숙…
그리고 제일 나중에 운전석에서 나오는 신순경.

지숙	(바닥에 쓰러져 있는 승아와 아르민 보고 놀라 주저앉는) 에그머니나!
이장	어떻게 된 겨, 사람 있는지 몰랐어?
신순경	(얼굴이 새하얗게 질린)
상훈	(달려와 아르민 보고는) 이거 그놈이네. 박선장네 고깃배 타는,
이장	살았어 죽었어?
형수	(숨 쉬나 코 체크, 덤덤) 죽었슈. 갸는(승아) 살았슈?
이장	(쓰러진 승아를 돌려보는데)
승아	(신음소리) 으윽… 사… 살려주세요…
이장	!!
지숙	살았네! 살았어! 얼른 신고해!
형수	누구한테 신고를 해요. (신순경 눈치) 사고를 낸 사람이 경찰인디.
신순경	이게 나 혼자 낸 사고예요? 내가 누구 때문에 운전을 했는데!

이게 다 작은아버지 때문이잖아요!

이장	… (할 말 없는)
상훈	원장님, 어쩌죠?
이장	(골치 아픈) 하필 문체부 손님 와 있는 중요한 시기에, 백억인데.
신순경	묻읍시다.
일동	!
신순경	경찰이 음주운전하다 사람 죽이면 어떻게 되는지 몰라요?
지숙	그래요. 이대로 백억 날릴 거유??
형수	섬에서 사람 죽었다고 해봐요. 누가 우리 섬에 놀러오겠어.
일동	…
형수	(이장 보는) 원장님이 결정하십쇼.
이장	(두리번) 본 사람은 아무도 없지?
지숙/상훈	(주변 둘러보는)
신순경/형수	(끄덕)

S#47. 과거. 선산 (밤)

신순경, 형수, 상훈, 이장이 시신을 함께 나르며 산을 오르고 있다.
그때 포대 위 아르민 귀에서 한쪽 이어폰이 툭– 땅바닥에 떨어지고.

이장E	죽은 놈은 땅에 묻고 애는 일단 우리가 관리하자고. 백억 유치해야지!

S#48. 현재. 선산 일각 (밤)

연호, 아르민 한쪽 귀에 꽂혀 있는 무선이어폰 보이고.

연호   (마음 안 좋은) 당신이군요. 승아를 구해준 친구가.

S#49. 해돋이 펜션 앞 (밤)

연호가 탄 경찰차와 렌터카가 펜션에 도착하면 마당 앞에 나와 서
성이는 승아부. 연호, 경찰차에서 내려 뒷자리에 승아를 꺼내 부축
한다.

승아부   승아야!! (달려와 부둥켜안는) 승아야···
승아   아빠··· 으으흑흑~ (울음 터지는)

이를 뿌듯하게 지켜보는 연호, 채만, 소희, 동기, 현경.

S#50. 치안센터 (밤)

수갑 차고 나란히 앉은 형수와 이장, 상훈, 지숙 그리고 신순경.
그 앞에 연호와 소희, 채만, 동기, 현경.
채만이 죄인들 앞에 사진 한 장을 내민다. 보면···

- 인서트 (사진)
수정원 앞에서 찍은 단체 사진. S#17에서 나온 건 일부분이고 거

기 간부들과 입소자들이 다 함께 찍은 사진. '수정원'이란 간판도
보이고.

채만   원래 이곳 이름은 수정도. 수정원이라는 부랑아 수용시설이 있었
       지. 부랑자들을 교화시킨다는 명목하에 납치해 와서 불법 감금, 폭
       행, 시체 암매장 등을 일삼던 악질 중의 악질인 단체.

일동   …

채만   거기 수장들이 버젓이 여기 남아서 다시 섬을 장악했을 줄이야.

       - 플래시백 (S#9 중)

신순경 근데 우리 섬이 지인~짜루 평화로운 섬이거든요. 뭐든 이름 따라간
       다고 섬 이름을 화평도로 바꾼 이후론 정말 그렇게 되더라고요.

채만E   수정도에서 화평도로,

       - 플래시백 (S#30 중)

이장   형수, 니가 말혀라.

형수   네, 원장님.

채만E   원장에서 이장으로 호칭만 바뀌었을 뿐.

       - 다시 현재

채만   예전과 달라진 게 없군.

이장   걔들만 아니었어도! 평화롭게 잘 살 수 있었어!

소희   아직도 모르겠어요? 이 섬의 평화를 깬 건 당신들이야.
       이십 년 전에도. 지금도.

죄인들 (할 말 잃고) …

S#51. 바닷가 (밤)

밤바다 향해 나란히 앉아 있는 채만, 연호, 소희, 동기, 현경, 다들 착잡한 표정들.

현경 이렇게 아름다운 곳에서 어떻게 이런 비극이.

소희 이런 곳에서조차 사건은 끊이질 않네… 비극은 비극이다.

연호 저 혼자선 해결 못 했을 겁니다. 다들 고마워요.

동기 우리가 함께 해결 못 한 게 있나요. 우리 TCI가 존속해야 하는 이유죠.

현경 팀장님, TCI 팀장으로 복귀하시게 되면 저희 모두 불러주실 거죠?

채만 그러고 보니 아직 얘길 안 했네. 여기 오기 전에 사직서 제출했어.

현경 네??

동기 팀장님, 사표라뇨!

연호 …

소희 갑자기 왜요?

채만 갑자긴 아니고 오랫동안 고민했던 거야. 나도 할 만큼 했고,
그래도 우리 팀원들이 이렇게 훌륭한 경찰로 성장했으니깐
뒷일은 걱정 안 해도 되겠지.

소희 그래도 이렇게 갑자기…

현경 그럼 우리 팀… 정말 이대로 끝이에요?

채만 너무 서운해하지 않았음 좋겠네.
시작이 있으면 끝도 있기 마련이니깐.
(현경 톡톡) 다들 그동안 고마웠어. (연호 보면)

연호 (애틋한 표정, 다시 밤바다 보는)

F. O

S#52. 경찰청 소강당 (낮)

화면 밝으면,
정복을 차려입고 정렬한 소희, 연호, 동기, 현경,
벽에 붙은 플래카드 '경찰청 특별승진 임용식'.
경찰청장에게 차례로 임명장 받는 팀원들. 어깨에 특진한 견장 달리고…
객석엔 구서장을 비롯한 남강서 과장들과 직원들, 한 명씩 임용장 받을 때마다 열렬한 박수. 기자들 사진 찍는다. 그 위로,

앵커E 경찰청은 휴가와 비번 중에 화평도 여고생 실종 사건을 해결한 전(前) 남강경찰서 교통범죄수사팀 민소희 경위와 팀원 3명을 1계급 특진 임용했습니다.

경찰청장을 가운데 두고 좌우로 나누어져서 엄지척하는 팀원들.
사진 플래시 터진다. 그대로 스틸 사진으로 변하고,

S#53. 남강경찰서 서장실 (낮)

구서장을 중심으로 고/소/염과장, 그리고 연호, 소희, 동기, 현경 앉아 있다.

구서장 대단들 해! 잡초야 잡초! 어딜 갖다 놔도 그냥 뚫고 나와!
아니, 어떻게 휴가를 내서 살인범을 잡아와? 비결이 뭐야?

소과장 (언짢은) 이렇게 교통과에서 큰 사건을 턱! 턱! 해결하니까 우리 형사과에서 할 일이 없잖아! 같이 좀 잡자!

염과장	(미소) 축하해, 다들!
팀원	감사합니다!
고과장	서장님, 이렇게 기쁜 날, 어디 가서 식사나, (하는데 문자 오는, 힐끔)
구서장	(비꼬듯) 왜, 또, 이태주가 밥 먹재?
고과장	무슨, 그때 한 번 그런 거 갖고, (문자 울리는, 눈치 보며 확인)
구서장	그럼 또 누구, 내가 지켜보고 있어.
고과장	…
구서장	(일어나는) 그럼 나가서 식사나 할까? 서울에 오랜만에 왔을 텐데, 차주임이 정하지. 뭐 먹을래?
연호	죄송한데… 선약이 있어서요.
구서장	선약? (심기 불편한) 크흠… 어쩔 수 없지… 선약인데… 그럼 차주임 빼고 우리끼리 가는 거로 하지.
소희	그게 저희도 선약이…
구서장	(이것들이??)

S#54. 돼지 불백집 (낮)

혼자 앉아 돼지 불백 먹고 있는 채만.

| 현경 | 팀장님!! |

채만, 보면… 안으로 들어선 연호, 소희, 동기, 현경 보이고.

| 채만 | (미소) 왔어? |

Cut to.

오랜만에 둘러앉은 채만과 연호, 소희, 동기, 현경, 테이블엔 여느 때처럼 돼지 불백에 김치찌개 백반.

다들 깨작깨작하는데, 연호만 먹성 좋게 먹고 있다.

동기	우리도 참 대단하다. 특진한 날까지 여길 오다니.
현경	차주임님이 여기 오고 싶으시다잖아요.
동기	(연호 보고) 차주임님, 어디 급하게 가야 돼요? 천천히 드세요.
연호	오랜만에 먹다 보니, 섬에 있으면 가끔 생각났거든요. 이 집밥.
채만	다들 특진 축하해.
소희	(아쉬운) 팀장님도 함께했는데… 저희만… 죄송해요.
채만	그럴 거 없어. 내 선택이야.
현경	우리 한 번씩 여기서 이렇게 밥 먹는 거 어때요?
일동	(보면)
현경	이제 같은 팀은 아니더라도 밥은 같이 먹을 수 있잖아요.
소희	난 찬성.
동기	저도.
소희	팀장님 얼른 찬성 던지세요. TCI 합체의 꿈 아작 낸 장본인이시잖아요.
채만	어어. 찬성.
연호	(밥 오물거리며 뭐라 하려는데)
소희	차주임은 말 안 해도 찬성인 거 알겠고요.
일동	(웃는)

S#55. 스쿨존 횡단보도 (낮)

채만, 도우미 조끼 입고 아이들 하굣길 횡단보도 도우미 하는,

손 들고 길을 건너는 아이들 보며 흐뭇한 표정,

현경모	*(OFF)* 행복해 보이시네요.
채만	(보면 현경모, 사복 차림, 의외라는 표정)
현경모	일 그만두고 쉬신다더니, 쉬는 곳이 결국 도로예요?
채만	(피식) 그러게요. 팔자가 그런지… 얘기 들었습니다. 축하드립니다. 국가수사본부장이 되셨다고요.
현경모	(미소) 정작 쉬고 싶은 건 전데, 자꾸 일을 시키네요.
채만	(끄덕끄덕, 그럴 만하니까) …
현경모	제가 국가수사본부장으로 제일 먼저 한 일이 뭔지 아세요?
채만	?
현경모	서울청에 새로운 TCI 팀장을 뽑는다더군요. 그래서 자격 있는 분을 추천하고 오는 길입니다. 고려해주실 거죠? (미소)
채만	…

S#56. 서울경찰청, 청장실 (낮)

청장과 소파에 앉아 있는 채만.

청장	교통범죄수사팀을 만들자고 건의한 게 본인이라던데. 특별한 계기가 있었습니까?
채만	(잠시 생각, 조심스럽게) 경찰 생활 30년 가까이 하면서, 가슴에 묻어둔 사건이 하나 있습니다.
청장	(보는)
채만	아내의 뺑소니 사건… 바쁘다는 핑계로 집안일엔 무심했습니다. 아내는 그런 남편 챙기느라 밤낮으로 경찰서에 드나들었고.

그날도 제 속옷을 가져다준다고 경찰서에 오다가…

청장 …

채만 1년 내내 그 사건에 매달렸습니다. 결국 범인은 잡지 못했지만…
아마 범인은 지금도 대한민국 어딘가에서 운전을 하고 있겠죠.
어쩌면 또 다른 사고를 냈을 수도 있고.

청장 …

채만 1년에 3천 명 가까이, 도로 위에서 사람이 죽습니다. 5대 범죄로 사
망하는 숫자를 모두 합해도, 그보다 몇 배는 많은 숫자죠.
사람들은 도로 위에서의 살인을 살인이라고 생각 안 합니다.
몰랐다, 실수였다, 고의는 아니었다.
그들에게 도로 위에서의 살인은 그냥 사고일 뿐입니다.

청장 (공감하는 표정)

채만 저는 도로에서 매일매일 제 아내와 마주칩니다. 파란 신호등에 건
널목을 건너는 아내… 운전대를 잡고 차선을 변경하는 아내… 자
전거를 타고 도로 갓길을 달리는 아내…
그들에게 사고가 없기를 바라면서… 살인이 없기를 바라면서…
그게 계기라면 계기일까요.

청장 (그런 채만을 지긋이 본다)

S#57. 병원 재활센터 (낮)

용건, 재활치료사와 보행기 집고 보행 훈련하는,
옆에서 소희 지켜본다.

재활치료사 자, 조금만 더 걸어볼게요! 천천히!

용건 (부자연스럽지만 이제 제법 보행기에 의지해 걷는)

소희	오 좋아! 아빠! 조금만 더! 민용건 안 죽었다! 한 발짝만 더!
용건	(악착같이 걷는)

S#58. 병원, 옥상 휴게실 (낮)

휠체어에 용건, 그 옆에 선 소희,

용건	아빠, 다시 운전할 수 있을까?
소희	무슨 소리야 그게?
용건	그냥, 자신이 없네. 무섭기도 하고,
소희	(마음 알겠는) 아빠, 하기 싫으면 안 해도 돼. 아빠 할 만큼 했어.
용건	(보는)
소희	근데, 난 아빠가 운전할 때가 젤 멋있더라.
	이 핸들 꺾을 때 이 전완근 갈라지는 거랑,
	특히 후진할 때! 조수석 의자 딱 붙잡고 한 손으로 샤라락!
	후진은 아빠가 국내에서 탑3 안에 들어갈 거야.
용건	(피식) 자식이, 그치, 내가 후진 하나는 끝내주지.
	내 옛날 별명이 민빠꾸였어! 그냥 웬만한 데는 돌아보지도 않고,

화기애애한 부녀의 모습.

S#59. 남강경찰서, TCI 사무실 앞 (아침)

문 위에 붙여진 간판 '서울경찰청 교통범죄수사대'.
(마치 새 사무실 앞인 것처럼 꿈에 부푼 분위기)

이를 가슴 벅차게 올려다보는 소희, 동기, 현경.
채만은 그저 덤덤히 서 있고.

현경	이거 꿈 아니죠? 우리 다시 복귀한 거 맞죠?
동기	그냥 복귀가 아니지. 국수본 소속! 업그레이드 됐단 말씀!
소희	그러게. 이젠 광역수사대! 뭔가 뽀대 난다? 근데…

S#60. TCI 사무실 (낮)

소희, 동기, 현경. 익숙하고도 초라한 사무실 모습에 허탈해지고.
채만은 덤덤.

소희	근데 왜 사무실은 그대로야? 서울청 소속이면 서울청에 있어야지!
현경	(시무룩) 제 말이요.
동기	참… 여기서 벗어나기가 쉽지 않네.
채만	(제일 먼저 화분들 살피는) 아직은 서울청에 자리가 없다네?
	차차 옮겨준다니 기다려보자고.
현경	뭔가 새로운데 안 새로워. 좋은데 싫고. 이 감정 뭐죠?
동기	좋다 말았다? 쓰던 자리 고대로 쓰면 되겠네요.
소희	(연호 책상 보더니) 근데, 이 인간은 또 왜 안 오니?

때마침 울리는 소희의 휴대폰.

소희	(전화 받는) 안 오고 왜 또 전화예요? 어디서 또 범인 추격전이라도,
	(사이) 네??
채/동/현	(보는, 왜?)

S#61. 남강경찰서 근처 도로 (낮)

연호, 자전거 타고 승용차 추적 중, 정장에 크로스백, 헬멧 쓴,

연호   (통화 중) 지금 광화문인데 난폭운전 차량 쫓고 있습니다!

S#62. TCI 사무실 (낮)

소희   (황당) 아니, 첫날 출근도 안 하고 무슨, 거기가 어딘데요?

           (휴대폰 손으로 가리고) 난폭운전 쫓고 있대. (나가며, 통화) 어디요?

동기   (허!) 대단하다! (뒤따르는)

현경   아직 자리에 앉지도 않았는데, (나가는)

채만   우리 첫 사건이네. 다녀들 와. (미소, 창가 식물에 물 주는)

S#63. 현대자동차 대리점 (낮)

차 문 열고, 차 안 들여다보는 연호. 뒤편에 직원,

직원   요건 요번에 새로 출시된 스페셜 트림인데, 12.3인치 대화면 클러
           스터에 1열 전동 시트, 서라운드 뷰모니터에 오토 디포그 기능까지
           다양한 고객 사양이 기본으로 적용돼 있습니다.
           한번 타보시죠.

연호   (운전석에 앉아보는)

직원   천연가죽 시트에 스웨이드 내장재까지, 고급스럽죠?

연호   (그런가 보다, 끄덕끄덕)

소희	*(OFF)* 차주임! 이거 좀 봐요!

연호, 차 밖으로 나와서 보면, 저만치 하이브리드 차에 타고 있는 소희.
연호, 운전석 쪽으로 다가가면,

소희	이거 죽이지 않아요? 디자인은 레트로한데, 내부는 완전 미래지향적. 묘한 언밸런스의 조화랄까! 딱 내 스타일!
직원	안목 있으시네요. 요게 구모델을 현대적으로 페이스리프트한 모델인데, 요즘 인기가 많습니다. 하이브리드 차량이라 복합연비가 최대 18킬로까지 나오고, 19인치 타이어의 승차감은 기본이고, 특히 이 모델은 실내에 14개의 스피커가 장착돼 있어서 풍부한 사운드를 즐기실 수 있습니다.
소희	(솔깃, 연호 보는)
연호	(직원에게) 시승해볼 수 있나요?

S#64. 강변도로 (저녁)

강변도로를 질주하는 시승차.
차 안. 연호, 운전하고, 조수석에 소희 있다.

소희	(감탄) 너무 조용하다! 누가 보면 시동 꺼진 줄 알겠네.
연호	시동 꺼져 있는 겁니다. 현재 EV 모드라,
소희	아, (그런 거? 뻘쭘) 근데 갑자기 차는 왜 사려는 거예요?
연호	조만간 차 쓸 일이 있을 것 같아서요.
소희	차 쓸 일? 무슨?

연호	(소희 힐끗, 말 안 하는)
소희	(번뜩 떠오른) 설마, 우리 아빠 때문에,
연호	약속했잖아요. 재활 끝나면 제가 꼭 모시러 간다고.
소희	(보는) !
연호	우리… 음악 들을까요?
소희	괜찮겠어요? 운전할 때 음악 들으면 불안하다고,
연호	(대답 없이 휴대폰에 저장된 음악 연결하는)

찰랑이는 그루브감 있는 시티팝 류의 드라이브 뮤직 흐르는, (과거 사고 직전에 들으려고 했던 그 음악. 아소토 유니온이나 빛과 소금 음악 같은)

소희	(고개로 리듬 타며) 좋네요. (연호 보는, 그쪽은 괜찮은 거?)
연호	(미소로 대답, 편안한) 네, 좋네요.

창문 여는 연호, 시원한 밤바람이 연호의 머리를 흩트린다.
모처럼 드라이브를 즐기는 연호, 강변을 질주하는 연호의 차 뒤로
서울의 야경이 눈부시다.

S#65. 남강경찰서 복도 (낮)

소희, 엘리베이터를 나와 복도를 걸으면, 저만치 태주가 팀원과 얘기 나누며 걸어오고 있다.
소희, 가볍게 목례하면, 멈춰 서는 태주.

태주	(팀원에게) 먼저 가.

팀원	(인사하고 가면)
태주	(소희에게) 얘기 들었어. 축하해. TCI 복귀한 거.
소희	여긴 무슨 일로?
태주	사건 때문에. 너도 이제 국수본 소속이니 이제 곧 자주 보겠네.
소희	앞으로 기대해. 알겠지만 우리가 또 국수본 소속이라 인지수사가 가능하거든. 그 말인즉슨, 과거 미해결된 사건은 우리 쪽에서 다시 수사가 가능하다 이거지!
태주	(불길한, 설마)
소희	콜뛰기 사건, 끝을 봐야지.
태주	(그걸 또 끄집어내겠다? 건조) 관용도 여기까지야. 나도 이젠 안 봐줘.
소희	(끄덕끄덕, 미소) 각오하고 있을게. 한번 제대로 붙어보자고.
	(돌아서 가는)
태주	(소희의 뒷모습을 가만히 보는)

S#66. 납골당 (낮)

현수의 유골함 앞에 선 연호. 잠시 묵념하는,
고개 들고 잠시 현수 사진 보는,
돌아서려는데 어느새 정섭, 서 있다.

S#67. 납골당 앞 벤치 (낮)

푸른 하늘을 배경으로 나란히 앉은 연호와 정섭.

정섭	민성이 소식 들었나?

연호	네, 확정판결 났다고… 생각보다 형량이 낮아서 다행입니다.
정섭	(끄덕끄덕, 다행이지) 가끔 면회 가면 이제 다른 사람 같애.
	운동도 열심히 하고, 생각도 맑아졌고, 다행이지. 연호야…
연호	(보는)
정섭	너도 인제 네 인생 살아. 연애도 하고, 여행도 좀 다니고,
	소리 내서 웃기도 하고… 그래도 돼, 이제.
연호	(정말? 정말 그래도 될까?)
정섭	우리 한 발짝씩만 더 나가자고. 우리가 멈춘 곳에서부터 딱 한 발
	짝씩만 더,
연호	(정섭의 말 의미 더듬는, 맑은 하늘 보는)

S#68. 가로수 우거진 길 (낮)

서울 외곽, 풍경이 아름다운 길을 달리는 연호의 차. 그 위로,

소희E	차주임, 우리 아빠 오늘 퇴원해요.
연호E	제가 지금 모시러 가겠습니다.

초록잎 사이로 삐져나온 햇살이 싱그럽다.

S#69. 서울 도심 (저녁)

연호의 차가 도심을 달린다. 거리엔 퇴근길 발길을 재촉하는 사람들 발걸음. 그 위로,

연호E   길은 목적이 아니라 과정이다.

    - 횡단보도에 멈춰 선 연호의 차.
    스크램블 횡단보도를 지나는 수많은 사람. 일행과 웃고 떠들거나,
    누군가와 통화하는, 차 밖으로 얼굴을 내민 애완견의 모습,

연호E   길은 소중한 사람에게 우리를 데려다주기도 하고,
    가고 싶은 곳으로 우리를 안내하기도 한다.

    - 질주하는 연호의 차, 오늘의 사건 사고 현황판,
    사망자 **명, 부상자 **명
    - 시끄러운 사이렌 소리, 차들 사이를 뚫고 질주하는 앰뷸런스.
    - 사고 현장, 모여든 레커차와 경찰차들, 앰뷸런스에 옮겨지는 부
    상자,

연호E   하지만 누군가, 길의 약속을 어긴다면… 길의 규칙을 무시한다면…
    길의 예절을 저버린다면… 길은 한순간에 불행의 공간이 된다.

    - 택배 차량 기사가 물건을 나르는,
    - 배달 오토바이가 질주하는,
    - 버스와 택시가 내달리는,

연호E   우리가 길에서 만나는 모든 이들은, 누군가의 가족이자
    소중한 사람들이다. 그래서 우리 모두는 안전해야 한다.

    도로를 질주하는 연호의 차. 화면 부감으로 떠오르면,
    도심을 가로지르는 대로 펼쳐지고,

도로에 쏟아져나온 수많은 자동차들…

연호E   지금, 이 순간, 길 위에 있는 여러분, 당신을 기다리는 소중한 이들의 곁으로 안전히 돌아가시길…

끝

크래시 대본집 2

© 오수진 2024

1판 1쇄 인쇄 2024년 8월 29일
1판 1쇄 발행 2024년 9월 11일

지은이 오수진
펴낸이 황상욱

편집 이은현 박성미 | **디자인** 김현우 박지수
마케팅 윤해승 장동철 윤두열 | **경영지원** 황지욱
제작처 영신사

펴낸곳 ㈜휴먼큐브 | **출판등록** 2015년 7월 24일 제406-2015-000096호
주소 03997 서울시 마포구 월드컵로14길 61 2층
문의전화 02-2039-9462(편집) 02-2039-9463(마케팅) 02-2039-9460(팩스)
전자우편 yun@humancube.kr

ISBN 979-11-6538-408-1 04810
　　　 979-11-6538-406-7 (세트)

인스타그램 @humancube_group **페이스북** fb.com/humancube44

표정욱

표명학

이태주

구경모

고재덕

염보연

소병길

민용건

이정섭

양석찬

양재영

한경수

"나는 이르렀습니다, 나는 집에 있습니다."
한 번 숨 쉬고 한 발짝 걸으면
단 몇 초 만에 집에 이를 수 있습니다.

_ 틱낫한 Thich Nhat Hạnh _

틱낫한은 1926년 프랑스 식민통치 시절 베트남 중부 지역 응우옌 쑤언 바오에서 태어났다. 어렸을 때, 주변에서 목격하는 다툼과 고통과는 완전 대조적으로 평화를 뿜어내는 불상을 보고 깊은 감명을 받았다. 열여섯 살이 되자 승려 되기를 부모에게 허락받고 후에의 투 히에우 절에 들어가 베트남 선종禪宗 린지 종파(臨濟宗)의 수도승이 되었다.

베트남 수도승의 기본 수련은 매 순간에 현존하면서 자기가 하는 일에 깨어 있는 것이다. 낫한은 형제 수도승들과 함께 투 히에우 숲과 정원에 둘러싸여, 학생들을 사랑하고 이해하는 지혜롭고 경험 많은 스승의 지도를 받으며 학업과 수행을 계속하였다.

3년 뒤, 낫한은 투 히에우를 떠나 후에의 불교학원에 들어갔다. 거기서 다시, 불교를 혁신하고 사람들의 일상생활과 현대사회 현실에 깊이 관여하는 불교운동의 중심지 사이공으로 옮겨 가 고등 불교연구기관인 반 한 불교대학 설립을 도우면서, 창의적 불교 사상가들의 입이 되어 주고 모든 베트남 불교학파들의 통일을 고무하는 잡지 〈베트남의 불교(Vietnamese Buddhism)〉 주간이 되었다.

잡지는 보수적인 불교 지도자들 때문에 이태 만에 문을 닫았다. 낫한은 가르치는 일과 글 쓰는 일을 계속하였고, 그의 글들은 당시 불교 지도자들과 점점 심해지는 디엠 독재정권의 압력에 부딪쳐야 했다.

1962년, 낫한은 프린스턴 대학에서 비교종교학을 공부하기 위해 미국으로 건너갔다. 1963년에는 컬럼비아 대학 강사로 임명되었다. 1963년에 디엠 정권이 무너지고 불교지도자들이 개혁의 문을 조금 열자 이듬해 낫한은 미국 체류를 중단하고 자기 꿈을 이루기 위해 베트남으로 돌아와 연합불교종단을 설립, 베트남의 다양한 불교 종파를 한자리에 모았다.

베트남 전쟁이 심해지면서 도시와 농촌이 갈수록 어지러운 폐허가 되고 마을마다 파괴되어 많은 난민이 발생하였다. 1964년, 낫한은 사회봉사청년학교(SYSS)를 세우고 젊은 사회운동가, 승려, 평신도들을 훈련시켜서 각처로 보내어 파괴된 마을을 복구하고 흩어진 난민들을 돕게 하였다. 낫한과 SYSS 일꾼들은 사람들을 구조하는 일 외에 전쟁하는 어느 쪽도 편들지 않았고, 그 때문에 공산주의자들과 미군 양쪽이 그들을 의심하였다. 하지만 그들의 사랑, 헌신, 예절 바른 행동은 많은 사람들의 마음을 살 수 있었다. 낫한의 수많은 제자들, 벗들, 동료들이 이 시기에 다치거나 살해당했다.

전쟁이 격렬하게 전개되고 있을 때 낫한은 전쟁의 근원지로 가서, 워싱턴 주를 순회하며 평화를 호소하고 전쟁이 베트남 사람들에게 미친 파괴적 결과들을 미국사람들에게 알리고자 북미 전역을 순방하기로 결심했다. 이때 그가 만나서 깊은 영향을 주고받은 인물들로 트라피스트 수도자 토머스 머튼 신부, 로버트 맥나마라 국방장관, 뒤에 그를 노벨 평화상 후보로 지명한 마틴 루서 킹 박사 등이 있다. 그의 활동을 보고받은 남베트남 정부가 그의 귀국을 금지시켰다. 결국 그는 서양세계로 유배당했고 우연히 프랑스에 정착하게 되었다.

낫한에게는 외롭고 힘든 시기였다. 당시 국외에 거주하는 베트남 사람들의 수가 아주 드물었다. 그가 아는 것, 그가 하는 일, 그에게서 배우는 학생들이 모두 베트남에 배경을 둔 것들이었다. 하지만 그는 차츰 서양의 사람, 나무, 새, 꽃, 열매들에 익숙해졌다. 어느

나라에 있든지 그 나라 어른들과 아이들을 친구 삼았고 그 모든 곳에서 집에 있는 것 같은 편안함을 느끼기 시작했다.

가는 곳마다 가톨릭 신부, 개신교 목사, 랍비, 이맘, 사업가, 인도주의 활동가들을 가리지 않고 친하게 사귀었다. 낫한은 계속해서 북미, 유럽, 아시아를 순방하며 자기의 수련 방법을 나누고 평화에 대한 베트남 인민들의 갈망을 전하였다. 1969년에는 파리평화협정에 불교평화사절단 대표로 참석하여 전쟁이 끝나기를 바라는 베트남 인민들의 간절한 마음을 대변할 수 있었다.

1975년, 마침내 전쟁은 끝났지만 새로 베트남을 통치하게 된 공산정권 역시 낫한의 귀국을 허용하지 않았다. 연합불교종단은 불법단체가 되었고 지도부의 많은 승려들이 구속되었다. 1976년 싱가포르 종교회의에 참석한 낫한은 거기에서 보트피플이라고 불리는 베트남 난민들 소식을 들었다. 작은 배에 몸을 싣고 조국을 등진 사람들이었다. 그들 가운데 많은 수가 바다에서 죽어 갔다. 바다를 항해하기에 적절치 못한 소형 보트에다 음식도 물도 부족한 그들을 폭풍과 해적들이 덮쳤다. 어쩌다가 육지에 닿아도 많은 나라들이 보트피플을 받아 주지 않거나 가능하면 난민들을 수용하지 않으려는 정책 때문에 다시 바다로 밀려나야 했다.

낫한과 그의 동료들은 유럽에서 온 친구들과 함께 배를 빌려 보트피플이 먹을 음식과 물을 싣고 그들이 무사히 상륙할 수 있도록 어부들과 정부 관리들에게 도움을 요청했다. 동시에 난민들이 해적들에게 당하는 어려움을 세계에 알리고 각국 정부들이 보트피플을 받아들여 정착시키도록 여론을 조성해 나갔다.

싱가포르에서 돌아온 낫한은 계속 프랑스에 머물며 수련 모임을 인도하고 각국을 순회하여 자신의 가르침을 나눠 주었다. 동시에 베트남의 사회운동단체들과 투옥된 승려들의 석방을 위한 사업에 힘을 보태었다. 그는 파리 근교에 '고구마 공동체'를 설립하여 숲길을 산책하고 채소를 재배하며 집필과 수행을 계속하였다.

그와 함께 수련하러 찾아온 학생들을 수용하기에 장소가 좁아지자 낫한은 1982년 프랑스 남서쪽에 수련센터 자두마을을 설립하고 지금까지 그곳에 살고 있다. 현재 미국, 유럽, 아시아, 호주 등 세계 전역에 수련센터와 사원이 아홉 군데 있는데 거기에서 6백 명 넘는 수련생들이 '자두마을 전통'으로 알려진 마음챙김 수련을 받고 있다. 또한 세계 각처에서 함께 수행하는 공동체 '상가'들의 수도 1천을 넘는다.

2004년, 베트남 정부가 낫한을 베트남에 초청하였다. 유배생활 40여 년 만이었다. 2005년에는 3개월간 베트남에 머물면서 전세계에서 온 대부분 젊은이들인 남녀 수도승들과 평신도의 수련 모임을 인도하였다. 그는 불교계 지도자들은 물론 공산당 정부 지도자들과도 깊은 차원에서 교제를 나누었다. 2007년에도 베트남을 방문했는데 이번에는 전쟁 중에 죽은 이들을 추모하고 생존자들에게 평화와 치유를 안겨 줌으로써 그들의 고통을 후손들에게 넘겨주지 않게 하기 위한 의식儀式을 집전하였다. 그가 베트남을 마지막으로 방문한 것은 2008년이었다.

2014년 심한 뇌일혈로 쓰러지기 전까지 낫한은 쉬지 않고 전세계를 누비며 사람들을 가르치고 수련 모임을 이끌었다. 세상을 가르침으로 일깨우며 살아온 예순다섯 해의 긴 세월 동안 모든 대륙에서 수만 명이 그의 가르침을 받았다. 가족, 사회봉사자, 사업가,

퇴역군인, 젊은이, 심리치료사, 교사, 예술가, 환경운동가, 국회의원, 공무원들의 수련 모임을 인도했다. 많은 제자들과 벗들이 그를 '테이'라고 부른다. '테이'는 베트남말로 '선생님'이다. 여든 살 생일을 맞은 그에게 누가 은퇴할 생각이 있는지를 물었다. 낫한이 답했다.

"가르친다는 건 말로만 되는 게 아니오. 그 사람이 어떻게 사느냐, 그것이 그의 가르침이오. 내 삶이 내 가르침이오. 내 삶이 내 메시지오."

(옮긴이의 말)

오늘 옮긴 낮한 스님 글에 이런 대목이 있다. 반갑다. "…베트남에는 노란 꽃이 피는 자두나무가 있다. 수명이 무척 길다. 때로는 기둥이 뒤틀리기도 한다. 음력 설날이면 꽃이 잔가지들에서만 피는 게 아니라 몸통에서도 핀다. 내가 그 나무 같다는 느낌이다. 아침에 일어날 때 저 깊은 속에서 새로운 깨달음이 돋아난다. 일부러 힘들여 수련하지 않아도 된다. 아무 노력도 하지 않는데 저절로 생겨난다. 씨를 심고 물을 주면 싹이 돋는 것과 비슷하다."

위의 글은 며칠 전에 쓴 아무개의 일기다. 낮한 스님의 글을 읽고 눈을 감고 그 기운을 빨아들이는 것 자체가 이 시대에 주어진 고마운 은총이다.

이 책은 늙은 자두나무 뒤틀린 기둥에서 피어나는 노란 꽃송이들 같은, 고통과 외로움의 눈물로 인고의 세월을 견디며 살아온 한 늙은이가 세상에 은근히 건네는 아름다운 선물이다.

더 무슨 말로 사족을 달 것인가? 그저 고맙고 고마울 따름이다.

2019년 1월, 순천에서 이현주

지금 이 순간이
나의 집입니다

ⓒ 틱낫한, 2019

2019년 3월 6일 초판 1쇄 발행
2023년 7월 18일 초판 3쇄 발행

지은이 **틱낫한** • 옮긴이 **이현주**
발행인 **박상근(至弘)** • 편집인 **류지호** • 편집이사 **양동민**
편집 **김재호, 양민호, 김소영, 최호승, 하다해** • 디자인 **쿠담디자인**
제작 **김명환** • 마케팅 **김대현, 이선호** • 관리 **윤정안**
콘텐츠국 **유권준, 정승채**
펴낸 곳 불광출판사 (03169) 서울시 종로구 사직로10길 17 인왕빌딩 301호
　　　　대표전화 02) 420-3200 편집부 02) 420-3300 팩시밀리 02) 420-3400
　　　　출판등록 제300-2009-130호(1979. 10. 10.)

ISBN 979-89-7479-656-3 (03840)

값 15,000원